AtV

Andreas Gläser wurde 1965 in Berlin-Prenzlauer Berg geboren. Als Strohfeuerstreber hat er die 10. Klasse der POS und die Tiefbaulehre bestanden. Er arbeitete als Tiefbauer, Brandschutzmonteur und Lüftungsbauer oder eben gar nicht. Seit 1998 beteiligt er sich regelmäßig an Lesungen der *Reformbühne Heim und Welt* und den Tanzveranstaltungen der *Surfpoeten*. Gläser ist Mitbegründer der Lesebühne *Chaussee der Enthusiasten* sowie der Zeitschrift *Brillenschlange*. Seit er drei Texte in Wladimir Kaminers Anthologie *Frische Goldjungs* veröffentlichte, ist er einem größeren Publikum bekannt. Nun erscheint sein erstes Buch.

www.baufresse.de

»Der BFC war schuld am Mauerbau« ist eine liebenswerte und witzige Geschichtensammlung über ein Leben als »stolzer Sohn des intellektuell unterbelichteten Proletariats« in der Hauptstadt der DDR und im wiedervereinigten Berlin. Gläser erzählt lässig und schräg von der Völkerfreundschaft und vom Geschlechtsverkehr im Pionierferienlager, von Zonenschlägern und Baufressen, vom Arbeitsamt und der Invasion Berlins durch die Bonnerinnen. In der Titelerzählung beschreibt er seine Laufbahn als Anhänger des Berliner FC Dynamo. Er zeichnet darin nicht nur die Entwicklung von Erich Mielkes Lieblingsfußballverein von der Gründung bis zur wenig ruhmreichen Gegenwart nach, sondern erzählt auch schillernd und kurios die Geschichte der DDR aus Fanperspektive.

Andreas Gläser

Der BFC war schuld am Mauerbau

Ein stolzer Sohn des Proletariats erzählt

Aufbau Taschenbuch Verlag

ISBN 3-7466-1861-4

2. Auflage 2003

Umschlaggestaltung Torsten Lemme
unter Verwendung eines Fotos von akg-images
Druck Elsnerdruck GmbH, Berlin
Printed in Germany

www.aufbau-taschenbuch.de

Sweetness, sweetness I was only joking
when I said by rights you should be
bludgeoned in your bed
and now I know how Joan of Arc felt
now I know how Joan of Arc felt
as the flames rose to her roman nose
and her Walkman started to melt
Bigmouth, bigmouth
bigmouth strikes again
and I've got no right to take my place
with the Human race

Morrissey

Vorwort

1995 veröffentlichte ich in verschiedenen Fußball-Punky-Fanzines meine ersten Geschichten, die immer »Sachsen Leipzig gegen BFC 3:1 oder Adolf war ein großer Maler«, »BFC gegen Aue 0:0 oder Impressionen aus dem Leben eines Milieugeschädigten« hießen. Oft nutzte ich die Fußballspiele als Rahmenhandlungen, um den Lesern meine Urlaubserlebnisse zu schildern. Damals schrieb ich noch unter dem Pseudonym »Schlendrian«, was den Vorteil hatte, daß ich meine proletarische Prosa stilistisch nicht einordnen und erklären mußte. Zu dieser Zeit war ich Bauarbeiter. Die angespannte Lage auf dem Arbeitsmarkt rettete mich vor der seelischen Verkrüppelung. Nach der Fußball-Fanzine-Phase schrieb ich ein Jahr nicht. Ich wollte Toto-König werden. Ein armer Poet setzte auf mich als vorlesenden Autor. 1998 drängte ich mich bei den allwöchentlich stattfindenden Lesebühnen *Reformbühne Heim & Welt*, *Die Surfpoeten* und *LSD – Liebe statt Drogen* auf, die seit einigen Jahren ihre Programme in gut besuchten Kneipen und Kellergewölben aufführten. Anfang 98 schrieb ich überwiegend in sich geschlossene Einseiter wie »Ich will die soziale Marktwirtschaft!« und »Ausziehen!«, die der Siebenminutenauflage dieser Bühnen entsprachen. Im Oktober 99 begründete ich die *Chaussee der Enthusiasten* mit und ließ Geschichten wie »Der Schweißer von Marzahn« und »Auf den Spuren von Heinz Florian Oertel« gerne ausufern. Die Shows wurden von lustigen Texten getragen, ohne daß sie sich darauf beschränkten. Einerseits hatten die studentischen Besucher vom Fußball kaum Ahnung, andererseits interessierte sich meine fundamentalistische Schlendrian-Fraktion nicht sonderlich für Lesungen. Manchmal wurde ich gefragt, ob ich nur wegen der Psychologinnen auftrat. Das wäre ein guter Grund gewesen, doch es ging auch um Freibier und Klimpergeld. Ich verstand diese Lesebühnen als Experimentierfelder und wollte sie mit den eher unspektakulären Music Sessions verglichen wissen. Deshalb gab es weder wesentliche Preiserhöhungen der Eintrittspreise noch Platzreservierungen. Inzwischen verewigte ich mich in kleinen Literaturzeitschriften wie der »Frösi für die Frau«, dem »Salbader«, dem »Hortkind«, der »Brillenschlange« oder auch der »taz« und dem Magazin »11 Freunde«. Seit dem Jahr 2000 verblüffen die Medien mit ihren Geheimtips. Aufgrund dieser überregionalen Wahrnehmung soll man als Literaturregionalligist erklären, wodurch man sich von den Nobelpreisträgern unterscheidet. Die Titelgeschichte dieses Buches behandelt überwiegend meine Fankarriere, trotzdem dürfte dieser Vierteiler die bisher umfangreichste Aufarbeitung zum Thema Berliner Fußballclub Dynamo sein. Mein Taschenbuch ist ein Meilenstein in der Kommunikationsgeschichte der Menschheit.

Andreas Gläser

Inhalt

Krieg

Am Tag meiner Geburt war an mir nichts kaputt. Erfreut gingen meine Eltern mit mir nach Hause. Wir wohnten in Berlin-Prenzlauer Berg, im grenznahen Bereich. Wenn die Westberliner von einem Hochstand aus über die Mauer hinweg in den Osten sahen, wurden sie häufig enttäuscht. Oftmals wurde niemand erschossen. Meistens war Alltag.

Obwohl mich die Politik nicht sonderlich nervös machte, fiel ich während meiner Kindheit wegen meiner andauernden Zappelei auf. Als Fünfjähriger mußte ich Anfang Dezember für zwei Wochen zur Kur. Ich wurde in eine Eisenbahn gesetzt und in den Süden unserer Heimat verbannt. Das große abgelegene Backsteingebäude sah so aus, wie ich mir ein Kinderheim für Kriegswaisen immer vorgestellt hatte. Trotzdem verlor ich nicht meinen Lebensmut und störte auch dort die Nachtruhe in der vorweihnachtlichen Zeit. An einem der nächsten Nachmittage verpaßte mir ein Nikolaus mit der Rute eine Art Zeckenbiß, obwohl er gar nicht existierte. Ich wurde schüchtern und begann mich für die stillen Künste zu interessieren. Im Kindergarten tuschte ich einmal aus Ehrgeiz den schönsten Grenzsoldaten. Was ich für meinen Förster mit Stahlhelm gewonnen habe, weiß ich nicht mehr. Vielleicht ein paar Magnethunde oder eine Schelle.

Von der Mauer hatte ich eine gute Meinung. Als kleiner Junge dachte ich aus irgendwelchen Gründen, daß Berlin gar keine Stadt sei, die erst vor kurzem geteilt worden war. Vielmehr hatte ich die Vorstellung, daß sich vor mehreren hundert Jahren zwei benachbarte Städte im Brandenburgischen den Namen Berlin zugelegt hatten. Im Laufe der Zeit wurden sie immer größer, bis sie aneinandergerieten. Dann gab es Krieg, wegen dem Land. Die Mauer wurde gebaut, weil die anderen Berliner mit Bomben geworfen hatten. Ich konnte es in einigen Straßen an den fehlenden

Häusern sehen. Normalerweise hatte so ein Karree nach allen Seiten viele Hausaufgänge, Fenster und Geschäfte. Doch manchmal fehlten einige Hausaufgänge. Mitunter fehlte an der Ecke eines Karrees ein Eckhaus oder zwischendrin ein Zwischendrinhaus. Statt dessen ragten dort nur einige Brandwände empor. Immerhin fehlten dort, wo es keine Hausaufgänge gab, neben den Türen und Fenstern auch die Einschußlöcher. Auf dem jeweiligen Gelände gab es zwischen all dem Gestrüpp meist nur einige Wellblechhütten. Sie dienten als Trabanthäuser. Die Kohlenhändler konnten da reingehen. Zu ihnen gesellte sich manchmal auch ein Kriegsinvalide im Rollstuhl mit drei Rädern. Ich fragte mich, weshalb vorne am Rollstuhl nur ein Rad dran war, warum die nicht noch häufiger umkippten und ob es schwer war, damit bergauf zu fahren. Immerhin mußte der Kriegsinvalide gleichmäßig mit den Hebeln rudern.

Meine Mutter sagte immer: »Kieck nich so hin – is traurig!« Wenn sie mir nichts zu sagen hatte, weil sie oben am Herd stand, fragte ich den Kriegsinvaliden, ob ich mal mitfahren dürfe: »Tach, Opa! Eene Runde?«

»Ja, ausnahmsweise.«

Wir fuhren die Straße hinunter. Ich spielte häufiger mit dem Kriegsinvaliden, als es die Volkssolidarität tat. »Tach, Opa! Eene Runde?«

»Nee, nee! Heut is Mittwoch, heut is Volkssolidarität! Hau ab! Heut nich, morjen wieder!«

»Warum nich, Opa? Wann jibs wieder Krieg?«

»Heut nich, morjen wieder!«

Vieles erinnerte an den Krieg. Zum Beispiel das Essen. Mir wurde oft gesagt, ich sei zu dünn. Ich hatte eben keinen Hunger. Nachdem meine Mutter mir etwas vorgesetzt hatte, begann ich herumzunörgeln: »Is eklich, da is Fett dran, will ick nich!«

Mein Vater meckerte: »Das ist doch wunderbar, das wird aufgegessen! Im Krieg hätten wir uns über son bißchen Fett gefreut! Los, aufessen!«

Als kleiner Junge hatte er den Krieg kennengelernt, obwohl er kein Berliner war. Er kam aus Schlesien oder Thüringen. Von meiner Mutter und mir wurde er manchmal als Sachse bezeichnet. Dagegen wehrte er sich, weil er mit seiner Mutter vor den Russen aus Schlesien nach Thüringen geflüchtet war. Vor den Russen, die uns später befreit hätten, worauf die Mauer gebaut wurde. Wegen der kam er nach Berlin, um sie zu schützen. Hier lernte er meine Mutter kennen. Und wenn das nicht so gewesen wäre, wer weiß, dann wäre vielleicht schon wieder ein Krieg ausgebrochen! Darüber bräuchten wir gar nicht so zu lachen! Dabei lachten wir, weil er aus Sachsen kam. »Verdammt noch mal, ich bin kein Sachse! Ich bin ein Schlesier aus Thüringen ... äh, nein ... umgekehrt! Mutter, du brauchst gar nicht mitlachen! Du bist genauso dumm wie der Bengel!«

Zur Elternversammlung schickte ich lieber meine Mutter. Als Berlinerin kannte sie den Krieg besser, deshalb reagierte sie gelassener, wenn sie von meiner Lehrerin zur Seite genommen wurde, um deren pädagogischen Redeschwall über sich ergehen zu lassen. Angeblich war auf dem Falkplatz etwas Schreckliches passiert. Am Pioniernachmittag hatte ich den Auftrag gehabt, Kaffeedienst zu leisten. Nach dem Kaffeetrinken sollte ich alle Plastetassen wieder einsammeln, was ich auch tat. Doch dann warf ich einige Plastetassen über die Mauer. Die Grenzer warfen sie zurück. Meine Lehrerin wurde getroffen! »Wie kommt Ihr Sohn nur auf so eine Idee? Wir wollen doch Frieden, nicht wahr?«

Meine Mutter sollte mit mir reden, bevor unsere Schule in Verruf käme. »Sie als Arbeiterin aus dem Prenzlauer Berg wissen doch auch, daß unsere Schule früher Goebbels-Gymnasium hieß, oder? Und unser Hausmeister ist so ein Unsicherheitsfaktor, als ehemaliger Nazi, der jetzt wieder mit dem Trinken begonnen hat. Und nun auch noch Ihr Sohn.«

Herr im Himmel! Ich war doch ein unauffälliger Schüler. Genau wie die anderen unauffälligen Schüler. Ich trug

Anorak, Schapka, Pullover und Kordhosen. Die anderen Kinder trugen Strickjacken, Strumpfhosen, Sandalen und Pudelmützen. Meine Lehrerin bescheinigte mir manchmal, daß ich gerne und eifrig arbeitete. Allerdings wäre ich durch meine Zappelei sehr am Lernen behindert. Meine Mutter forderte meine Lehrerin auf, endlich die Luft anzuhalten. Immerhin war ich bisher stets versetzt worden und hatte noch nie Läuse gehabt. Da konnte ich auch mal was ausfressen. Meiner Mutter genügte es, wenn ich keine Fünf im Zeugnis hatte. Sie hatte Lesen, Schreiben und Rechnen gelernt, danach war ihre Schule weggebombt worden. Bei mir gab es nur Probealarm. Die Sirene heulte jeden Mittwoch um 13 Uhr.

Jedenfalls sagte meine Mutter: »Ach, Frau Lehrerin! Sind wa doch ma ehrlich: Dit mit den Plastetassen is unjezogen, aber dit mit der Mauer jing ooch sehr schnell, nich wahr?«

Diese Wahrheit solle meine Mutter niemanden hören lassen. Doch sie las ihr weiter die Leviten: »Meene Cousine ausm Wedding is ooch fürn Frieden! Warum wird se an der Grenze so streng kontrolliert?«

»Bitte beruhigen Sie sich!«

»Ja, *beruhigen*. Wenn mein Junge im Rollstuhl sitzen würde, dit wär schlimm!«

Meine Mutter forderte meine Lehrerin sogar auf, sich dafür zu rechtfertigen, daß sie mir für meine Heimatkunde-Hausaufgabe eine Fünf gegeben hatte. Immerhin hatte ich doch so schöne Kastanien mitgebracht. Meine Mutter hatte selber mitgesammelt. Die hörige Pädagogin redete sich heraus: »Ja, die Kastanien waren sehr schön, aber er sollte Herbstlaub sammeln! Ich gebe ihm noch eine Drei, einverstanden? Und das mit den Plastetassen wollte ich Ihnen nur mal so sagen. Wir sollten das nicht an die große Glocke hängen. Sonst platzt noch eine Bombe! Wahrscheinlich ist Ihr Sohn auch gar nicht so doll gefährdet, bei einem Vater, der uns an der Grenze beschützt hat!«

Zu Hause wollte meine Mutter ganz genau wissen, wie

das mit dieser Grenzprovokation gewesen war. Meinem Vater erzählten wir nichts. Bevor er nach Berlin gekommen war, hatte ihn seine Mutter davor gewarnt, daß hier so viele verrückte Kriegstreiber lebten. Deshalb mußten sie vor den Russen aus Schlesien nach Thüringen fliehen. Und falls er in Berlin eine Frau kennenlernen sollte, so dürfte er mit dem Geld nicht so verschwenderisch umgehen. Einige Kleinigkeiten täten es auch. So kam ich zur Welt. Seine Mutter beruhigte sich. Die Familie zählte, nicht die Politik. Im allgemeinen waren für uns Arbeiter diese Politischen nur *Mitesser*. Und im speziellen erschien meiner Mutter diese Lehrerin aus Weißensee nicht befugt, erzieherische Maßnahmen zu ergreifen. In Weißensee lebten viele unzuverlässige Menschen.

Als der Krieg sich im Frühjahr 45 dem Ende zuneigte, wollte meine Mutter noch zum Hitler-Mädchen ernannt werden. Damit sie auch so eine schöne Bluse und so einen schönen Rock bekäme wie die älteren Mädchen. Aber nein, das ging nicht mehr. Ihr Vater hatte gesagt: »Mädel! Die Russen kommen! In Weißensee hängen die Menschen weiße Bettlaken aus de Fensta! Hitler-Mädchen kannste nich mehr werden. Sei froh!«

Sie wollte aber ein Hitler-Mädchen werden, wobei sie nichts gegen die Russen hatte. Immerhin war ihr Vater ein Schweißer aus Schildow bei Berlin. Hierher war er gekommen, um zu arbeiten. Ansonsten war es in Schildow besser. Dort gab es nicht so viele verrückte Kriegstreiber. Für ihn waren die Kriege das Teufelszeug der Großstädter. Nun stellte er als Schweißer an der Heimatfront Panzer her. Ihm unterstanden einige russische Kriegsgefangene. Er behandelte sie ordentlich. Das war immer noch besser, als wenn er sie an der Ostfront schlecht behandelt hätte. Manchmal besuchte ihn sein Hitler-Mädchen ohne Uniform auf Arbeit. Für sie waren die Russen auch nur arme Hunde. Na und? Jetzt kämen eben immer mehr. Eines Tages war nicht nur der Krieg zu Ende, es kam auch alles raus: Hitler hatte angefangen, und nun war Schluß. Mal was anderes: Frieden zwischen Russen und Deutschen. Freude und Eierkuchen zwischen Schlesien und Berlin.

Obwohl der Krieg schon 25 Jahre zurücklag, war er allgegenwärtig. Im RIAS haben sie immer noch mit ihrer Luftbrücke angegeben. Was sollte das denn sein? So was wie fehlende Zwischendrinhäuser? Die sollten lieber schöne Musik spielen. Ich fürchtete unmittelbares Unglück. Wenn die Hygiene-Inspektion in meine Schule kam, hatte ich Angst, sie würden bei mir Läuse finden. Die Ärztinnen fuhren mit ihren Holzstäbchen durch unsere Haare und schabten auf unserer Kopfhaut herum. Wahrscheinlich wie im Krieg. Unter den 25 Schülern meiner Klasse hatten immer drei oder vier solches Ungeziefer in den Haaren. Meine Lehrerin vertrat die unwahrscheinlich klingende Meinung, daß es jeden treffen konnte. Meistens traf es aber die Schmuddelschüler aus den kinderreichen Familien. Warum waren die denn nun schon wieder reich? Die waren doch arm, oder? Sie waren Freitrinker und bekamen für den Kulturpark Plänterwald eine ganze Rolle kostenloser Karten. Für mich lohnte es sich, mit ihnen gemeinsam die Schule zu schwänzen. Meine Mutter sagte: »Eenmal sitznbleibn is nich schlimm, aber paß uff! Steckt nich so die Köppe zusamm!«

Inzwischen malte ich nicht mehr mit Tusche den obligatorischen Grenzsoldaten, sondern mit Bleistift Bombenangriffe auf Berlin. Über meinen Ruinen schien die liebe Sonne. Obwohl ich der Roten Armee für die Befreiung vom Hitlerfaschismus dankbar war, sprach ich gegenüber meiner Lehrerin ganz verächtlich von den »Sowjetrussen«, Weshalb sie auf dieses Wort so entgeistert reagierte, wußte ich nicht, aber ich sagte manchmal in ihrer Nähe ohne jeden Zusammenhang »Sowjetrussen«. Sie unterrichtete mich ja nur in zwei oder drei Fächern. Trotzdem hatte ich auf dem Abschlußzeugnis acht Fünfen. Der Lehrplan war ein aufgezwungener Kleinkrieg, den ich gerne verloren gab. Zum Beginn des Wiederholungsjahres war es mir zu blöd mitzuarbeiten. Klar, daß ich einige Sachen schon wußte.

Später habe ich wohl den Einstieg verpaßt. Wenn jeden Mittwoch um 13 Uhr die Sirene unserer Schule heulte, wünschte ich mir manchmal, es wäre kein Probealarm. Trotzdem war ich natürlich für den Frieden. Im Krieg freuten sich die Menschen über fettiges Mittagessen, es herrschten unhygienische Zustände. Von den Kriegsinvaliden in ihren unmöglichen Rollstühlen einmal ganz abgesehen. »Toll, Opa! Eene Runde?«

»Dir ham se wohln Roller jeklaut, wat? Hau ab!«

Mein Leben hinter der Mauer war gar nicht mal so übel. In den Ferien fuhr ich mit meiner Familie nach Thüringen. Wandern fanden wir gut. Ich wußte nichts von einer unbezahlbaren Weltreise. Als ich irgendwann in die Pubertät kam, da nervte mich der ostzonale Mief. Ich stand auf Fußball, Punk und Konterrevolution. Na gut, im Westen wohnten Faschisten, die den Arbeitern weder Stullen noch Schrippen gönnten. Trotzdem befand sich hinter dem Antifaschistischen Schutzwall das Gelobte Land. Ich war ein friedensbewegter Fürsprecher des Kapitalismus.

Als ich im zweiten Lehrjahr war, hatte ich an jeweils einem Tag im Monat diese GST-Grundausbildung. Die Gesellschaft für Sport und Technik ließ die Lehrlinge in Uniform durch die Wälder und über die Wiesen von Berlin-Hirschgarten marschieren. Das nannte sich vormilitärische Ausbildung. In diesem Flohzirkus rangen viele Lehrlinge um eine höher gelegene Sprosse in der Hierarchie. Vor einem kumpelhaften Lehrmeister bildeten einige Stifte sogar Spalier. Es war kaum zu glauben. Einige Kanonenfutter-Kollegen putzten in ihrer Freizeit brav die GST-Motorräder, um irgendwann einmal damit fahren zu dürfen.

Im zweiten Lehrjahr arbeitete ich in einer Brigade. Dort erzählten die Alten dauernd, wie sie sich bei der Asche behauptet hätten, indem sie die Hackordnung einfach akzeptierten. Kein bißchen Widerstand. »Na und? Dit erste halbe Jahr bin ick der Nejer, und dann krieg ick een, und dann kann ick mir die Eier schaukeln.«

Ein alter Zausel hatte den Krieg als Hitler-Junge erlebt. Aber nicht richtig, er war kein Kriegsinvalide. In die Hitler-Jungend war er eingetreten, weil das damals eben so war, und im übrigen lief unter Hitler einiges besser. Seinem Weltbild entsprechend genoß der alte Zausel in der Kaserne die Kameradschaft. Nach seiner Aussage hatten sie bei Stralsund alle Frauen einer Fischfabrik durchgefickt. Weshalb fragte er mich dann: »Sach ma, wie sieht dit da untn überhaupt aus? Bei meene kann ick nich kieckn! Soll die denkn, daß ick spinne?«

Mit 19 Jahren wurde ich zum ersten Mal gemustert. Eine uniformierte Arschmade scherzte: »Guten Tach! Wir haben gehört, Sie wollen sich zu drei Jahren Ehrendienst bei der Nationalen Volksarmee verpflichten!«

Wir einigten uns darauf, daß ich mit Mitte 20 für anderthalb Jahre eingezogen werde. Vorerst blieb mir dieser Knast erspart. Ich liebäugelte mit der Spatenbrigade. Dort wäre ich wenigstens unter Menschen, die drei Sätze hintereinander reden konnten. Als schräger Proletariar arbeitete ich ohnehin schon unter Aufsicht. Jahre später stellte ich meinen ersten Ausreiseantrag. Im vertraulichen Gespräch sagte mir eine Stasi-Tante so beiläufig wie unerwartet: »Dann hat sich die NVA für Sie ja auch erledigt.«

Am Tag meiner staatlich abgesegneten Flucht gab ich meinen Wehrdienstausweis ohne besondere Eintragungen ab. Der freundliche Uniformierte murmelte: »Was? Sie haben noch gar nicht gedient? Is bei uns was schiefgelaufen?« Ich antwortete nur: »Tschüs!«

Ich war kein Sonderschüler

Zwischen meinem sechsten und achten Lebensjahr wurde ich in den Sommerferien für jeweils zwei Wochen ins Pionierferienlager »Freundschaft« am Glubigsee verschickt. In den ersten Schuljahren hatte ich gute Zensuren. Weshalb sollte ich Berlin verlassen? So schön war es am Glubigsee, mitten im Wald, auch wieder nicht. Eigentlich habe ich nur noch in Erinnerung, daß ich damals noch nicht Fahrrad fahren konnte, weshalb ich an den Tagen, an denen die Radtouren stattfanden, immer ins Lagerkrankenhaus eingewiesen wurde. Dabei hätte ich mich durchaus auch mal einen Tag alleine beschäftigen können. Ich hätte einfach Fernsehen geguckt. Aber nein, sie redeten mir ein, ich hätte Heimweh und müßte die nächsten zwei Tage im Lagerkrankenhaus ihre Tabletten schlucken. Ich lernte Fahrrad fahren und errang während der Ferienolympiade im Dreierhopp eine Bronzemedaille. Somit qualifizierte ich mich für das Pionierferienlager »Fritz Heckert« in Plau am See. Irgendwie gab ein Zeltlager auch mehr her. Ich war nun zwölf Jahre alt und verließ ganz gerne mal Berlin. Meine Zeugnisse waren inzwischen erbärmlich. Wie sollte ich damit in Berlin eine Freundin finden? Im Ferienlager wußte niemand von meinen Zensuren. Außerdem sah ich gar nicht mal so schlecht aus und konnte anziehen, was ich wollte.

Ich hatte Katharina im Auge. Sie trug lange schwarze Haare. Kurze blonde wären mir auch recht gewesen. Eigentlich war sie mir zu hart, mit ihren Rolling Stones und so. Um 22 Uhr war Nachtruhe angesagt. Zeit zum Aufbruch! Mario und ich schlichen zum Mädchenzelt. Wir krochen unter der Zeltwand hindurch. Von den vier Doppelstockbetten hatte ich auch gleich das richtige erwischt. Sie war nicht überrascht. »Hallo, Katharina! Ick find dich gut. Laß mich mal kurz mit unter deine Bettdecke!«

Es ging holterdiepolter. Plötzlich rückte die Nachtwache an. Mario schlug Alarm. Wir flüchteten in unser Zelt. Immerhin waren wir jetzt unter der Haube. Wir tauschten unsere Erfahrungen aus. Jedem von uns war es peinlich, unter einer nahezu fremden Bettdecke eine Erektion bekommen zu haben. Dagegen half auch keine schwierige Matheaufgabe. Es war die Zeit der unwillkürlichen Samenergüsse. Wir suchten regelmäßig das andere Zelt auf. Katharina wollte nicht küssen. Ich sollte immer meinen Arm so rüber legen. Aber über der Bettdecke! Ein anderes Mädchen fand, daß das süß aussah. Sie setzte sich gerne zu uns auf die Bettkante. Ihr Name war Sabrina. Wir hatten in der Disko schon zusammen getanzt. Aber leider nur auf Queen. *We will rock you*. Also kniend und mit den Händen immer auf den Tanzboden klatschend. Es war der härteste Tanz, den wir uns vorstellen konnten. Unsere Gruppenleiter schwärmten durch das Diskozelt und forderten uns auf, endlich aufzustehen, weil diese dekadente Tanzerei verboten wäre. Wir wußten nicht, was dekadent war, aber verboten klang nach weiter ärgern. Ob ich jemals mit Katharina getanzt habe, weiß ich nicht mehr.

Sabrina saß wieder einmal auf unserer Bettkante. Leider war sie schon vergeben, weil Dirk, ein blonder Junge aus unserer Gruppe, vom Mädchenzelt einen Zettel bekommen hatte, auf dem viele Mädchennamen aufgelistet waren. Er sollte ankreuzen, mit welchem Mädchen er gehen wollte. Er hatte sein Kreuz hinter Sabrinas Namen gemacht. Schade. Jetzt gingen Dirk und Sabrina miteinander. Er lag bei Manuela im Bett, und Sabrina saß bei Katharina und mir auf der Bettkante. Plötzlich rückte die Nachtwache an. Sabrina sprang in ihr Bett. Ich verkroch mich unter Katharinas Decke. Der Nachtwächter setzte sich auf die Bettkante. Nun plauderten Katharina und er über den abgelaufenen Tag. Wahrscheinlich wußte er nicht genau, ob ich mich darunter verkrochen hatte. Er traute sich wohl auch nicht, einfach unter Katharinas Bettdecke zu gucken. Ich rührte mich nicht. Diese Hitze war kaum auszuhalten! Es war der Höhepunkt unserer Beziehung. Nach einigen Minuten ging der Nachtwächter. Überhaupt: Dieser ganze Streß mit Katharina! Wir konnten nichts miteinander anfangen. Da war es auch schon egal, daß ich am Wandertag keine drei Mark für Verlobungsringe hatte. Was sollten wir machen? Geschlechtsverkehr war uns zu abgefahren, und ficken war nur was für Sonderschüler! Es war eine harte Zeit. Heutzutage wird sie gerne verklärt.

Zonenschläger

Ich bin im Hinterhaus aufgewachsen und, wie alle Hinterhausbewohnerinnen und Hinterhausbewohner, auch einmal sitzengeblieben. In der neuen Klasse wollten mehrere Typen einen einzelnen verkloppen. Aus meinem Gerechtigkeitsempfinden heraus unterstützte ich ihn. Einmal mußten wir uns auf den Dachboden flüchten. Dort erfuhr ich, worum es überhaupt ging. Von nun an unterstützte ich die anderen.

Der BFC war schuld am Mauerbau 1

Damals habe ich mir nicht einmal die Mühe gemacht, die Sprengel-Sammelbilder zu den Olympischen Spielen 1972 von denen der Fußball-Weltmeisterschaft 1974 zu unterscheiden. Ich habe sie nur deshalb nicht weggeschmissen, weil ich sie gegen Kaugummibilder tauschen wollte. Doch mein Interesse am Fußball kündigte sich schon an. Ich war an gesellschaftlichen Problemen interessiert. Meine Lehrerin war es, die mich zuerst in dieses Fußballgelaber verstrickte. An einem Sommertag im Jahre 1974 knipste sie ihre Äuglein auf irren Blick und faselte von einem Sparwasser-Tor: 1:0 gegen die BRD! Na und? Ich war ohne Worte für den Osten. Schön, ein gewisser Sparwasser hatte Bruder Beckenbauer eine Nase gedreht. Trotzdem war der Westen bunter.

Als Ein- bis Zwölfjähriger war ich sehr patriotisch und verließ selten 1058 Prenzlauer Berg. Damals war es für mich unvorstellbar, durch das weltoffene Mitte zu schlendern. Darauf ließ ich mich nur ein, wenn meine Mutter Friedrichstadtpalastkarten für Clown Ferdinand hatte. Schon als achtjähriger Wandzeitungsredakteur und später auch mit vielen BFC-Transparenten kämpfte ich unerschrocken dafür, daß Clown Ferdinand eine Tournee durch die Gotteshäuser von Prenzlauer Berg absolvierte. Ich hielt ihn für würdig, in der Gethsemane-Kirche aufzutreten. Dort wurden ab und zu Revolutionäre getauft. Zu meiner Enttäuschung wollten viele BFC-Fans nichts mit Politik zu tun haben. Um so erstaunter war ich, als Ende der 80er der schon verloren geglaubte Kampf mit einem Sieg endete. Schade nur, daß Ferdinand zwischendurch seinen Humor verloren hatte und nun als Liedermacher unter einem Pseudonym auftrat. Doch ich will nicht zuviel vorwegnehmen.

Meine ersten zwölf Jahre im Prenzlauer Berg waren jedenfalls lässig. Sonnabend nachmittag zog ich mir meine weinroten Schlaghosen an und spazierte mit meinen Eltern und meiner Schwester in eine bessere Gegend, zum Kaffeeklatsch. Meistens zu Verwandten in die Stargarder Straße. Auf deren Hinterhof war eine von vier Hausfassaden verputzt. Es gab auch einen Müllcontainer mit Schwungdekkel. Die Reise von der Gleimstraße dorthin war toll. Unter dem Viadukt der Schönhauser Allee stand unsere Familie unvermittelt zwischen den BFC-Fans, die vom Friedrich-Ludwig-Jahn-Sportpark kamen. Meine Mutter hatte keine Angst um unseren Selbstgebackenen. Ich spekulierte darauf, im Gewühl verlorenzugehen. Später distanzierte ich mich deutlicher und hing draußen rum. Als in der Gleimstraße einmal zwei besoffene Mittzwanziger über ihre eigenen Aktentaschen stolperten, entschlossen Sven und ich uns dazu, die Dinger zu schleppen. Wir schlenderten bis vor eine Haustür neben ihnen her. Dort bekam jeder von uns einen BFC-Wimpel in die Hand gedrückt. Sven meinte noch, es seien Spieler gewesen, und nannte mir irgendwelche Namen. Außerdem sollte der Sohn unseres Werklehrers für den BFC spielen, als echter Prenzlauer Berger. Doch mein Interesse am Sport beschränkte sich vorerst auf das Fußball-Tennis. Manchmal ließen sich die Grenzer darauf ein und schossen unseren Ball wieder zurück auf den Falkplatz.

Es war wohl das letzte Heimspiel der Saison 77/78, zu

dem ich mich das erste Mal mitschleppen ließ. Zum Empfangspreis von 25 Pfennig bekam ich eine Karte für die Oberligapartie zwischen dem BFC Dynamo und dem FC Vorwärts Frankfurt. Heraus aus den engen Wohnungen und den schattigen Straßen – hinein in die sonnenüberflutete Arena! Meine halbe Schulklasse nervte die Zuschauer jenseits des Stimmbruchs mit hellem Geschrei. Nach den ersten Stadionbesuchen war ich jedesmal total heiser und dachte, das würde immer so sein. Einige Frankfurter Spieler sahen uns zu doof aus. Als Angehörige des Vereins der bewaffneten Streitkräfte wurden sie in der Mannschaftsaufstellung mit militärischen Dienstgraden aufgelistet. Wir wußten, für wen wir waren, selbst wenn es nicht der Bessere wäre. Vorwärts ging wohl in Führung. Der BFC gewann trotzdem deutlich. Ich war stolz. Es folgte die Sommerpause. Meine Eltern verschleppten mich nach Hohenschönhausen. Mein neuer Tischnachbar nervte mich: »Hasten Lieblingsverein? Union, wa? Oder biste keen richtja Junge?«

Ich war gezwungen, meinen Jungen herauszuholen oder einen Verein zu nennen. Also sagte ich BFC und hatte bei vielen sofort verschissen. Wofür wollten diese Hohenschönhausener Sachsen mich anpinkeln? Einige Namen, die mir im Zusammenhang mit Fußballvereinen öfter zu Ohren kamen, waren Union und Dresden. Ich schlußfolgerte daraus, daß es einen überbewerteten Verein mit dem Namen 1. FC Union Dresden geben mußte. Verdammt, so weit waren wir doch gar nicht vom Prenzlauer Berg weggezogen, oder?

Nachdem ich meine ersten Heimspieleindrücke gesammelt hatte, legte ich mich mit dem Staat an. Denn ausgerechnet am Tag des ersten Auswärtsspiels der Saison 78/ 79 flog Siegmund Jähn ins Weltall. Er kippte jegliche Oberliga-Berichterstattung. Ich machte meinem FDJ-Funktionär klar, daß ich zukünftig mit den Beitragszahlungen hoffnungslos zurückliegen werde. Ich begann zu verwahrlosen und pöbelte mit meinen Gesinnungsgenossen fremde

Jungs an: »BFC oder Union? Willste mitspielen oder zukiecken?« Zögernd antworteten sie: »BFC.« Das wurde auf die Dauer langweilig. Außerdem wäre bei so vielen Fans der Jahn-Sportpark immer voll gewesen. In einer Hofpause studierte ich ein wenig Psychologie. Die neue Frage brachte unserer Fraktion viel Ehre. »Union oder etwa BFC?!« Diese Rivalität war rauher Alltag. Einmal besuchte ich aufgrund einer Reihe unglücklicher Umstände ein Union-Spiel. Dort bekam ich eine Zigarette angeboten. So etwas kannte ich vom BFC nicht. Eine Bockwurst oder eine Cola waren bei uns selten ein alleiniger Genuß. »Kleener, laß mich ma abbeißen! Dann tu ick dir ooch nüscht!« Wir waren was Besseres. Das Volk haßte uns.

Man muß ziemlich tief schürfen, um zu verstehen, weshalb der BFC Dynamo lange Zeit als der wohl unbeliebteste Verein hierzulande galt. In den 50er Jahren gab es diese kollektiven Umdelegierungen. Einige SED-Oberhäupter aus den nördlichen Bezirken bedienten sich am Süden, in dem es mehr Traditionsvereine gab. Empor Lauter aus dem Erzgebirge verschlug es nach Rostock. Der Armeesportklub Vorwärts, 1951 in Leipzig erfunden, zog nach Berlin. Hier bediente er sich am Spielermaterial von Union. Kurz nach der Gründung der DDR wurde dem Dresdner SC die Umbenennung in SG Friedrichstadt abverlangt. Der deutsche Meister der Jahre 43 und 44 war zu bürgerlich – basta! Viele SGF-Spieler verschwanden in den Westen, der Verein landete in den Niederungen des Spielbetriebs. Ziemlich flott wurden aus der gesamten DDR viele Spieler an die Elbe delegiert. In Dresden wurde die SG Dynamo gegründet, die 1953 Oberligameister wurde. Ein Jahr später delegierte der Vorsitzende der republikweit agierenden Sportvereinigung Dynamo, Erich Mielke, diese Mannschaft in die Hohenschönhausener Fußballwüste. Alle gesellschaftlichen Bereiche waren pseudokommunistisch durchwachsen. Es spielte nicht die entscheidende Rolle, daß bei Dynamo Berlin die Polizei das Sagen hatte.

Mitte der 60er lösten die Funktionäre die Fußballsektionen aus den Sportclubs heraus. Die neugegründeten Leistungszentren sollten vom Delegierungssystem profitieren, was für viele Zuschauer die Hauptquelle des Unmuts war. Dabei sympathisierten sie, wenn sie nach Westen sahen, auch immer mit einem Bundesligisten. Wenn sie so um ihre Betriebssportgemeinschaften jammerten, warum waren sie nie für einen westdeutschen Verbandsligisten?

Im Januar 66 schwang Erich Mielke auf der Gründungsfeier des BFC Dynamo die große Vereinsfahne. Er betrachtete den BFC als die Abteilung Leibesübungen des Ministeriums für Staatssicherheit. Alle waren begeistert. In den 70ern änderte sich in Berlin das sportliche Kräfteverhältnis. Der NVA-Vorstand delegierte den FC Vorwärts nach Frankfurt. Dynamo zog vom Sportforum in den Jahn-Sportpark. Union verschwand vorübergehend in der 2. Liga. In diese Zeit fällt jener Vereinswechsel, der oft als Exempel interpretiert wurde: Mäcki Lauck, hier wie da Publikumsliebling, ging von Union zum BFC. So ganz unfreiwillig wechselte wohl niemand den Verein. Wenn ein nahegelegter Wechsel nicht zustande kam, bedeutete das nicht zwangsläufig das Ende der sportlichen Laufbahn. Viele Fußballer wollten auch damals allenfalls ein Püppchen, ein Auto und ein Häuschen im Grünen. Der BFC holte sich im Laufe der Jahre ohnehin eher namenlose Junioren aus den Bezirken Cottbus und Rostock.

In den 70ern dominierten Magdeburg und Dresden die Oberliga. Wer will ausschließen, daß die Elbestädter von der Günstlingspolitik profitierten? Eine schöne Neubauwohnung, ein neuer PKW Lada und ein abhörbares Telefon, alles nach nur kurzer Wartezeit. Wie kam es zu drei aufeinanderfolgenden Oberligameisterschaften der Dresdner? Wer die Sportpolitik der Elbestädter bejahte und abnickte, der sollte den Berlinern nicht verneinend seine Schuppen vor die Füße schütteln. Die Mitglieder des BFC arbeiteten eben über Jahre aufopferungsvoll. Trainer wie Übungsleiter, Sportler wie Anhänger, Funktionäre wie Führungsoffiziere. An der Spree begegneten wir den sportlichen Erfolgen unserer Rivalen immer mit aberkennenden Glückwünschen und olympischer Mißgunst.

Ich ging mit Beginn der Oberligasaison 78/79 regelmäßig zum BFC. Der leicht überschaubare Saisonablauf hielt kleine Unwägbarkeiten bereit, aus denen tausend Möglichkeiten resultieren konnten. Wir redeten nur über Fußball. Der ritualisierte Minimalismus trug sicherlich zur schleichenden Verblödung bei. Was solls? Auch damals wurden picklige Arbeiterkinder noch nicht von hübschen Eisdielerinnen entführt.

Im Jahr seiner ersten Oberligameisterschaft stellte der BFC viele bisherige Rekorde ein. Dynamo erreichte die längste niederlagenlose Serie, den höchsten Punkte- und Torstand und so weiter. Doch in erster Linie wurde ansehnlicher Fußball gespielt. Die Spieler waren populäre Sterne.

Dagegen war Union eben ein etwas zurückgesetztes Leistungszentrum, ein staatlich abgesegnetes Ventil. Wie viele Betriebssportgemeinschaften hatte denn dieser Verein auf dem Gewissen? In ihrem Fußballstadion ohne Laufbahn war die Stimmung selbstredend besser. Uns wurde immer vorgeworfen, daß beim Bullenverein nichts los wäre. Diesen Eindruck hatte ich nicht. Über dem Jahn-Sportpark schien an 13 Heimspielnachmittagen pro Saison die liebe Sonne. Daß der BFC selbst zu seinen größten Zeiten nur genauso viele Zuschauer hatte wie der 1. FC Union während all seiner Hungerjahrzehnte, lag am Herdentrieb. Die Südostberliner galten als Mannschaft des Volkes, weil sie vom Freien Deutschen Gewerkschaftsbund finanziert wurden. Das schloß nicht aus, daß auch ihr Kader mit Apparatschiks durchwachsen war. Warum bildeten sich die 68er Pokalsieger auf ihren Eintrag ins Goldene Buch der Hauptstadt der Deutschen Demokratischen Republik so viel ein? Wäre die Alte Försterei das gewesen, was viele Unioner in ihr sahen, nämlich eine Oase jenseits der Marschrichtung, so hätten die Funktionäre den 1. FC Union genauso schnell in die Wüste verbannt, wie sie es Anfang der 50er mit dem

Dresdner SC machten. Wer in der Gesellschaft welche Statistenrolle spielte, ließ sich nicht von der Vorliebe für einen Fußballverein ablesen. In Hohenschönhausen, in meinem Viertel, gab es viele Neubaublöcke, die ausschließlich von Arbeitern beziehungsweise von Bullen bewohnt wurden. Die Arbeiterkinder waren oft für den BFC und die Bullenkinder für Union, oder umgekehrt.

Immerhin reifte Dynamo von einer sympathischen Berliner Pflanze zum verhaßten Monster heran. Die 70er waren die 70er, und die 80er sollten die 80er werden. Ich war BFC-Fan und tauschte Poster gegen Wimpel, Aufnäher gegen Stoffkalender, Nadeln gegen Biergläser und meinen Schal gegen eine vors Maul.

Von einem aufgeweichten Neubau und dem Gefängnis in Hohenschönhausen

Was war schon meine glückliche Kindheit gegen meine sorglose Jugend? Ende der 70er zogen wir nach Hohenschönhausen, das damals zu Weißensee zählte und auch so aussah. Marzahn war ein Dorf, inmitten von Feldern, über die ein Hirte seine Schafe trieb. Sozusagen der Osten vom Osten. Alles war so hell. Die Luft war frisch. Ich kam mir vor wie in Bullerbü. Vorher hatten wir in Prenzlauer Berg im zweiten Stock, Hinterhaus gewohnt. Anderthalb Zimmer, Ofenheizung und Außentoilette. Schon damals hatte ich im Fernsehen gesehen, daß viele Kinder unter solchen Umzügen sehr litten. In der jeweiligen neuen Umgebung war immer alles fremd und langweilig. Heidis Welt waren nun einmal die Berge. Mir lag es aber fern, den maroden Prenzlauer Berg zu romantisieren. Ich war ein Arbeiterkind. Wir wollten umziehen, in eine schöne Neubauwohnung mit drei Zimmern, Bad, Balkon und Zentralheizung. Meine Mutter liebäugelte mit einer derartigen Wohnung in Prenzlauer Berg, doch mein Vater meinte: »Mutter! Als Hausgeburt von um die Ecke mußt du eigentlich wissen, daß es in Prenzlauer Berg solche Wohnungen nicht gibt. Jedenfalls nicht ohne gute Beziehungen.«

Da hatte er wohl recht. Unsere schlechten Beziehungen reichten allenfalls für eine Wohnung in der Schönhauser Allee, mit Ofenheizung, Badewanne und Ausblick auf den U-Bahn-Viadukt. Mein Vater sagte: »Wegen so was ziehe ich doch nich um! Ich komme aus Thüringen, ich brauche frische Luft!«

Nachdem meine Mutter über acht Jahre die Götter der kommunalen Wohnungsverwaltung für eine größere Altbauwohnung angebetet hatte, leistete mein Vater in seiner Freizeit Aufbaustunden. Er trat in die Arbeiterwohnungsbaugenossenschaft ein und zahlte auch noch irgendeinen Geldbetrag, für den Aufbau unserer sozialistischen Heimat im allgemeinen und für eine eigene größere Wohnung im speziellen.

Nach zwei AWG-Jahren war es soweit. Wir zogen um. Ich litt ein wenig, weil ich nicht mit dem Möbelwagen mitfahren durfte, sondern mit der S-Bahn und dem Bus hinterherzuckeln mußte. Unser Wohngebiet lag zwischen dem Sportforum, einem Altbaugebiet, einer an den Bezirk Lichtenberg grenzenden Industrielandschaft und dem Gefängnis Hohenschönhausen. Inmitten unserer schlammigen Gegend standen einige Neubauten. Einige Achtzehner und viele Zehner. Von Arbeitern für Arbeiter gebaut. Es gab keine Gespenster. Wir waren die Erstbezieher. Es war ganz schön fremd, aber nicht langweilig. Wir wohnten im obersten Stockwerk eines Zehners. Meine Schwester und ich konnten mit dem Fahrstuhl spielen. Am spannendsten war es, wenn er nicht mehr funktionierte. Manchmal wurde auch das Wasser abgestellt. Einmal wollte meine Schwester Badewasser in die Wanne laufen lassen. Sie drehte den Hahn auf, stellte enttäuscht fest, daß kein Wasser herauskam, und ging erst mal spazieren. Als sie wiederkam, sah sie schon auf dem Korridor, daß das Wasser inzwischen wieder angestellt worden war. Ich staunte, mit welcher Selbstverständlichkeit die Mieter im neunten Stockwerk unsere Mißgeschicke und Böswilligkeiten ertrugen. Unser Neubau konnte einige Überschwemmungen verkraften. Im großen und ganzen hielt er dicht. Und diese Versicherung in der DDR war auch sehr kulant. Nach der zweiten oder dritten Wasserkatastrophe mußten die Bewohner im achten, neunten und zehnten Stockwerk zwischen dem Sendeschluß und der Nachtruhe die Silberfischchen aus ihren Betten vertreiben.

Mitte der 90er Jahre brachten sie im Fernsehen einen Bericht über einsturzgefährdete Neubauten in Hohenschönhausen. Ich erkannte den Wohnblock, in dem inzwischen meine Schwester mit ihrem Sohn und ihrem Freund wohnte. Während einer Geburtstagsfeier sagte ich zu ihr: »Du hast unseren Neubau aufgeweicht!« Doch mein Vater widersprach: »Das kann gar nicht sein! Unser Neubau war schon vor der Bezugsfertigstellung krumm und schief!«

Das stimmte. Während wir damals tapezierten, war das Wohnzimmer noch weitgehend leer, und so konnten wir beobachten, wie der wilde Herbstwind durch die Ritzen unserer Wohnung blies: Über dem Betonfußboden blähte sich der mausgraue PVC-Belag wie ein Segel! In der Zimmermitte beulte er sich fast einen halben Meter aus! Dort stand ein Stuhl, er kippte um. Uns gefiel unsere neue Wohnung. Meine Schwester fühlte sich darin noch 20 Jahre später ganz wohl.

1977 beschönigte die liebe Sonne die umliegenden Sandberge, den Baulärm und den schlammigen Trampelpfad, der am Behelfsverkaufsbarackenkonsum vorbei zur Schule führte. Für mich sollte sich alles zum Besseren wenden.

Nachdem ich im Prenzlauer Berg hängengeblieben war, fing ich mich in Hohenschönhausen wieder. Doch ich war nur ein Strohfeuerstreber. Mein Vater hat mir meine Leistungssteigerung manchmal vorgeworfen. Na und? Man bekam zwar den Menschen aus dem Prenzlauer Berg raus, nicht aber den Prenzlauer Berg aus dem Menschen. In der Schule sollten wir in Kunsterziehung ein Wohngebiet zeichnen, so wie wir es uns wünschten. Mit großzügigen

Parkanlagen, romantischen Häusern und einem rosa Himmel. Wir wurden dazu verdonnert, unserer Phantasie freien Lauf zu lassen. Ich malte ein Schnittmuster vom Prenzlauer Berg. Quadratisch, praktisch, gut. Grau in Grau. Mein Kunsterzieher reagierte ein wenig verstört. Als freischaffender Künstler verlor er später ja auch den Kontakt zur Bevölkerung. Immerhin konnte er von seiner Malerei leben.

Ansonsten lernten wir zum Beispiel, daß während der Nazi-Herrschaft viele Menschen weggeschaut hatten, da sie die Konzentrationslager nicht sehen wollten. Wenn ich dann nach Hause kam, schaute ich aus meinem Fenster, ohne wegzusehen. Der mausgraue Betonkomplex vom Gefängnis paßte wunderbar zum PVC-Belag. Morgens fuhren zwei oder drei Ikarus-Busse mit einigen hundert Gefangenen los. Sie hielten 50 Meter vor unserem Neubau, auf einer eingezäunten Baustelle, wo die Gefangenen einige fünfgeschossige Neubauten hochzogen. Diese Baustelle war vielleicht einen Quadratkilometer groß. Sie war von einer Wellblechabsperrung mit Stacheldraht umgeben. Davor befand sich noch ein Maschendrahtzaun. Zwischen dieser doppelten Absperrung kläfften zottelige Schäferhunde. An den Ecken der Baustelle gab es Wachtürme, insgesamt wohl sechs. Ich fragte meinen Vater, ob das ein Gefängnis sei. Amüsiert antwortete er: »Das is ne Knastbaustelle! Für Knastis!«

»Und was haben die gemacht?«

»Die werden schon was gemacht haben!«

Unser Gefängnis war also zum Hinsehen. Dort gab es sicherlich keine richtigen Schwerverbrecher. Sie trugen auch keine schwarz-weiß gestreiften Anzüge, sondern dunkelgrüne. Jeder Gefangene hatte auf dem Rücken und an den Armen einen gelben Streifen. Ich war enttäuscht. Weshalb mußten die Gefangenen dort arbeiten? Aber eigentlich arbeiteten sie gar nicht so hart, oder? Tagsüber schlummerten einige von ihnen auf den Balkonen. Die Aufseher konnten es von ihren Wachtürmen aus nicht sehen, anders als ich von meinem Fenster. Manchmal winkte ich solidarisch zu ihnen hinunter. Zu Frank und Maik sagte ich: »Die Knastis sind doch inner Überzahl! Laß uns doch maln bißchen provozieren!«

Wir malten uns diese Rebellion in den schönsten Farben aus. Nach der Schule sollte es losgehen. Wir nahmen unsere Lederpflaumen und postierten uns vor dem Maschendrahtzaun, um sie wieder und wieder dagegen zu schießen. Ein zotteliger Schäferhund wurde total verrückt. Zeitgleich stand meine Schwester auf unserem Korridor, vor der Haussprechanlage. Sie drückte auf die Sprechtaste und rief immer wieder: »Jetz jehts los! Befreit euch! Kämpft doch mal! Ihr müßt frei sein!«

Während wir den Maschendrahtzaun beschossen und der zottelige Schäferhund herumkläffte, brüllte ein Aufseher aus dem Wachturmfenster. Wir rannten weg. In unserer Wohnung sahen wir aus dem Fenster. Auf der Knastibaustelle passierte nicht viel. Einige Gefangene arbeiteten auf den Dächern, manche schlummerten auf den Balkonen. Einer winkte solidarisch. Wir gingen Fußball spielen. Irgendwann waren auch die Fünfgeschosser fertig. Im Gegensatz zu unseren AWG-Neubauten, in denen Berliner Arbeiter wohnten, zogen in diese Neubauten nur Stasis und Polizisten aus dem entfernteren Umland ein. Während der staatlich verordneten Feiertage wurden die Fünfgeschosser von den Bewohnern immer beflaggt. Ich schaute auf sie herab, doch viel lieber sah ich weg.

Ich war ein Freizeitloser, der ziellos in den Tag hinein arbeitete 1

In der Schule profitierte ich viel von meiner Russischlehrerin. Sie zog mich die ganzen Jahre über mit durch. Einmal war sie mehrere Wochen krank geschrieben. Ihre Vertreterin gab mir einige Chancen, die ich in einige Fünfen ummünzte. Als meine Russischlehrerin wieder gesund war, schrieb sie mir einige neutralisierende Zensuren ins Klassenbuch. Vorsichtshalber nahm sie mich vorher nicht dran. Als ewig abstiegsgefährdeter Schüler ging ich mit zwei Vorzensurfünfen in die Abschlußprüfungen der zehnten Klasse. Trotzdem habe ich relativ sportlich und fair bestanden. Ich hatte keinen Traum und wurde Tiefbaufacharbeiter.

In der Schule redeten sie ja immer diesen wissenschaftlich fundierten Übergang vom real existierenden Sozialismus zum Kommunismus herbei. Dann gäbe es für alle Menschen so ein vernünftiges Verhältnis von Arbeit, Sport und Spiel. Im Kommunismus gäbe es weniger stumpfsinnige Arbeiter und noch weniger dekadente Künstler, sondern viele Arbeiter, die unter anderem vor sich hin künstlern. Der Mensch als Ganzes, nicht nur auf seinen Broterwerb reduziert! Mir gefiel diese Vorstellung. Hinein in die Lehre, ziemlich erwartungsfroh und interessiert. Ich besaß die Vorstellungskraft eines weltfremden Theoretikers.

Tiefbaufacharbeiter. Diesen tollen Beruf hatten sie für Schulabgänger erfunden, die mit Eins oder Zwei abschlossen. Für Schulabgänger, die gewillt waren, einen nützlichen, anspruchsvollen und vielseitigen Beruf zu erlernen. Damit sie standesgemäß eine Stütze des Arbeiter-und-Bauern-Staates werden würden. Allerdings waren die Menschen, die so gute Zensuren hatten, intelligent genug, um zu wissen, wie der Alltag eines Tiefbaufacharbeiters aussah. Sie wurden lieber was anderes. Unsere Berufsschule wurde ein Sammelbecken für diejenigen, die sich nach ihrer Schulzeit auf dem Sozialamt wiedergefunden hätten, wenn sie einige Kilometer weiter westlich aufgewachsen wären. Ja, das klingt unsachlich. Ich bin eben Kommunist, von den Fußsohlen bis zu den Fersen. Die Realität im Reinickendorf der 80er Jahre lasse ich hier einfach weg. In der DDR sahen ja zu Beginn der 80er die meisten Jugendlichen gleich aus. Außer in unserer Berufsschule. Hier gingen die ersten Szenezombies ein und aus. Chaoten aller Couleur. Sie ließen sich einen dekadenten Floh ins Ohr setzen und bekamen von ihm eine dubiose Weltanschauung aufgetischt. Warum auch nicht? Wer nur normal aussah, war immerhin Fußballfan. Im großen und ganzen kamen alle gut miteinander aus. Hauptsache, man hatte eine große Fresse.

Ich hatte keine große Fresse, deshalb wurde ich von Kaczmarek mit Papier beworfen. Immer wieder. Eines Tages nahm er mir mitten im Unterricht meinen Hefter weg. Er kritzelte darauf »Eisern Union«. Ich forderte ihn zum Klassenkampf auf: »Los, Kaczmarek! Komm mit raus! Kriegstn paar!«

Die Situation war kritisch. Vor allem für mich. An Kaczmarek seinem Körper waren ziemlich lange Arme und Beine. Überraschenderweise hatte er Angst vor mir. Unser Lehrer, Herr Harz, schritt ein: »Hinsetzen! Mit Kaczmarek kannste im Sportunterricht boxen! Wir werden ja wohln paar Boxhandschuhe finden, oder? Wenn nich, is ooch nich so schlimm! Jib Kaczmarek maln paar! Aber richtig, nich so sportlich! Ick setze fünf Mark off dich!«

Herr Harz konnte Kaczmarek nicht leiden, weil der ihn manchmal bloßstellen wollte. So nach dem Motto: »Der Harz war mal Alkoholiker!«

Welch ein Schock für angehende Alkoholiker. Die meisten Schüler meiner Klasse setzten auf mich. Weniger aus Sachverstand, sondern mehr aus Sympathy for the devil. Kaczmarek war eingeschüchtert. Er tat mir nicht leid. Der Tag des Boxkampfes rückte näher. Es war soweit. Ich ging ausgeruht und motiviert in die Berufsschule. Zuerst gab es das übliche theoretische Vorgeplänkel. Sozialistisches Recht, Werkstoffkunde und so weiter. Doch während der großen Pause hieß es: hinein in die Sporthalle, zu den Umkleideräumen! Ich grinste Kaczmarek noch einmal herabwürdigend an. Da stand auch schon die Zivilpolizei! »Sind Sies?«

»Ja, wieso?«

»Wir möchten Sie bitten mitzukommen.«

»In Sportzeug?«

»Nein, nehmen Sie alles mit!«

»Ick hab aber keene Zeit! Ick muß boxen!«

»Rein ins Auto! Dawei, dawei!«

Wenig später in Rand-Berlin. Gegenüberstellung! Jemand, dem irgendwer das Gesicht eines Burschenschaftlers verpaßt hatte, war sich unsicher, ob ich dieser gewisse Irgendwer wäre. Wenig später folgte die Entwarnung: »Vielen Dank für Ihre Mitarbeit!«

»Schon jut. Wo bin ick überhaupt?«

»In Basdorf, dem Tor nach Sibirien.«

»Hm? Fahrn Sie mich nach Berlin zurück?«

»Raus hier! Dawei, dawei!«

In unserer Berufsschule galt ich nun als gerissener Schläger. Ganz unschuldig war ich doch nicht, oder? Ich forderte einen Größeren heraus und wurde von der Zivilpolizei vernommen, na ja. Kaczmarek war erst einmal wochenlang krank geschrieben. Als sein SV-Urlaubslimit ausgeschöpft war, das er einhalten mußte, um diese Lehre zu bestehen, kehrte er zurück und bot mir seine Entschuldigung an. Aus gesundheitlichen Gründen nahm ich sie an. Das erste Lehrjahr war ein Herrenjahr. Ich war meistens da, also hatte ich bestanden.

Zu Beginn vom zweiten Lehrjahr wurde ich einer Brigade zugeteilt. Ich mußte am Arsch der Welt früh um sieben antreten. Der stinkende Bauwagen war leider nicht wegen Überfüllung geschlossen. Zwischen zehn Arbeitern suchte ich mir einen Platz: »Morgen! Ick bin der neue Lehrling. Wo isn hier nochn Platz frei?«

Stille. Einer brach das Schweigen: »Haste überhaupt schon mal gefickt?«

»Wieso?«

»Dacht ick mir. Jeh ma inne Kaufhalle! Hol ma dit und dit! Stift! Sei ma so jut! Ab inne Spur!«

Und so zog ich los, über die Ahrensfelder Rieselfelder, mit einem Einkaufszettel, auf dem die ganzen Mangelwaren aufgelistet waren. Dinge, die es manchmal gab: Bierschinken, Eiersalat, Fisch und so weiter. Ich ging auf Nahrungssuche, doch ich fand das wenigste. An einem der nächsten Tage betrat ich den inzwischen gelüfteten Bauwagen und besetzte einen Stuhl. »Na, Stift, kam jestern wat inne Glotze? Erzähl mal!«

»Ja, son Film, war janz jut.«

»Hamse Titten gezeigt?«

»Hm, warte mal. Ja, janz kurz.«

»Hm, janz kurz? Und der Film war janz jut? Wat erzählst du denn da? Jeh ma inne Kaufhalle! Hol ma dit und dit. Stift, sei ma so jut! Ab inne Spur!«

Und so zog ich los, über die Ahrensfelder Rieselfelder, mit einem Einkaufszettel, auf dem Dinge aufgelistet waren, die es im Überfluß gab, die jedoch nie in den Wurst- & Fleischabteilungen lagen, sondern in den Speckitonnen: Fischschwänze, Schweineaugen und so weiter. Ich sprach zu der Verkäuferin: »Haben Sie ein gutes Herz! Packen Sie mir Eingeweide ein! Sone Mischung aus der Speckitonne! Beschriften Sie die Packungen mit *Bierschinken* oder *Eiersalat!*«

Sie tat es. Den Kopf haben mir die Arbeiter nicht abgerissen. Zwei waren ein bißchen irritiert, und die anderen lachten sich schief. »Na, Stift, hasta jut einjelebt, wa? Hahaha! Hasta jut einjelebt, wa, Stift?«

Ja, ich hatte mich gut eingelebt. Über die Tage, Wochen, Monate und Jahre gesehen, stimmte aber das Verhältnis von Arbeit, Sport und Spiel überhaupt nicht. Auch wenn es damals erträglicher war als einige Jahre später, bei diesem oder jenem Baustellengott. Als Tiefbauer gingen wir morgens aus unserem Bauwagen eine halbe Stunde später raus. Zwischendurch gab es jeweils eine Stunde Frühstück und Mittag. Um 15 Uhr verließen wir den Bauwagen, damit wir zum Feierabend um 16 Uhr zu Hause an den Kaffeetischen saßen. Wenn in unserer Zehn-Mann-Brigade jemand Geburtstag hatte, zur Asche mußte, eine Urlaubslage gab oder Vater wurde, schrieb unser volksnaher Brigadier eben Schlechtwetterstunden. Auf Arbeit konnten wir Bücher lesen und Schach spielen. Wenn zwei, drei Überstunden absolviert werden sollten, schrieb uns der Brigadier eine Doppelschicht. Dafür gab es einen Tag frei. Trotzdem gab es zu wenig Kommunisten. Wofür arbeitete ich überhaupt? Diese staatlich verordnete Begeisterung für unsere sozialistische Heimat kotzte mich an. Schön, wir hatten nicht viel, aber mußten wir das jedem erzählen? Wenn diese roten Spießer mir nicht alles vorgekaut hätten, so hätte ich die Mangelwirtschaft gar nicht so schnell in Frage gestellt. Doch ich wollte rüber und auch mal arbeitslos sein. Ich wollte was von der Welt sehen. Wieso sollte ich als Freizeitloser ziellos in den Tag hinein arbeiten? Das wäre das Ende gewesen.

Im Westen wird das Fleisch knapp!

Meinen Urlaub verbrachte ich Mitte der 80er einmal auf einem Bauernhof. Ich erholte mich viel und arbeitete wenig. An der Kreissäge verlor ich drei Finger. Ich sammelte sie ein und warf sie den Hühnern vor. Nein, stimmt nicht. Vielmehr hatte ich mir auf Arbeit nur einen Finger eingequetscht, worauf ich im Fernmeldebauamt einen Schonplatz beantragte. In den folgenden Wochen mußte ich weder Postschächte mauern noch Kabelformsteine und PVC-Rohre verlegen. Ich saß im Baubarackenbüro als Telefonist herum, trank Kaffee und las Zeitung. Ab und an telefonierte ich ganz kurz. Ich stellte die Verbindungen zwischen den außerirdischen Architekten und Brigadieren, und den benachbarten Meistern und Bauleitern her. Die Technik funktionierte ab und zu. Ansonsten wurden die Verbindungen offtmals unterbrochen. Mir war langweilig. Noch fünf Stunden bis Feierabend. Bestimmt hatten meine fünf Kollegen ihre Arbeit bereits verrichtet. Die Arbeit, die auch zwei Kollegen alleine geschafft hätten. Es war ein heißer Spätsommertag. Mit Sicherheit lagen sie am Strand des Orankesees und scherzten mit den Kollegen der anderen Brigaden darüber, daß die Straße vor dem Freibad Orankesee mit den LKWs des Fernmeldebauamtes zugeparkt war. Ich saß in der miefigen Baubaracke. Es klingelte. »Fernmeldebauamt, gutn Tag?«

»Ja, hier is Hahnemann, der Architekt! Verbinden Sie mich bitte mit Weißhaupt, dem Meister!«

Ich drückte auf die entsprechende Taste, legte meinen Hörer auf und langweilte mich. In mir kam Neugier auf. Was hatten sie zu bereden? Ich nahm den Hörer ab. Der Architekt fachsimpelte und stellte auch noch eine schwierige Frage. Irgendwie sehr spezifisch. Meister Weißhaupt antwortete nicht. Vielleicht war die Verbindung unterbrochen. Plötzlich kam er hereingepoltert. »Wo is mein wichtjet Jespräch?«

Ich regte mich demonstrativ auf: »Scheißrussentechnik!«

Mein Meister gönnte mir keine Ruhe. »Ick hack dir die Finger ab!«

Er kam sogar auf die Idee, daß ich mich nützlich machen könnte, indem ich für unseren Baubarackenflur eine Wandzeitung bastelte. »Du liest sowieso den janzn Tach Zeitung. Informiert biste! Bastel mal ne Wandzeitung zu den Themen, die grade so aktuell sind, Parteitach, Planvorhaben, pipapo!«

»Nee, mach ick nich!«

»Wat heißt hier, mach ick nich? Hör uff zu heuln, sonst such ick mirn andern Telefonist!«

Ich willigte ein, weil ich mich bisher auf Arbeit noch nie so schön geschont hatte. In der Schule brachte ich es ja nur bis zum stellvertretenden Brigadeleiter. Doch nun war ich nicht nur Telefonist, sondern auch noch Wandzeitungsredakteur! Es überraschte mich, daß es im Berufsleben noch Wandzeitungen gab. Wahrscheinlich wurden auf unserem Baubarackenflur die Wandzeitungen immer von den Kollegen, die sich mit ihren Rücken gegen die Wände fläzten, systematisch zugedeckt. Niemals lehnte sich jemand mit dem Brustkorb an die Wand, um die Losungen zu lesen.

Zu dieser Zeit kam ich zum ersten Mal mit Fanzines in Berührung. Ja, diese selbstgebastelten Hefte waren für mich ein kultureller Urknall! Bisher las ich nur lehrreiche und langweilige DDR-Postillen, dieses staatlich abgesegnete Zeug. Vor Fanzines zu sitzen war für mich so, als wenn ich vor einer Punkband herumhopste. Einige weniger konforme Menschen produzierten schreckliche Musik, viele andere machten einfach gar nichts. Aber wer bastelte ein Fanzine? Ich fand es heraus.

Unweit vom S-Bahnhof Schönhauser Allee besuchte ich einige Freunde. Die Klingel funktionierte nicht, die Tür stand jedem offen. Ich trat ein: »Tach, eure Klingel is kaputt.«

»Ja, Scheißosten, setz dich doch, willsten Kaffee?«

Vielleicht war diese nichtberufstätige Bevölkerung die glücklichste nichtberufstätige Bevölkerung, die es jemals auf deutschem Boden gab, oder? Ich traute mich nicht, diese Frage laut zu stellen, denn ich hatte Komplexe, weil ich regelmäßig arbeiten ging. Hier saß ich unter schrägen Vögeln. Von was lebten die überhaupt? Während wir Kaffee tranken, blätterte ich in einem Fanzine. Unglaublich, es kam aus Westberlin. Darin wurde ausführlich beschrieben, welche kleine Punkband es von Australien nach Europa schaffte, trotz ihrer Musik, weshalb der Schreiberling mit dem Bus von Kreuzberg nach Schöneberg fuhr und wen er dort in welcher Kneipe traf. Dazu gab es ein völlig unpassendes Foto, das eine japanische Großmutter auf einem Fahrrad zeigte. Die Bildunterschrift lautete: »Schwedische Stukkateure sind schlechte Köche!«

Ich rief: »Sagenhaft! Ick bin übrigens Wandzeitungsredakteur!«

Sie waren begeistert und wollten einsteigen! Bisher hatten sie als Verleger noch keine Erfolge feiern können. Unter dem Dach der Kirche wollten sie ihr Fanzine herausbringen. Es hieß *Heiliger Bimbam*. Sie gaben mir ihr Material einfach mit. Am nächsten Arbeitstag bastelte ich eine zwei Quadratmeter große Wandzeitung. Genug Schnipsel hatte ich. Zu sehen war nur wirres Zeug: Die Bay City Rollers standen im Fleischerladen vor dem Regal. Darin waren ganz viele lila Milka-Kühe zu sehen. Und darüber die Schlagzeile: »Im Westen wird das Fleisch knapp!«

Im Baubarackenflur hing unser Heiliger Bimbam nur ganz kurz. Mein Meister war davon überzeugt, daß wir dafür verhaftet werden konnten. Es war nicht alles gut in der DDR. Nach meinem nächsten Arbeitsunfall wurde ich zum Betriebsdirektor befördert.

Der BFC war schuld am Mauerbau 2

Als ich 15 Jahre jung war, glaubte ich sowohl an die Völkerfreundschaft als auch an die Geschwisterliebe. Während einem Europapokalspiel saßen Maik, Frank und ich im Rentnerblock. Dort bekamen wir nicht mit, daß viele BFC-Fans darauf aus waren, nach dem Spiel die Koalition von Banik und Union zu überrennen. Hätten wir davon gewußt, so hätten wir aus sicherer Entfernung zugesehen. Wir hatten noch Respekt vor Eltern, Lehrern und Polizisten. Vor 18 Jahre alten Unionern gruselten wir uns.

Am S-Bahnhof Leninallee warteten wir auf den Bus oder die Straßenbahn. Maik und Frank schlenderten zum Fahrplan. Jemand tippte mir auf die Schulter. Ich drehte mich um und machte eine Blitzbekanntschaft mit einer fremden Faust. Für eine Sekunde war es dunkel. Danach sah ich mich jemandem gegenüber, der mir körperlich überlegen war. Er zeigte sich gesprächsbereit und wollte nur meinen Schal. »Nee!« Drei oder vier Unioner zerrten mich auf die schlechtbeleuchtete Straßenseite. Ich gab meinen selbstgestrickten Skalp preis. Haben meine Freunde aus sicherer Entfernung zugesehen? Offiziell hatten sie selber einige Typen am Hals. Meine Zähne fühlten sich ein wenig taub an. Immerhin hatte ich noch alle beisammen. Frank meinte: »Dir is wohln Pickel uffjeplatzt?«

»Arschloch!«

Zu Hause blickte ich in den Spiegel und riß vom oberen Zahnfleisch einen losen Zipfel ab. Ich hielt es für ein Gerücht, daß der Sport verband. Die Fans von Union galten als asoziale Schläger. Sie waren immer in der Überzahl. In

Berlin sorgten Herthaner und Unioner oftmals für dieselben Gesprächsthemen, nur eben mit wenigen Wochen Unterschied. Wenn dort den Gästen aus Kaiserslautern der Eintritt ins Olympiastadion verwehrt wurde, dann durften die Magdeburger eben auch nicht in die Alte Försterei. Die S-Bahn-Waggons der Reichsbahn wurden im Westen wie im Südosten Berlins zerbastelt. Sicherlich schlugen sich viele Fußballinteressierte nur aus Selbsterhaltungstrieb auf die Seite von Union.

Damals beteiligten sich bestimmt zwei Drittel der jugendlichen Stadionbesucher an den Auseinandersetzungen. Was über das Rupfen und einen Ordnungsgong hinausging, war den meisten Fans aber zu asozial. Wir hatten etwas gegen Gewalt, schon weil wir meistens die Leidtragenden waren. Viele BFC-Fans kriegten erst mal eine vors Maul. Diese Art der Auseinandersetzung kannten sie schon vom Schulhof her. Es war naheliegend, sich zu wehren. »Icke bin Berlina, wer ma haut, den hau ick wieda!« Wegen diesem blöden Gefühl nicht mehr zum Fußball zu gehen war so absurd, wie deshalb die Schule zu beenden. Wir wollten doch lernen, lernen, nochmals lernen. Und wir mußten unsere Helden Terletzki, Riediger und Netz sehen. Daß der BFC im Vorfeld der direkten Duelle mehr Federn ließ, bestätigte sich im Stadion. Es war aber auch die Zeit des Machtwechsels in der Rabauken-Liga.

Wenn wir zum Derby unterwegs waren, konnte von einer sicheren Anfahrt zum Stadion der Weltjugend keine Rede sein. Ein Loch im Parka, eine dicke Lippe, und tschüs. Die Revanche gab es nach dem jeweiligen Spiel. Das Resultat bewegte sich oft zwischen einem 2:0 und einem 8:1. Anfang der 80er spielten wir gegen die Köpenicker im Pokal. Da sie im Hin- und Rückspiel keine Chance gegen die Schiedsrichter sahen, traten sie mit halber Kapelle an. Dieser stille Protest fiel uns gar nicht auf, weil wir ihre Bestbesetzung auch nicht ernst nahmen. Ein 7:1 unserer europäischen Spitzenmannschaft war in heimatlichen Gefilden normal.

Viele Union-Fans eiferten ihren Spielern nach: Ein Großteil wanderte ab. Der im Stadion verbliebene Rest ließ sich von der Volkspolizei zum S-Bahnhof Friedrichstraße abkommandieren. Uns wurde das zeitgleiche Verlassen von allen möglichen Ordnungshütern verwehrt. Schließlich rannten einige hundert BFC-Fans die mehr als zwei Kilometer bis zum S-Bahnhof Friedrichstraße entlang. Die Bahnhofseingänge waren wie Nadelöhre. Dort gingen die Opfer des Stalinismus regelmäßig ein, auch wenn die Transportpolizisten ihr Bestes gaben.

Einmal gab es eine Ausnahme, die die Regel bestätigte. Kurz vor dem Bahnhof kam ein gegnerischer Mob aus einer Seitenstraße. Ich erkannte einen Unioner aus meiner Berufsschule. Er hatte mich einmal davor bewahrt, hinter dem Bauwagen verscharrt zu werden. Die Situation verkennend, dachte ich daran, ihn zu retten. Ich warf ihm meinen Schal um den Hals. Er wirkte völlig entgeistert.

Über die Jahre nahm das Zuschauerinteresse an diesen Derbys ab. Das lag nicht nur daran, daß Mielke die 0:1-Niederlagen der Vorjahre vergessen machen wollte. Statt dessen wurden Auswärtsfahrten populärer, sie waren die ganze Wahrheit. Zuerst zählten wir die Fahrten, dann die Städte und irgendwann nur noch die Jahre. In Karl-Marx-Stadt gab ich mein Debüt. Meinem Vater erzählte ich was von einer Klassenfahrt. Es wurde der lehrreichste und unterhaltsamste Schulausflug. Im Rahmen vieler Auswärtsspiele gab es eine Exkursion in den gegnerischen Fanblock. Sie fand vor, während oder nach dem Spiel statt. Meistens erbeuteten 50 Berliner einige Schals, um sie untereinander zu tauschen. Sie vervollständigten so ihre Oberligasammlungen. Die allseits beliebte gelbe Sporttasche mit allen Vereinszeichen war ja nichts für die Zimmerwand.

Zu unserer besten Zeit fuhren wir mit 2000 Leuten nach Dresden. Bei den Sachsen hatten sich gerade drei Nationalspieler selber entschärft. Sie hatten keinen ihrer bisherigen Aufenthalte im nichtsozialistischen Wirtschaftsgebiet zur Republikflucht genutzt. Statt dessen verplapperte sich einer von ihnen über zukünftige Fluchtpläne in Anwesenheit eines Inoffiziellen Mitarbeiters, im Tal der Ahnungslosen. Darüber haben wir gelacht. Nach der Niederlage sahen wir die dritte Meisterschaft flötengehen. Wie danach in Dresden gewildert wurde, zeigte sich am auffälligsten, als der Zug auf halber Strecke in einer Kurve zum Stehen kam und viele Berliner ihre gerupften Schals und Transparente aus den Fenstern hängten. Der Zug war schwarzgelb.

Die dritte Meisterschaft ging dann doch klar. Der BFC hatte eine eingeschworene Truppe von internationaler Klasse. Im Jahn-Sportpark erlebten der AS St. Etienne oder auch der FC Aberdeen ihr Waterloo. Allerdings wurden die Eintrittskarten für die attraktiveren Europapokalspiele über die Betriebe verteilt. Das war der zweite Teil der großen Verarsche. Oft befand sich ein Kessel-Buntes-Publikum im Stadion, das für die alltägliche Leisetreterei belohnt wurde. Der BFC scheiterte schon fast traditionell ohne eigenes Publikum an späteren Europapokalsiegern wie Nottingham Forest, Aston Villa oder dem Hamburger SV. Unsere Chancen, an EC-Karten zu kommen, waren am höchsten, wenn wir im Sportforum eine Auswärtsfahrt buchten. Doch dem Staat war unverordneter Frohsinn nicht geheuer. Mielke und Co. hatten wohl Bedenken, daß sich das Publikum während eines ausverkauften Spiels, noch dazu mit Fernsehübertragung, nach Westen orientieren könnte. Der Jahn-Sportpark lag ja direkt an der Mauer. Hinter unserer Tribüne befand sich das sogenannte Niemandsland. Es wimmelte nur so vor Grenzern, Bullen und diesen in weinrote Trainingsanzüge gekleideten MfS-Anwärtern. Für uns waren Grenzprovokationen kein Thema. Natürlich mußten Barrieren genommen werden. Doch die Musik spielte nicht auf dem Todesstreifen.

1982 zettelten wir den ersten Platzsturm im Jahn-Sportpark an. Der Zaun war keine Hürde. Die Uniformierten waren selten schlecht postiert, und schon befanden wir uns auf der Laufbahn. Unser Torwartriese Rudwaleit kam mir entgegen. Ich fühlte mich selten so klein. Peinlich berührt klopfte ich ihm auf den Unterarm. Mit einem Großteil der Fans rannte ich dann der Ministertribüne entgegen, wobei wir eher die Spielerkabinen im Visier hatten. Während des darauffolgenden Heimspiels wurde der Zaun so ähnlich gesichert wie die Mauer.

Wir gründeten einen Fanclub, weil wir an sichere Europapokalkarten dachten. Als wir von einem Vereinsfritzen nach unseren Namen und Adressen gefragt wurden, wollten wir doch keinen beaufsichtigten Fanclub darstellen. Für uns hieß es immer: »BFC okay – Dynamo nee!«, »Berlin ja – Zone nein!« Unseren tollen Fanclub nannten wir *Bobbys*, in Anlehnung an unseren Bullenverein und als Reverenz an das coole Mutterland des Fußballs und des Punk Rock. Wir waren zehn, fünfzehn Rabauken. Wie lustig würde die Stasi die *Bobbys* finden? Immerhin verfolgten sie sogar die Fans vom Jahn-Sportpark bis in ihre Hausflure, wenn jene in Anlehnung an eine alberne westliche Fernseh-Show ein »Welle Wahnsinn«-Transparent oder dergleichen an den Zaun gehängt hatten. Zu Aufnähern und ähnlichem kam es bei uns gar nicht.

An einem unserer spielfreien Sonnabende, an dem die anderen Oberligisten gegeneinander antraten, fuhren die *Bobbys* zur Partie zwischen Dresden und Magdeburg. Wir sickerten zum Kindererschrecken in den Dresdner Fanblock ein. Zuerst summten wir unsere Lieder, dann sangen wir sie. Nachdem sich dickere Sachsen eingefunden hatten, sangen wir zunehmend leiser. Unser Abmarsch verlief recht geordnet.

Im Zug nach Berlin hätten wir die Magdeburger Eisenbieger am Hals gehabt, wenn wir unsere Abteiltüren nicht entsprechend verteidigt hätten. Einige Romanzen hatten sich im Zug auch ergeben. Berliner Jungs standen republikweit hoch im Kurs. Wir waren 17, 18 Jahre alt, unsere Knarren waren immer geladen. Die *Bobbys* hatten ihre Unschuld verloren.

Mit der Erringung der vierten Meisterschaft sanken die Zuschauerzahlen. Mielke war dabei, dem Verein endgültig den Strick zu drehen. Er ließ viele Schiedsrichter bearbeiten. Wer nicht BFC-konform pfiff, wurde vom Deutschen Fußball-Verband nicht für internationale Spiele nominiert. Dieses Privileg ließen sich Prokop & Co. nicht nehmen. Nur wer direkt von der UEFA angefordert wurde, stand nicht vor dieser Gewissensfrage. Allerdings wurde er vom DFV auch nicht für spannende BFC-Spiele nominiert. Der Typ, der jahrelang der Schiedsrichterkommission vorstand, war wohl auch Mitglied bei Dynamo. Darum haben wir uns kaum geschert. Anfang der 80er bekam Schiedsrichter Prokop von einigen BFC-Fans zur Winterpause einen Präsentkorb überreicht. Wir skandierten: »Hektik, Panik, Korruption – Adolf Prokop macht das schon!« Der Witz nutzte sich ab. Außerdem waren diese Wettbewerbsverzerrungen unnötig, da der BFC oftmals mit großem Vorsprung ins Ziel stolzierte. Die dubiosen Entscheidungen machten nur wenige Punkte aus. Zwangsläufig wurde alles in Frage gestellt. Vielleicht wäre der BFC 86 und 88 nur Vize geworden. Einmal hatte er zwei Punkte Vorsprung, ein anderes Mal das bessere Torverhältnis. Dabei wuchs die Moral mit den unglücklichen Pokalfinalniederlagen gegen Magdeburg und Dresden eher als mit jeder erwarteten Meisterschaft.

Der hauptstädtische Serienmeister war der Haßgegner aller Vereine. Während der Länderspiele im Leipziger Zentralstadion wurden die Nationalspieler des Meisters gnadenlos ausgepfiffen. Loyal zeigten sich die Sachsen nur gegenüber Andreas Thom. Von den Sportjournalisten wurde er als einziger BFC-Spieler zum Fußballer des Jahres gewählt. Hier machte sich immer ein stiller Protest bemerkbar, indem Dresdner oder Leipziger gewählt wurden.

Die Fanszene blieb davon nicht unbeschadet. Noch Ende der 70er waren im Jahn-Sportpark nur wenige Berliner für den jeweiligen Gegner. Es setzte ein schleichender Prozeß ein, der darin gipfelte, daß sich das Verhältnis Mitte der 80er als umgekehrt darstellte. Viele, die dem BFC 1978/79 in Scharen zugelaufen waren, gingen nun immer seltener zu den Oberligaspielen. Oftmals übertrugen die Zonis ihren Unmut, den sie auf die DDR hatten, auf die Vereinsmitglieder und Fans des BFC. Für sie waren wir die schweinischen Schweine-Schweine.

Die Fans, die über die Jahre blieben, identifizierten sich verstärkt. Mit Polizeikesseln wurde zunehmend Erfahrung gesammelt. In der DDR gab es nicht nur fast keine Bananen und Apfelsinen, sondern auch keine richtigen Polizeikessel. In Erfurt formierten sich am Stadionausgang unsportlich wirkende Beobachter in unvorteilhaften Uniformen um uns herum. Ihre albernen Mützen schienen immer zu rutschten. Wahrscheinlich spürten sie durch die dünnen Sohlen ihrer Kieseltreter jeden Stein. Wir erinnerten sie mit unseren Sprechchören an die kargen Angebote in ihren Geschäften. »Was kommt aus Berlin? – Banann und Apfelsin! Was kommt aus Hohenschönhausen? – Erdbeern und Banausen!« Kurz vor dem Bahnhof verabschiedeten sich unsere Kesselflicker ins Wochenende. Wenig später stand ich mit meinen engsten Vertrauten in der Bahnhofshalle, inmitten wildfremder Schnarchnasenhausener. Hier und da gab es Geschrei, Gepolter und Geklirre. Auch wenn wir von unseren Verbrechern belächelt wurden, so wurden wir von unseren Gegnern durchaus gefürchtet. Maik und ich. Frank war neuerdings für Union. Insgeheim war er wohl immer für einen Konsensclub gewesen.

Im Frühjahr 83 erfüllte der BFC auf nationaler Ebene seinen Fünfjahrplan. Trotz der frühlingshaften Temperaturen und dem anstehenden sportlichen Erfolg fuhren nur 300 Berliner ins Erzgebirge. Es lag weder sportlich noch unsportlich irgendwas Sensationelles in der Luft. Allerdings raubte uns ein Sachsenbengel aus dem Hinterhalt ein Transparent. Das sprach sich herum. Kurz vor der Halbzeitpause stürmten wir die Tribüne, auf der es zerrissen und flambiert wurde. 100 Berliner verloren keine Zeit mit den Bullen, die auf den Tribünen postiert waren. Ich erinnere mich an einen Trampelpfad hinter dem Stadion.

Diverse Ordnungshüter wurden überrannt. Einige Berliner wurden festgenommen, andere zogen es vor, sich dezent abzuseilen. Hinter dem anvisierten Block gab es einen zu erklimmenden Hang. Sekunden später befanden wir uns im Block. Waren wir zu dreißigst oder zu vierzigst? Hatten wir noch alle? Die Sachsen drängten sich zu Hunderten an der unteren Absperrung. Gleich würden wir ihre Kinder fressen. Auf dem Rasen befand sich der BFC vor der gegnerischen Strafraumgrenze. Einige Spieler hielten inne und sahen zu uns. Vor mir befanden sich zehn, zwanzig Berliner in der Knautschzone. Die sächsische Menschenwoge registrierte unsere gelichteten Reihen und ihre Chance, uns festzutrampeln. Beim ungeordneten Rückzug kontaktierte mein Ellenbogen ein Gesicht, eine Faust meinen Rücken und so weiter. Hinter dem Stadion stieg ein bewaldeter Hang an. Bullen, Ordner, Kartenabreißer. Mein selbsternannter Erziehungsberechtigter fiel weich in die Botanik. Auf der nächsten Straße preschten mehrere LKWs heran. Maik wurde einkassiert. Ich schlenderte mit drei Überlebenden durch die scheinbar menschenleere Innenstadt zum Bahnhof. Ein Häuptlingssohn herrschte uns an: »Bloß nich ausnanderrennen, wenn irgendwelche Sachsen komm! Auf die Fresse kriegn wa sowieso! Zusammbleibn!«

Das war das ganze Geheimnis unserer Rabaukenmeisterschaften. Jeder fand die Leute, die seiner Kragenweite entsprachen. Probleme bekamen nur diejenigen, die auf verwegen machten, aber in der Enge das Weite suchten. Wer sich ausschließlich für den Sport interessierte, blieb unbehelligt. Jedenfalls wurde im Erzgebirge die fünfte Meisterschaft klargemacht.

Vor dem Anpfiff unseres ersten Heimspiels in der folgenden Saison sollten wieder einmal 14 Nachwuchstruppenteile in den Farben der Oberligavereine auf der Laufbahn entlangspazieren. »He, he, he, BFC!« »Scheißunion!« Die hohen Dynamo-Siege waren inzwischen so aufregend wie die staatlich verordneten Feiertage. Ich hatte das Interesse an der soundsovielten Meisterschaft weitgehend verloren. Unsere Mannschaft zerfiel. Einige Spieler, die an den ersten Meisterschaften beteiligt waren, zogen es vor, für Union gegen den Abstieg zu kämpfen. Als unsere aussortierten Spieler für die erfolgreichste Saison unseres Köpenicker Rivalen sorgten, stellte ich, nebenbei gesagt, auch meinen ersten Ausreiseantrag. Ich habe dem Verein nicht abgeschworen. Allerdings wurden die Pausen zwischen den Spielen, die ich besuchte, immer größer.

Maik sang in einer Nacht irgendein Nazilied auf der Straße. Er nannte das »Kommunisten provozieren« und ließ sich auch gleich dafür einkassieren. Nach den drei Monaten im Knast nahm sein Leben immerhin den üblichen Lauf: Fußball, Fahne, Familie.

Unser Fanclub zerfiel, eigentlich sogar das ganze Umfeld. Einige waren bei der Asche, andere hatten keinen Bock. Einige *Bobbys* waren allmählich zu Hooligans geworden. Ich war weder ein lieber Anhänger gewesen, noch wollte ich ein freidrehender Gewalttäter werden. Für den Nachwuchs lautete die Frage auch nicht mehr »BFC oder Union?«, sondern »Depeche Mode oder The Cure?«.

Den BFC sah ich vom Rentnerblock aus noch einige Male siegen. 2:0 bei Union, 2:0 im Pokalendspiel und so weiter. Im Jahn-Sportpark saß abseits vom traurigen Kinderblock ein kleiner Glatzenmob. Die Meisterehrungen waren Trauerspiele. Davon zeugen die Mannschaftsfotos, auf denen im Hintergrund das Berliner Publikum abwandert. Mielke saß unbeirrt auf der Tribüne.

Lässig und schräg im Osten

Viele DDR-Bürger strebten eine Scheinehe mit einer nichtsozialistischen Persönlichkeit an. Ich auch. Wo konnte ich eine häßliche Sextouristin kennenlernen? Bisher war mein Leben relativ geradlinig verlaufen. Kein Heimaufenthalt, kein Jugendwerkhof, kein Stasiknast. Und doch fühlte ich mich eingesperrt. Während meiner Kindheit war das nicht so offenbar gewesen. Auch wenn auf der Senderskala unseres alten Radios die Namen ferner Städte aufgelistet waren, gerade so, als ob wir die Erfolgsmeldungen aus Moskau oder die Katastropheninformationen aus New York direkt hätten empfangen können, so bekamen wir doch nur einige deutsche Sender rein. RIAS Berlin fanden wir am besten. In der Schlagersendung »Evergreens a Go Go« wurden die Städtenamen, die sich auf der Richterskala befanden, besungen: Rom, Madrid, Athen, San Francisco. Einen Schallplattenspieler oder einen Kassettenrekorder gab es in unserem Haushalt nicht. Um die Tonbandaufnahmen der Untermieterin hören zu können, war ich gezwungen, mein Ohr auf die kalten Altbaudielen zu pressen. Nachdem sich die junge Frau das Leben genommen hatte und die Kinder ins Waisenhaus gekommen waren, durfte ich länger aufbleiben.

Im Fernsehen kam manchmal Hitparade oder Disko. Der ZDF-Empfang war so, wie ihn die stalinistischen Antennenverdreher für ausreichend erachteten. Mein Vater mußte unsere zusätzliche Zimmerantenne öfter ausrichten, als es ihm lieb war. Wir sahen gerne Filme, Filme, Filme. Wenn die Lehrerinnen unsere Fernsehgewohnheiten ausspionierten, mußte ich zugeben, daß ich schon wieder verstrahlt worden war. Dabei hätte ich gerne einmal Osten gesehen, nur um Meister Nadelöhr von Fidel Castro unterscheiden zu können. Mein Vater bestimmte eigentlich alles. Osten wollte er nicht gucken, weil da immer bloß Filme und Berichte über Arbeit kämen. Arbeit kannte er schon von Arbeit. Da passierte doch nichts. Urlaub oder Ferien waren besser.

Es war wohl in einem Thüringer Ferienheim, als ich zum ersten Mal eine Musikbox sah. Für 20 Pfennig sangen Baccara ihren Sommerhit »Yes Sir, I Can Boogie«. Für einen weiteren Goldtaler sangen Silver Convention »Fly Robin Fly«. Natürlich gab es auch in Berlin viele Musikboxen, aber was sollten wir in unserer Stadt in irgendeinem

Ferienheim? Eine willkürliche Titelauswahl war für mich schon immer faszinierender als diese anstrengende Meinungsfreiheit. Die nörgelnden Neider, die ihr Geld in der Politik verdienten, waren ja bloß unfähig, simple Wahrheiten in populären Liedern zu umreißen. Natürlich konnte man mit Rock 'n' Roll die Welt verbessern. Wofür gab es denn sonst Zensur und Verbot? Wenn im Radio ein schwungvoller Schlager kam, sprang ich auf und drehte den Lautstärkeregler auf. Und wenn zu jeder vollen Stunde ein fünfminütiges Lügenmärchen kam, erhob ich mich gelangweilt und schaltete um. Es war eine friedliche Zeit.

Sex und Drogen spielten noch keine Rolle. Deep-Purple-Abzeichen aus Polen waren heiß begehrt. Ich hatte einige Ketten und Anstecker von Smokie und ABBA und wurde oft darauf angesprochen. Inzwischen besaßen wir einen Kassettenrekorder. Ich lauerte mit meinem Vater vor den Geräten, zu denen wir übertrieben Anlage sagten. Das tolle Überspielkabel zauberte viele Lieder auf unsere leiernden Kassetten. Ein 60-Minuten-Original-Wolfen-Tonträger kostete 20 Mark. Davon hatten wir nur vier oder fünf. Im Radio gab es nachmittags eher selten Ansagen. Welcher Titel käme als nächstes? Ich erkannte einen Titel meistens schneller. Mein Vater bewunderte mein musikalisches Erinnerungsvermögen. Trotzdem fehlte bei vielen Aufnahmen der Anfang vom Lied. Das war schon Tradition. Manchmal überspielten wir mitten auf der Kassette ein Lied. Dann war entweder noch das Ende vom vorherigen Lied zu hören, oder es fehlte der Anfang vom nächsten Lied.

Als ich in die Pubertät kam und sich meine Hörgewohnheiten in die Nacht verlagerten, änderte sich auch mein Musikgeschmack. Mein Vater befürwortete, daß ich einen eigenen Radiorekorder bekam. Wer konnte sich schon einen Schallplattenspieler leisten, um sich diese anstrengenden Mitschnitte zu ersparen? Wie auch immer. Irgendwann war die Zeit der Pionierferienlager vorbei! Weg mit den Trompeter-Büchern und den Trommel-Zeitschriften!

Ich hatte keinen Bock mehr! Schluß mit dem polytechnischen Oberschulenschmus! Die Pickel waren mit den Spießeridealen nicht zu vereinbaren.

Als Pubertierende standen wir schon bald vor einer neuen Herausforderung: Alkohol. Die Feuerwasserprobe fand am Abend der Jugendweihe statt. Wer sich nicht zu uns gesellte, war ein Bullenkind. Wenn die besoffenen Eltern ihre schwankenden Kinder sahen, akzeptierten sie uns schnell als ihresgleichen. Irgendwann fiel ich eine Neubautreppe hinunter. Einerseits waren die Stufen sehr niedrig, andererseits betäubte der Alkohol ungemein. Nachdem ich ein wenig auf einer Tischtennisplatte ausgenüchtert hatte, fragte ich mich, wieviel ich wohl noch vertragen konnte. Ich ging nach Hause, mein Besuch verließ gerade unsere Wohnung.

Mein erstes Konzert besuchte ich vielleicht 1980. Im Pionierpark Ernst Thälmann fand eine FDJ-Jugendstunde statt. Es war Pflicht, sich für die auftretende Stern Combo Meißen zu interessieren. Im kinoähnlichen Saal war es laut und neblig. Wir warteten lässig ab. Nur ganz vorne provozierten einige Tänzer unseren Spott. Meine Mitschüler und ich saßen halbwegs erschlagen in den Sesseln. Nach und nach verließen sie das Konzert. Ich war vom Berliner Rundfunk schon einiges gewohnt, und so ehrte ich diese Sachsencombo mit meinem Verbleib im Köpenicker Kessel. Mein Lehrer und ich waren die letzten Vertreter unserer Schule. Von einem Mitschüler, der gerade den Saal verließ, wurde ich gesehen, wie ich unmerklich mit dem Kopf wackelte. In der folgenden Woche wurde mir vorgeworfen, ich sei ausgeflippt.

Wenige Jahre später läutete dieses Bullenkind mit einer sozialistischen Vernunftsehe sein vorzeitiges Ableben ein. Einige Damen und Herren hatten mit 18, 19, 20 Torschlußangst. Sie setzten schnell alles daran, ihren Traum wahr werden zu lassen: Kinder kriegen, heiraten, Kinder töten, scheiden lassen. Welche Erfüllung. Der erste kräftige Bartwuchs verdeutlichte ihnen die nahende Vergreisung.

Ihre Zeit der Klubgaststättendiskos war vorbei. Was hatten sie gelacht – amen!

Wie ich gehört hatte, wurde jeden Mittwoch im Kulturpark Plänterwald ab 18 Uhr gerockt. Es gab Konzerte nahe der Achterbahn, der Riesenrutsche und der Karussells. Also hinein in die S-Bahn, und ab nach Treptow! Nahe der Bierstände und Würstchenbuden gab es eine Freilichtbühne. Umsonst und draußen, wenn man mal vom Eintritt für den Kulturpark absieht. 1 Mark 25 oder so. Man kam immer rein, das war untypisch.

Die Kapelle, die sich angekündigt hatte, kannte ich natürlich. Rockhaus sangen immer: »Bonbons und Schokolade, ich möcht so gern ne Freundin haben, mir wird so schlecht davon, Bonbons und Schokolade.« Diese poppigen Jungs spielten nicht den Hormone zügelnden, milde belächelten Weltall-Erde-Mensch-Rock! Viele bunte Mädchen strömten zum Konzert. Die meisten saßen bei ihren Kerlen auf den Schultern. Es regnete in Strömen. Klatschnasse Mädchenpopos sind das Bild, das ich noch heute vom Konzert habe. Der Stellenwert von Rockhaus verglichen mit den Ärzten war ungefähr so hoch wie der von Lipsi verglichen mit dem Rock 'n' Roll. Also ganz gut. Auch Rockhaus fanden ihre Anhänger, obwohl sie sich gegen die dreckige Kleidung der Punks geäußert hatten. Um den NVA-Knast kamen sie trotzdem nicht herum. Diese Gefahr war ja allgegenwärtig. Halbwegs brauchbare Texte wurden oft mit Einzugsbefehlen honoriert. Viele freche Musikanten spielten oftmals im Plänterwald, wogegen einige ihrer harmlosen Kollegen für immer im Westen auftraten. Ich sah gar nicht so genau durch, welcher kreative Wirtschaftsflüchtling plötzlich zur Biermann-Familie gehörte. Der Staatssicherheit gestand ich durchaus zu, daß sie für Biermanns unmelodischen Gesang nichts konnte.

Ich ging regelmäßig in den Kulturpark. Meistens wußte ich gar nicht, wer spielen sollte. Die Musikrichtung kündigte sich schon auf dem Weg vom S-Bahnhof zum Kulturpark an. Viele lange Haare, Levis, Tramper und Parkas verkündeten einen Auftritt von Engerling, Monokel oder Jonathans Blues Band. Ich hatte den Blues. Viele Altmeister waren mit ihren unvollendeten Liedern auf meinen Kassetten verewigt.

Es war die Zeit meiner Lehrjahre, während der auch bei uns die Punkbombe knallte. Viele Spießer träumten beim Anblick von schwarzen Lippen und Hundehalsbändern davon, die Gedenkstätten in Arbeitslager zu verzaubern. Gruppe Keks war die erste Kapelle, die ich aus dieser Ecke wahrnahm. Dem Keks-Konzert eilte der Ruf voraus, daß sich dort der schräge Mob treffen würde. Einige Bekannte von Arbeit, Sport und Spiel hatten sich so nach und nach eingefunden. Wir veranstalteten vier- oder fünfmal unsere Begrüßungsprozedur, was bedeutete, daß wir ebensooft für eine neue Schnapsflasche zusammenlegten. Es war schon zum Kotzen. Dann begann das Konzert. »Hasch mich, Mädchen! Hasch mich, Mädchen! Hasch mich, Mädchen!«

Wer von uns würde sich ins brutale Getümmel stürzen? Diese punkigen Jugendwerkhofzombies zertrampelten sicherlich mit Vorliebe dünne Lehrlinge, oder? Vom Auf-der-faulen-Haut-Liegen waren sie dick und stark geworden. Bestimmt akzeptierten sie nur besoffene Leute, von denen sie weggeschubst wurden. Keks taten so, als wären sie aus der Gesellschaft ausgestiegen. Wir glaubten ihnen diesen Betrug gerne. Keks hatten ja mit Schlagern angefangen und mit Punkrock ihre größte Zeit gehabt. Irgendwann verendeten sie im Heavy-Metal-Elend. Damit dürfte ich die ganze Verzweiflung der DDR-Bürger wohl ausführlich erklärt haben, oder?

Unser gelobtes Land hieß Kreuzberg. Dort lagen die Karten auf dem Tisch. Die Schwarzen Peter machten kaputt, was sie kaputtmachte. Warum arbeiten gehen, wenn es sowieso keine tollen Schallplatten gab? Wen störte es, daß es elf Monate im Jahr keine Südfrüchte gab? Viele sagten sich, raus aus dem Alltag, irgendwie nebenbei arbeiten. Bis zum Mauerfall sah man an vielen S-Bahnhöfen fliegende Händler mit selbstgebastelten Ohrringen. Das waren die Glasperlen für die Touristen aus der Zone. Wir lachten die glücklichen Sachsen aus, doch ebenso gedemütigt fühlten wir uns, wenn Berlin als Hauptstadt der DDR bezeichnet wurde. Dieser Schwarzhandel blühte auch auf dem Waldweg zum Kulturpark. Manchmal inszenierten die Bullen eine Razzia. Die Rentner auf den Parkbänken sahen eine weitere Wiederholung aus der Reihe Polizeiruf 110. Im allgemeinen lebten die Kreativlinge der nichtberufstätigen Bevölkerung besser als die Helden der Arbeiterklasse.

Auf Punkkonzerten war ich sicher vor FDJlern, die rhythmisch in die Hände klatschten, sich gegenseitig auf die Schultern nahmen oder sogar die Hände ihrer Nachbarn ergriffen, zum Zeichen der Völkerfreundschaft und des eigenen bescheuerten Musikgeschmacks. Und wenn diesen FDJlern am nächsten Tag von Vietnamesen, Mosambikanern oder Kubanern die Südfrüchte vor den Mäulern weggekauft wurden, dann waren sie doch bloß wieder Konterrevolutionäre. Punkrock brachte den Unmut zur Sprache. Es wurde nicht nur wild gestikuliert. In der Werner-Seelenbinder-Halle jubelten wir Rio Reiser verschwörerisch zu. Wir hatten die Möglichkeit, den Zivilbeamten während der Tanzerei in die Waden zu springen. Viele Leute, die dem spießigen System kleinere Veränderungen abgerungen hatten, hatten längst mit ihm abgeschlossen. Die Übersiedlung war nur eine Frage des Wie und Wann.

Ich habe weder beim Punk im Plänterwald noch beim Jazz im Haus der jungen Talente eine häßliche Sextouristin kennengelernt. Schade, sie hätte nach dem jeweiligen Konzert meinen Hausrat durch die Grenzkontrolle schmuggeln können. Damit ich nicht so junggesellentypisch zugrunde gehen würde, nach unserer Scheidung.

Für meine liebenswerte Kerkermeisterin

Niemals war eine meiner Lehrerinnen in mich verliebt, dafür aber so eine Stasi-Frau vom Rat des Stadtbezirks Hohenschönhausen, Abteilung Innere Angelegenheiten. Sie wollte mich nicht gehen lassen, obwohl ich schon zwischen 20 und 30 Ausreiseanträgen gestellt hatte. Doch wir verstanden uns gut. Ich mußte ihr nicht das Märchen von den fehlenden Reise- und Meinungsfreiheiten wiederkäuen. Das hatte ich seit Mai 86 schon so oft erzählt. Damals setzten sie mir in einem spärlich eingerichteten Raum drei Freiheitsräuber gegenüber. Einer fragte: »Weshalb und warum?«

Ich antwortete: »Deshalb und darum!«

Der nächste fragte genau dasselbe. Ich sagte: »Sie haben doch die janze Zeit am Tisch jesessn! Haben Se nich aufjepaßt?«

»Ja, aber ich möchte es noch einmal von Ihnen persönlich hören!«

Der dritte hatte eine ähnliche Auffassungsgabe. So ging das fast drei Jahre, jeden zweiten oder dritten Dienstagnachmittag, jeweils eine Stunde. Die plappernden Tagträumer erzählten mir etwas von sozialer Sicherheit und gesellschaftlicher Geborgenheit. Das klang gut, aber was war das schon gegen Punkrock und Pornographie?

Anfang 89 signalisierten sie mir die baldige Entlassung aus der Staatsbürgerschaft der DDR. Damit ich sie nicht in allzu schlechter Erinnerung behielt, setzten sie mir während der letzten Sprechstunden eine liebenswerte Kerkermeisterin vor. So eine zarte Mittzwanzigerin mit einer süßen Mireille-Mathieu-Frisur. Ihre frühsommerliche Bräune milderte die verräterische Blässe ihrer schlechten Ernährung. Sie trug ein himmelblaues Hemdchen. Unter dem Verhandlungstisch versteckte sie einen langen schwarzen Rock mit Sonnenblumen. Ich hatte ihn schon gesehen. Während sie mich hereinbat und umgehend zum Verhandlungstisch eilte, drückte sie an der Innenseite vom Tischbein auf den Aufnahmeknopf. Weshalb hatte mir die Stasi dieses real existierende Fabelwesen nicht schon während der Pubertät vorgesetzt? Dann wäre ich ein Spitzel geworden. Wir sprachen über unsere Urlaubsreisen. Ich sagte: »Ach, bevor ick übersiedel, fahr ick noch mal an die Ostsee. Und dann, mal sehen. Afrika, Amerika, Asien. Eben Alltag im Westen!«

Sie antwortete: »Ja, ich fahre ein letztes Mal nach Ungarn, und im übrigen geht es mit der DDR so nicht weiter.«

Sie guckte so vielsagend, ich verstand nichts. Irgendwie dachte ich nur, daß sie mich niemals rüberlassen würden, wenn wir uns immer nur nett unterhielten. Was sollte ich machen? Mit der Faust auf den Tisch hauen? Wahrscheinlich würde ich dann ganz viele Beschützerhormone ausschütten, woraufhin sie mir möglicherweise um den Hals fallen würde! Das kannte ich schon aus der Schule: Wenn ich zu einer Schülerin nett war, durfte ich ihre Schultasche tragen, und wenn ich mal eine beleidigte, fragte sie, ob ich schon eine Freundin hätte. Ob in der Schule, in der Klubgaststätte oder im Rat des Stadtbezirks Hohenschönhausen: Höflichkeit brachte nichts. Für die nächste Sprechstunde nahm ich mir vor, demonstrativ herumzupoltern. Unaufgefordert trat ich ein und sagte: »Guten Tag! Ick liebe Sie nich!«

Sie guckte überrascht, ja, sogar ein wenig traurig. Nun bat sie mich eindringlich, nichts Unbedachtes zu machen. Was sollte das schon wieder heißen? Einige Wochen später durfte ich meinen Personalausweis gegen eine Identitätsbescheinigung eintauschen. Im Juli 89 ging ich fröhlich rüber. Nein, die große Liebe war es nicht.

Heutzutage sehen wir uns nur, wenn der Verfassungsschutz ein Fest veranstaltet. Sie hat jetzt lange blondierte Haare und solariumbraune, ledrige Haut. Wir tun immer so, als ob wir uns nicht kennen. Na und? Dafür treffe ich mich heute häufig mit einer meiner Lehrerinnen.

Frische Wäsche für 50 Wochen

Wer hätte das gedacht? Nach drei Jahren, in denen ich von todsicheren Möglichkeiten des Grenzübertrittes phantasierte, ging ich rüber! Das familiäre Geschluchze fand in der elterlichen Wohnung statt. Natürlich würde ich im Westberliner Büro des Ostzolls den einen oder anderen aussichtslosen Antrag auf ein Besuchervisum ausfüllen. Dann würden wir uns eben in Prag wiedersehen. »Tschüs! Nich heulen!« Ich kleidete mich in schräges Schwarz, rief mir ein Taxi und ließ mich zum Freudenhaus fahren, das vom Volksmund als Tränenpalast bezeichnet wurde. Welch herrlicher Sommertag sollte dieser 21. Juli 89 werden!

Vorerst stand ich also am Grenzübergang Friedrichstraße, mit zwei Koffern zwischen 100 Rentnern. Ich war jünger und blieb länger, da brauchte ich frische Wäsche für 50 Wochen. Im Westen war doch alles so teuer. Die letzten 45 Minuten im Osten bescherten mir lustiges Kleingerede mit einigen Senioren. »Drüben is ooch nich allet Jold, wat glänzt! Stelln Se sich dit nich so einfach vor! Aber dit is dit Beste, wat Se machen können! Sie sind ja noch jung, wir sind alt! Wir jehn nur zu Besuch, uns will keener mehr.«

Freitag, 12 Uhr mittags. Wochenendalarm! Am Nadelöhr kontrollierten die Zöllner die Papiere und einige Gepäckstücke. Ich schickte mich an, meine Koffer auf dieses Förderband zu legen, was sich als die erfolgreichste Möglichkeit offenbarte, die Koffer nicht öffnen zu müssen. »Könn Se unten lassen!« Ich kam ja nicht aus dem Westen.

Sekunden später reichte ich meine Identitätsbescheinigung durch die Luke hindurch. Eine Zöllnerschabracke verglich zwei oder drei Minuten lang mein Paßfoto mit meinem fleischlichen Original. Sie wartete auf einen geringfügigen Anlaß. Ich verweilte lässig in der Pose des unscheinbaren Ketzers. Bei einem dreckigen Grinsen würden sich andere um mich kümmern. Wahrscheinlich war sie sexuell frustriert, doch wer war das nicht? Die Rentner gingen davon aus, daß ich ohne jeglichen Anlaß in einen Nebenraum gebeten werden würde. Schließlich reichte mir die häßliche Fratze des SED-Regimes meine Papiere zurück.

Waren die speckigen Kacheln dieses Grenzüberganges die vorerst letzten? Welche bedeutungsvollen Schritte vollzogen meine Füße! Zielsichere Senioren zeigten mir die unterirdische Neonsonne. Amerika! Nein, immer noch Osten. Auf dem Kellerbahnsteig johlten einige Penner herum. Freie Menschen, Geiseln der Droge Alkohol. Ein Pole wollte mir einen Koffer abnehmen, doch ich hatte schon als Jungpionier eine ungerechtfertigte Antipathie gegenüber unserem Brudervolk. Immerhin hatte er freundlich gefragt, ich lehnte dankend ab. Es gab keinen Fahrplan weit und breit. Mir war aus diversen Gerüchten bekannt, daß ich nach Marienfelde in das Aufnahmelager mußte. Doch in welche Himmelsrichtung mußte ich durch das unterirdische Verkehrsnetz irren? Egal. Ich wollte lieber in den Wedding, zum Kaffeeklatsch. Also stieg ich in die nächstbeste S-Bahn. Auf den Berliner Stadtplänen der volkseigenen Druckereien war Westberlin ja nur immer eine einzige weiße Fläche. Dennoch fuhr ich instinktiv nach Norden, ohne daß ich dafür eine Erklärung hätte abgeben können. Geisterbahnhöfe zierten die morbide Strecke. Oranienburger Straße, Nordbahnhof. Irgendwo im Nordwesten stieg ich aus, betrat die Straße und dachte: »Ja, ooch hier, n heißer Sommertag! Dit kann ja wat werden.« Ich bewunderte eine Kreuzung. Penny-Markt, Commerzbank und ein Restaurant aus dem kommunistischen China. Das war Rock 'n' Roll! In einen Doppeldeckerbus stieg ich ein und setzte meine Koffer ab. Dem Busfahrer zeigte ich meine Identitätsbescheinigung. »Hier, mein Fahrschein, für den Tag meiner Ankunft, meine Identitätsbescheinigung! Ick bin grad überjesiedelt!«

»Wat für ne Bescheinijung? Wärste doch hinten einjestiegen!«

»Ick wollt Sie was fragen ...«

»Da biste bei mir falsch!«

Die Leute hinter mir begannen zu murren: »Warum steign Se nich hinten ein, mit de Koffer?«

Schön, echte Berliner! Insgeheim war ich recht froh darüber, daß ich nur am Tag meiner Ankunft hinten einsteigen mußte, wegen meinen Koffern, und nicht immer, weil ich Ostler war. Nachdem ich in den Weddinger Kaffeeklatsch hineingeplatzt war, machten Familienneuigkeiten von vor drei Jahren die Runde. »Ja, alle jesund, hier ooch! Bloß sonst, diese Raffgier, daran is die CDU schuld!«

Ich war im roten Wedding angekommen, es gab Kaffee und Kuchen. So weit, so gut. Allerdings hatte ich ein ungutes Gefühl. Hoffentlich schickten sie mich nicht gleich nach Gießen. Davon hatte ich schon gehört. Der Wannsee-Dampfer war voll. Westberlin nahm vorerst keine Flüchtlinge auf. Wo lag Gießen? Was konnte ich machen? Wurde im Aufnahmelager viel geklaut? »Laß deine Koffer erstema hier! Wenn se dich verbannen wollen, kommste eben wieder bei uns zum Kaffee, wa?«

»Ja, so, ick muß los, nach Marienfelde, ins Aufnahmelager! Es lebe die SPD!«

Ich fuhr mit der S-Bahn nach Südwesten. Im Anhalterbahnhof stiegen zwei junge Burschen ein. Ziemlich geschmeidig schwebten sie daher. 16 Jahre, schwul und unter Drogen oder was? Auf einer Sitzbank machten sie aneinander so herum. Sie standen unter Streß. Das war im Westen wahrscheinlich normal. Ein mir aus dem Freudenhaus flüchtig bekannter Rentner begann zu brubbeln: »Zu Hause rummachen … schwule Sau!«

Er stieg aus. Andere auch. Ich machte auf unbeteiligt, weil ich nicht schon wieder als Ostler auffallen wollte. In den 80ern waren Ostpocken unmodern. Der Zoni schämte sich für den handgeschriebenen Lebenslauf auf seiner Stirn. Ihre DDR-Identität akzeptierten die meisten Leuten erst, als es die DDR nicht mehr gab. Jedenfalls stieg ich in Marienfelde um, von der S-Bahn in den Bus. Ich jonglierte ein wenig mit meinen Koffern, winkte mit meiner Identitätsbescheinigung und sagte mit fester Stimme: »Hier, meine Fahrkarte! Sagen Se mir Bescheid, wenn Se vorm Aufnahmelager haltn?«

»Ja, mach ick!«

Na also. Es ging doch. Alleine wäre ich an den freundlich wirkenden weißen Flachbauten des Aufnahmelagers sowieso vorbeigefahren, weil ich immer nach einem ärmlichen Zeltlager oder dergleichen Ausschau gehalten habe. Die ersten Formalitäten wurden geklärt. Demnach war das Aufnahmelager schon voll. Ich wurde mit fünf anderen Wirtschaftsflüchtlingen nach Lichterfelde abkommandiert und in eine Sporthalle einquartiert. Dieses Behelfslager wurde erst am Tag meiner Ankunft eingerichtet. 300 Quadratmeter für sechs Ostler! So war er, der goldene Westen! Am ersten Abend genossen wir beim Döner-Türken unser erstes Büchsen-Kindl, so wie ein Vierteljahr später Zonengabi ihre erste Banane genoß. Uns ging es gut. Wir hatten für dieses System noch keinen Handschlag getan, trotzdem bekamen wir gleich ein Dach über dem Kopf und Essen auf Rädern. Für das verschlafene Lichterfelde waren wir anscheinend eine bedauernswerte Attraktion. Ein älteres Ehepaar lud eine Madame und mich zum Abendbrot ein. »Ihr seid wenigstens noch richtige Deutsche!« Das fand ich auch, doch warum meckerten sie im selben Atemzug über die Polen?

Am nächsten Tag spazierte ich mit Mario im fast ebenso aufgeräumten Kreuzberg umher. Was für ein Leben!? Ende August befanden sich 100 Leute in unserer Sporthalle. Es wurde immer davon geredet, daß nur ein Prozent der Ostler, die mit dem Besuchervisum kamen, im Westen blieben, aber es waren wohl eher 50 Prozent. Die Stimmung war gut. Da guckte Ingrid Stahmer. Vormittags schlenderten wir durch das Bundesaufnahmeverfahren. Ich war nur am Zettelausfüllen. Name, Vorname, Geburtsdatum, Geburtsort, warum??? Der wichtig-popichtige Bundesaufnahmeschein war unscheinbarer als jede Werbebeilage irgendeiner Zeitung. Automatisch füllte ich ihn aus. Name,

Vorname und so weiter. Das war total verkehrt! Eine adrette Tante drehte durch. »Jetz müssen wir dit alles wiederholen! Dit janze Verfahren! Jetz sind Sie eigentlich jar nich hier!« Sie nahm mir meinen Bundesaufnahmeschein weg. Überall dort, wo ich eine Zeile vollgekrakelt hatte, stempelte sie einen Adler hin. Das Unkorrekte wurde staatlich beglaubigt. »Hat man so wat schon erlebt? Wolln Se wieder in Osten oder wat?«

Zum Glück hatte sie nicht zu entscheiden, ob ich nach Gießen mußte. Wir hatten alle den Ehrgeiz zu bleiben. Wer irgendwie auffiel, weil er aus Magdeburg, Rostock oder Köpenick kam, lief Gefahr, delegiert zu werden! Stand ich nun auf der Liste? Meine Sporthallen-Mitbewohner sahen mich an wie einen Sitzenbleiber. Dabei war ich als Ostberliner für die Bearbeiterin gar kein richtiger Übersiedler. Weshalb sollte ich meine Stadt verlassen müssen? Doch wir wußten nichts von unserem Recht der freien Wahl des eigenen Wohnortes. Wer ein Flugticket geschenkt bekam, mußte es ja nicht einlösen. Im Notfall mußte man eben irgendeine Arbeit annehmen, um vor der Abschiebung sicher zu sein. Damals gab es ähnlich viel liegengebliebene Arbeit wie heutzutage leerstehende Büros.

Natürlich mußten wir bei den Alliierten mit dem Laufzettel in der Hand »Guten Tag« sagen. Das war interessant. »Warum sind Sie gekommen? Wo waren Sie bei der Armee stationiert?« Wer in irgendeinem Ort stationiert gewesen war, den sie nicht kannten, bekam einen Kaffee angeboten. Ich war nur ein wenig bewirteter Routinefall. In Lichterfelde waren die Amerikaner allgegenwärtig. Morgens liefen sie die Straße vor unserer Sporthalle singend entlang. Abends erzählten sie beim Italiener den Blitzkriegfräuleins, daß sie Gus Backus, Chuck Berry oder Buddy Holly hießen. Diese Amis waren keine Leierkastenmänner, sie waren Rock 'n' Roller!

Eines Tages sagten wir auch im Gotteshaus »Guten Tag«. Dort gab es 50 Mark Begrüßungsgeld. Es war ein bißchen peinlich. »Guten Tach, ick weeß nich, wat ick sagen soll.«

»Guten Tag. Sie bekommen 50 Mark. Auf Wiedersehen.«
»Tschüs.«

Diese 50 Mark wurde ich gleich wieder los, weil ich irgendwo angekreuzt hatte, daß ich evangelisch getauft worden war. Im Osten war ich deshalb aber nicht in der evangelischen Kirche gewesen. Und so trat ich, bevor ich in die Kirche eintrat, auch schon wieder aus. Für meinen Austritt fühlte sich niemand zuständig. Irgendwo am Steglitzer Kreisel gab ich zu verstehen, daß ich bis zur Verwesung aufdringlich sein würde. Der Amtsschimmel entließ mich per beschleunigter Kreuzigung. Das war der Westen, vor dem ich gewarnt worden war. Ich stand unter Streß und wurde krank geschrieben. Verrückt! Einige Übersiedler sagten nach ihrem Grenzübertritt das Zauberwort »Streß« und ließen sich ein Jahr krank schreiben. Danach waren sie arbeitslos. Ich stand sechs Wochen unter Streß. Bevor ich eine Knochenarbeit annahm, ging ich mich auf dem Arbeitsamt anmelden. »Was? Sie sind gerade rüber und gehen nächsten Montag arbeiten?« So kam ich zu meinem einzigen Senats-Tchibo.

Vor dem ersten Schultag wurden wir umquartiert. Davor gruselten wir uns, weil wir von Container-Siedlungen am Stadtrand gehört hatten. Einige Busse fuhren uns von Lichterfelde nach Schöneberg. Dieser Bezirk war wesentlich belebter. Damit hatte ich nicht gerechnet. Ich zog in einen Bungalow mit vier Vierbettzimmern, Dusche und Küche. Toll. Wir zappten durch die Konsumtempel. In der Zweiten Bundesliga gewann Hertha BSC gegen Blau-Weiß 90 mit 3:2. Die Sonne lachte, die Menschen wirkten entspannt. Die wenigsten Berliner berlinerten. Ein sportlicher junger Indianer verkaufte Döner Kebab. Emi, eine dicke ältere Türkin, vertrieb einen betrunkenen Sportler mit der Schreckschußpistole aus ihrer Kellerkneipe.

Im September flohen viele Ostler über Ungarn oder über die ČSSR, weil das andere Ostler gemacht hatten. Im Übersiedlerheim vermuteten wir, daß es in den 90er Jahren in der DDR überwiegend Rentner, Minderjährige und

Stasis geben würde. Dann wäre Westberlin von einem Land umgeben, das Rumänien ähnelte. Im Oktober rannten auf meiner Baustelle viele Ungarn-Flüchtlinge umher. Ich konnte die nicht leiden. Es waren zu wenig Rock 'n' Roller darunter, aber um so mehr Christradikale. Ein Nachrichtenmagazin begrüßte sie: »Liebe Brüder und Schwestern! Wir haben auf euch gewartet! Herzlich willkommen auf dem Arbeitsmarkt! Ihr seid gut ausgebildet und laßt euch leicht integrieren!«

Langsam, aber sicher bekam ich einen Lagerkoller. Es funktionierte nicht, mir nach der Arbeit eine Wohnung zu suchen. Schöneberg sollte es sein. Ich stand unter Vollzeitstreß und ließ mich krank schreiben. Im Osten kitzelten die Bürgerrechtler um das Neue Forum die friedliche Revolution herbei. Die Zivilbevölkerung war nicht zu bändigen. Den frühen Abend des 9. November verbrachte ich mit Mario in Emis Kellerkneipe. Im West-Fernsehen kam wohl irgendein Fußballspiel. Währenddessen verlas der SED-Chef von Berlin im Ost-Fernsehen eine Meldung zu den neuen Reisebestimmungen. Die DDR-Flüchtlinge sollten nicht mehr den peinlichen Umweg über die sozialistischen Bruderstaaten nehmen. Im Klartext bedeuteten die neuen Reisebestimmungen die Maueröffnung. Die Abstimmung der staatlichen Organe untereinander war sehr volksnah. Ziemlich unwissende Grenzer ließen sich vom Volk überrennen.

Mario und ich waren auf dem Weg zum Übersiedlerheim. Direkt davor parkte jemand seinen Trabant ein. Er fragte nach diesem oder jenem, und im übrigen sei ja auch die Grenze auf. Mario und ich wollten in den Osten. Schöneberg war uns zu verschlafen. Wir orderten ein Sechserpack Kindl, und ab dafür! In der Keller-S-Bahn zum nadelöhrähnlichen Grenzkontrollpunkt Friedrichstraße befanden sich schon einige Ostberliner, die den Rückweg angetreten hatten. Falls wir in den unterbeleuchteten Stadtteil hineinkämen, so kämen wir auch wieder hinaus. Der Zöllner fragte nach unseren Einreisegenehmigungen.

Der hatte vielleicht Sorgen. Egal. Wenn wir unsere verschlafenen Verwandten wachklingeln wollten, so mußten wir es wohl an einem unübersichtlicheren Grenzübergang versuchen. Wir fuhren in den Wedding. Die Fahrzeuge stauten sich in beide Richtungen. Als Fußgänger wollten wir nicht noch einmal abblitzen, und wir wollten auch nicht als Mitfahrer eines westdeutschen Automobils nach den Einreisegenehmigungen gefragt werden. Also sprachen wir einen Trabant-Fahrer an: »Wir wolln rüber! Die Grenzer kickn doch kaum, oder? Haste druff?«

Er und seine Frau waren überrascht. Wenig später kam der spannende Moment. Ein freundlicher Zöllner fragte nach den Personalausweisen. Das ältere Ehepaar ließ sich Zeit. »Bitte schön, Herr Wachtmeister.«

»Danke schön. Und Sie? Ihre Ausweise bitte!«

Wir guckten, als ob wir uns auf dem Ku'damm die Augen verblitzt hätten. »Ihre Ausweise?«

»Ja, een Moment, bitte ...«

»Ach, fahrn Sie weiter!«

Hinter der Grenze wurde uns der Trabant zu eng. In der Bornholmer hatte der Bäcker ausnahmsweise schon geöffnet. Früh um halb vier. Mario sang ein Frühstückslied aus dem nichtsozialistischen Ausland: »Nochn Tost, nochn Ei, nochn Kaffee, nochn Brei! Frühstück! Frühstück!«

Wir hatten kein Ostgeld. Mir war es peinlich, mit einer Westmark so eine Schau abzuziehen. Hoffentlich blieb der Bäcker ein anständiger Mensch. Als einige Stunden später die Verkäuferin ihre Arbeit beginnen wollte, war wahrscheinlich schon alles ausverkauft. Sie konnte sich im Wedding neue Arbeit suchen.

Während ich mir an der nächsten Tankstelle einen Trabant kaufen wollte, verabschiedete sich Mario von mir und ging in eine Kneipe. Ich war mir allerdings nicht sicher, ob der Trabi bei Tageslicht zu meiner neuen Hose gepaßt hätte. Also hielt ich den Daumen raus. Damals gab es noch schöne Schwarztaxis. Ein Trabantfahrer hielt. Er fuhr mich nach Hohenschönhausen und schenkte mir diese Tour zum Mauerfall. Nach seiner Aussage handelte es sich bei den Leuten vom Neuen Forum um Stasis, die den Mauerfall bei der nächsten Gelegenheit rückgängig machen würden. Er war in der Politik nicht so bewandert wie im Straßenverkehr.

Ich wußte, daß meine Eltern gerne Filme guckten und um 21 Uhr 47 in die Heia gingen. Und falls mitten im Film ein Untertitel käme, der den Fall der Mauer verkündete, so würden sie ihre Lesebrillen sowieso nicht aufhaben. Mein Vater sagte zu einem Fremden an der Wohnungstür immer: »Nein, wir sind nich so.« Dann knallte er sie zu, die Wohnungstür. Klatsch! Ganz egal, ob ich erst fünf Jahre alt war und mich ein Pfarrer zum Evangelium verführen wollte oder ob ich schon 18 Jahre alt war und sich ein Abschnittsbevollmächtigter nach meinem Freundeskreis erkundigte. »Nein, wir sind nich so.« Klatsch! Darüber habe ich mich nie beklagt. Jetzt klingelte ich Sturm. Sie hielten mich für einen Einbrecher und ließen mich hinein. »Halli! Hallo!« Wir guckten Frühstücksfernsehen. Der Rondo schmeckte nicht. Jacobs Krönung war schon alle. Ich hätte das Westpaket eine Woche später abschicken sollen. Mein Vater interessierte sich nicht so sehr für den Mauerfall. Bevor er die Wohnung gegen 6 Uhr verließ, sagte er: »Ich bin verabredet. Wir gehen heut inne Pilze. Die Grenze is ja jetz bestimmt öfter mal auf.« Mit meiner Mutter redete ich wohl noch ein Stündchen über das Fernsehprogramm. Dann ging ich lieber wieder, weil ich gehört hatte, daß die lockere Grenzregelung vorerst bis 8 Uhr galt. So genau wußte das niemand.

Mit der Straßenbahn fuhr ich zum Grenzübergang, die Bornholmer runter. Niemand ging im Osten arbeiten; alle gingen im Westen spazieren. Es war halb 8. Die Grenzer hatten quer über die Bornholmer ein schlaffes Seil gespannt, soviel konnte ich von weitem erkennen. Wahrscheinlich sollten wir uns zu irgendeinem Nadelöhr begeben. Sekunden später kapitulierten die Grenzer und rollten das Seil ein. Vielleicht zeigten einige Menschen sogar ihren Personalausweis.

Die Mauer war Vergangenheit! Mit der Wahl ihres Arbeitsplatzes entschieden sich viele Ostler für die Vereinigung. Sie warfen ihre Amiga-Schallplatten in die Kleidersammelbehälter vom Malteser Hilfsdienst. Ihr neues Geld gaben sie für Policen aus, die ihnen versicherten, daß sie im Fall eines grippalen Infektes per Hubschrauber aus der Cabrio-U-Bahn des unterirdischen Verkehrsnetzes gerettet werden würden. Ein Nachrichtenmagazin vermeldete: »Viele sogenannte Deutsche kommen direkt aus dem Gefängnis! Vom hiesigen Arbeitspensum sind sie überfordert!«

Einige Bürgerrechtler träumten noch ein wenig. Viele Arbeiter wollten lieber Fußballweltmeister werden.

Weltmeister

Es war in Schöneberg im Monat Mai. Mein Umzug zu Fuß innerhalb der proletarischen Gegend rund um den stillgelegten Gasometer führte mich eine Straße weiter in den Neubau mit dem schönen Namen »Schöneberger Terrassen«. Falls es im Winter zu warm werden würde, so bräuchte ich nur die Zentralheizung ein wenig runterzudrehen. Das Leben war leichter, als ich vermutet hatte. Viele Schöneberger waren zwar ziemlich unnahbar, doch dafür immerhin zahm. In Hohenschönhausen gab es ja diese zwischenmenschliche Wärme. Leute, die mich nicht kannten, redeten auf mich ein. Menschen, die keine gemeinsamen Interessen hatten, kauten sich gegenseitig die Ohren ab. Wenn mir in Schöneberg jemand sein Herz ausschüttete, hieß das nicht, daß er mich am nächsten Tag auf der Straße grüßte. Sorglos trieb ich mich herum. In Schöneberg gab es die in Westberliner Bauarbeiterkreisen berühmt-berüchtigten Rund-um-die-Uhr-Kneipen. Es war Sommer. In Italien fand die Fußball-WM-Endrunde statt. Ich sah viele Spiele in einer alten Eckkneipe, die von Helga betrieben wurde. Sie wollte immer bestätigt kriegen, daß sie nun wirklich nicht wie 40 aussah, und falls doch, so war sie doch noch ganz gut drauf, oder? Und sie war schließlich so alt, wie sie sich fühlte, oder etwa nicht? Wenn sie dieses Thema nicht so häufig angesprochen hätte, so hätte ich wirklich geglaubt, Mensch, die Dreiunddreißigjährige ist noch ganz gut drauf! Aber so? Ihre Töchter waren auch jeden Tag in dieser Eckkneipe. Die Pechmarie half hinter dem Tresen und rauchte, während die Goldmarie nur Fußball guckte und nicht rauchen durfte. Helga hielt ihrer Goldmarie die kinderlieben Versicherungsvertreter vom Leib. Bei Pechmarie war es schon zu spät.

In Italien schlugen die Deutschen in ihrem ersten Gruppenspiel die Jugoslawen mit 4:1. Franz Beckenbauer hatte alles gut eingefädelt. Dem Deutschen Fußball-Bund wurde nachträglich der WM-Titel 66 zugesprochen. Vielleicht würde Beckenbauer auch noch die WM-Titel 34 und 38 erringen. Im Achtelfinale spuckten die Deutschen den Niederländern in die Suppe.

Mein Polier sorgte für meine Entlassung. Er wußte gar nicht, was er mir antat. Das Arbeitsamt bewilligte mir ein Jahr Urlaubsgeld. Die tolle Währungsunion stand an. Ich hatte Zeit und Geld.

Im Halbfinale spielte Deutschland gegen England. Berlin brodelte. Die Eckkneipe war voll. Helga hatte gekocht. Rouladen mit Soße, Rotkohl und Kartoffeln. Deutsch für alle. Sehr gut. Ich hatte schon zu Hause gegessen, deshalb lehnte ich dankend ab. Sie verführte mich in die Küche, ließ mich in die Kochtöpfe gucken und sagte: »Bursche! Du mußt nich unbedingt essen, aber neulich wurde hier jemand wegen so wat verkloppt!« Helga war eine gute Köchin. Nachdem Deutschland das Elfmeterschießen gewonnen hatte, tanzten wir auf der Dominicusstraße. Helga wollte Feierabend machen. Das hieß bei ihr: »Jetz jehn wa alle inne Geisterbahn!« Wer sich unserem Dutzend nicht anschließen wollte, kam wohl nicht aus Berlin und wurde vollgepöbelt. In die Geisterbahn gingen alte Schöneberger und junge Außerirdische. Die Rocker spielten mit den

Heimatforschern Billard, und die Steglitzer PDS verteilte an die Kreuzberger CDU ihr Propagandamaterial. Wir hatten uns noch nichts bestellt, da wurden einem Rollstuhlfahrer von einem betrunkenen Buckligen, der an Krücken ging, auch schon die Reifen zerstochen. Der zuvor herbeigerufene Taxifahrer ergriff die Flucht. Die Polizei wurde gerufen, wie so häufig, wenn die Kneipe rund um die Uhr geöffnet hatte. Wenn es in dieser Geisterbahn kein betrunkener Buckliger war, so war es ein grünohriger Tagelöhner, der in Tegel rund um die Uhr betreut werden wollte.

Irgendwann war es an der Zeit, nach Hause zu gehen. Wir gingen in die Haltestelle. Dort kostete ein Flaschenbier zwar auch nur eins fünfzig, aber dafür war es kein Kindl, sondern Schultheiß oder Engelhardt. Die grelle Mitropa-Beleuchtung beschönigte nichts. Ich hatte mich gerade noch vor einem Obdachlosen gegruselt, da tanzte ich auch schon mit einer Vierzigjährigen. Sie war ganz gut drauf und sah zwei Jahrzehnte älter aus. Diese Haltestelle war die Endstation.

Einige Tage später wurde Deutschland schon wieder Fußballweltmeister. Das Finale gegen Argentinien habe ich in irgendeiner Kneipe vor lauter Hinterköpfen gar nicht gesehen. Während der Meisterschaftsfeier wurden die notorischen Nörgler, die ihre Mauer wiederhaben wollten, weder gesehen noch vermißt. Vielleicht war dieser WM-Titel der schönste aller deutschen WM-Titel, weil die urbane Freude des Mauerfalls noch einmal aufflammte. Franz Beckenbauer sagte: »Die deutsche Nationalmannschaft ist möglicherweise auf Jahre hinaus unschlagbar. Zumal ja nun auch noch die Fußballer aus der DDR dazukommen.«

Für 1958 und 2006 sah es also auch schon ganz gut aus. Auf Radio 100 benutzten sie die Bezeichnung Weltmeister als Schimpfwort. So ganz unverhofft ist dieser schöne Rock-'n'-Roll-Sender also nicht hopsgegangen. Helmut Kohl redete von blühenden Landschaften. Viele Ostler wollten ein Versprechen herausgehört haben. Dabei war er nur der Kanzler und nicht der Erziehungsberechtigte. Aus astrologischen Gründen gab Franz Beckenbauer die Verantwortung an Berthold Vogts ab. Wenig später wurde England der WM-Titel 66 zugesprochen. Deutschland verlor viel Ansehen. Berlin mußte unbedingt Hauptstadt werden.

Schöneberg wurde immer farbloser und teurer. Viele Unmenschen arbeiteten daran, daß es in Berlin genauso langweilig werden würde wie in Stuttgart. Flüchtige Bekannte nannten sich Freunde. Es gab immer mehr Sexkinos für immer mehr Obdachlose. Die inzwischen noch älter gewordene Helga nahm manchmal ihre Enkeltochter mit in die Geisterbahn. Den Vater hat sie geheiratet, also den Ex von Pechmarie. Goldmarie rauchte inzwischen und hatte einen väterlichen Freund.

Bogumil

»Ach hallo. Wie jehts?«

»Hallo. Wenn du wissn willst, wies mir jeht, dann ruf doch einfach ab und zu an.«

»Äh ... na ja ... Laß uns ma schnell die Straßenseite wechseln. Ick glaub, die alte Frau da vorne erleidet gleichn Kreislaufkollaps. Damit will ick nüscht zu tun ham.«

»Ejal. Sie fällt gleich in die Arme der BEWAG-Arbeiter. Hähähä, diese Schweine!«

»Ach ja, Sex. Ick will jetz ins Theater jehn und irgend ner Studentin erzähln, wie toll ick bin.«

»Verjißid. Studentinnen jehn wegm Theater ins Theater. Wat spieln se denn?«

»Bogumil. Son modernes Piratn-Theater. Bogumil und seine Brüder ham Angst vor hohen Wellen. Sie fahren nur die Elbe hoch und runter. Auf St. Pauli zetteln se mit den Nutten immer Sexismus-Debatten an.«

»Ick weeß nich so recht. Wenn im Piratn-Theater nich jeplündert und verjewaltigt wird, schreit am Ende vom janzn Theater irgendn Idiot garantiert: ›Die Revolution bejinnt im Theater!‹«

»Na und? Ick antworte einfach: »Sieg Heil!« Bestimmt hält mich ne Frau fürn Künstler. So bejinnen viele Romanzen.«

»Also sicher is dit nich. Versuchs doch mal irgendwo, wo die Eintrittskarten knapp sind. Du koofst vorher natürlich zwee. Eene für dich und eene für die Frau, die schon frustriert an der Abendkasse steht und auf ne Restkarte spekuliert.«

»Ach so? Wie der Junge aufm weißen Pferd?«

»Jenau.«

»Man kann ooch inne nächste Kneipe jehn. »Zu Klausileinchen« oder so. Dort ruft man einfach: »Ick hab heut Jeburtstach, ick geb ne Runde aus!« Man hat gleich ne Frau am Hals. Die Runde kostet zwarn bißchen wat, abern bißchen wat kostet jede Frau.«

»Zu Klausileinchen jehn aber sicher keene schön Studentinnen. Eher so alte Frauen, die jedem BEWAG-Arbeiter inne Arme falln. Und wenn de mit Heidileinchen alleen zu Hause bist, solltest de ooch dein Mann stehn! Kennste die neumodischen Potenzpillen aus Amerika?«

»Äh ... Na ja ... Wer die Dinger konsumiert, is moralisch-ethisch desorientiert.«

»Amen. Also ick find die Dinger grandios. Stell dir vor: Viele Typen ernährn sich davon, bissit se hinwegrafft! Dann jibs in naher Zukunft jenauso wenich Männer wie damals nachm Zweitn Weltkrieg.«

»Waoh! Dann quatschen uns die schönen Fraun auf de Straße blöd an.«

»Sie spendiern uns Karten fürs Piratn-Theater ...«

»... und laden uns zum Geburtstach ein!«

»Also mir gehts momentan so lala, aber zukünftich sehr jut. Na, ick werd ma abhaun. Ruf mich doch einfach ab und zu an.«

»Sicher doch.«

Ich will die soziale Marktwirtschaft!

Morgens um 20 vor 7 auf dem Bahnhof Alexanderplatz herumzustehen ödet mich an. Vor allem, wenn ich schon am Hermannplatz sein müßte. Oder Hermannstraße? Mein lieber Kollege Bin-Bai konnte wohl nicht auf mich warten? Er ist trotzdem ganz in Ordnung. Seitdem ich mit ihm zusammenarbeite, werde ich zwar schlechter im Sprechen, dafür aber besser in Pantomime. Nun habe ich niemanden zum Meckern, auf alle anderen. Obwohl. Erzählt habe ich schon soviel im Leben. Mein Kiefer lahmt schon. Das mit den Augen wird auch nicht besser. Und wenn es auch die Tauben mit den Augen bekommen, wegen dem Ozonzeug, dann fliegen sie noch unberechenbarer herum. Und dann habe ich es bald mit dem ganzen Schädel. Momentan habe ich es aber nicht wegen den Tauben mit dem Schädel, sondern deshalb, weil ich gestern nach dem vierten Bier nicht aufgehört habe zu trinken, sondern zu zählen. Ach ja, Berlin, die alte Dame. Immer ein voller Kulturkalender! Gestern hatte auch wieder der Kiosk auf. Eigentlich wollte ich nie mehr dort stehen. Wegen Silvester. Da nahm der für ein Essen einen Fünfer mehr als sonst. Und als ich ihn darauf ansprach, antwortete er: »Mein Freund! Heut is Silvester! Überall Eintritt, außer hier! Deshalb Topzuschlag!«

Was sollte ich machen? Nichts. Ich bin nur nach Hause gegangen, habe mir einen dicken Stift gegriffen, bin zurück zum Kiosk und habe auf dieses Brett mit der Angebotsliste rübergeschrieben: »Eintritt frei!« Dann haben wir uns gehauen, aber seit gestern ist alles wieder gut. Wo bleibt denn die Bahn?! Ich muß doch im Leben vorankommen! Damit ich mir meine Kniescheiben in die Ohrläppchen einoperieren lassen kann. Aus denselben Gründen, aus denen sich so viele Menschen mit Metall behängen. Doch in meiner Familie ist für solche Operationen kein Geld über. Seit Generationen schwanken unsere Kontostände von unbedeutenden Haben zu ebensolchen Solls. Und wenn mein

Krebs einmal AIDS hat und ich vom Auto überfahren werde, kaufen sie mir sicherlich nur einen Kindersarg. Und das, obwohl ich immerhin den normalen Tariflohn verdiene. Leider muß ich davon auch Baumaterialien kaufen. Deshalb muß ich jede Woche zum Sozialamt. Mein Chef ist sehr loyal. Er läßt mich zum Mittag abhauen und zieht mir einen Tag Urlaub ab. Zum Glück leben wir in einem Sozialstaat. Viele Intellektuelle wollen den ja nicht. Die spielen das Sprachrohr der Arbeiterklasse, schaffen es aber noch nicht einmal, mit mir am Kiosk über Fußball zu reden. Ich glaube, uns allen ginge es besser, wenn sie mit derselben Spontaneität, mit der sie die Menschen auf den Gehwegen mit ihren Fahrrädern verrückt machen, den Bonzen aufs Maul hauen würden. Aber nein, sie sitzen mit denen im Café »Zum Unbegabten Literaten« und reden von Revolution. Ich will die soziale Marktwirtschaft und überall freien Eintritt ohne Topzuschlag! Und außerdem will ich Intellektuelle, die sich zu Hause erhängen, und nicht solche, die zum Wochenbeginn vor die U-Bahn springen. Ich bin froh, daß ich überhaupt noch Arbeit habe. Zumal ich auf dem Bau schon mal verschüttet wurde. Egal. Ich geh nach Hause.

Gabba Gabba Cinema Gaga

Sommer 96. Ich will mir im Kino den Film »Dead Man« ansehen. Leider wird nichts daraus. Neben mir sitzen drei Studentinnen. Während der Aufführung von einigen Dutzend Reklame-Clips sind sie beschäftigt. Beim Beginn der jeweils anlaufenden 20-Sekunden-Oper erraten sie, um welches Produkt es sich handelt. Sie liegen meistens richtig. Ich sitze falsch. Jaja, ich sehe es ein. Kleine Kinder dürfen nur bis abends um acht aufbleiben. Sie veranstalten zu Hause derartige Spielchen. Schnell erraten sie die im Rundfunkempfänger angespielten Schlager. Ihre Hörgewohnheiten werden von ihren Erziehungsimperialisten diktiert. Auf die will ich nicht näher eingehen. Sie dürfen sich pauschal angepinkelt fühlen. Studentinnen dürfen aber bis früh um acht aufbleiben. Warum geben sie in Lichtspielhäusern mit ihrer Unterjochung an? Da bekomme ich einen dicken Hals.

Während der Zigarettenreklame ziehe ich meinen Colt. Weil ich Kavalier bin, ziele ich nicht auf die Studentinnen, aber auf das Filmvorführgerät. Im Saal flackert es, wie im Ramones-Video Gabba Gabba Cinema Gaga. Die entsetzten Gesichter sagen mir, daß ich Berlin verlassen muß.

Wenig später befinde ich mich im Interregio von Bornholm nach Korsika. Ich setze mich in ein Abteil, das von den übrigen Reisenden gemieden wird, weil ein Geschäftsmann an seinem Taschentelefon herumfingert. Und richtig vermutet. Er redet rhetorisch hervorragend und inhaltlich belanglos. Nach zwei Gesprächen widmet er sich seinem Papierkram. Ich vergrabe mich hinter der Zeitschrift »Fußball Nordost«. Ich bin ein proletarischer Sektierer aus dem Osten. Wir verstehen uns große Klasse. Leider steigt er in Halle aus. Zwei Oberschülerinnen steigen ein. Mir fällt etwas auf: Ich habe meinen Colt im Kino liegengelassen! Werde ich jemals die Stadt meiner Schallplattenverkäufer wiedersehen? Unauffällig blicke ich aus dem Fenster. Eine Oberschülerin fragt die andere, ob es sich bei den meisten Gemeinden entlang der Eisenbahnstrecke von Halle nach Erfurt um eher graue oder doch recht farbenfrohe Orte handelt. Die andere antwortet, daß das davon abhängt, ob die in orange Arbeitsgewänder gekleideten Leute draußen herumlaufen oder eben nicht. Sie gehen mir auf die Nerven.

Kurz vor Erfurt steige ich aus und mustere auf dem Bahnhof die Graffiti: »Ich hasse Weimar! Nazis raus!« Einige Rentner verwickeln mich sofort in ein Gespräch über Gott und die Welt. Sprayer mögen sie nicht. Ich denke, daß Gott, der doch in jedem von uns steckt, auch ein Sprayer ist. Diese vermeintliche Gotteslästerung gebe ich nicht zum besten, weil ich mir im Seniorenwohnheim Asyl erhoffe. Es gelingt mir.

Im Fernsehraum plaudern wir über unsere armseligen Freuden. Die Rentnerinnen schwärmen von ihren zufälligen Einkaufsbegegnungen, die sie so mit Leuten haben, die sie für Prominente halten. Zum Beispiel den Statistinnen an Frau Sommers Seite aus der Jacobs-Werbung. Ich beginne, an dieser einseitigen Anhimmelei herumzunörgeln. Frau Sommer sitzt ja nicht zu Hause und erzählt von ihren Begegnungen mit den Statistinnen, oder? Nein. Jeder halbwegs Begabte ist sofort Kult. Warum? Die Rentner wollen mich nicht verstehen. Sie gucken Fernsehen. DSF. Fortuna Köln gegen Carl-Zeiss Jena. Egal.

Einmal war ich auf einem Konzert von Aljoscha und seinem Santa Clan. Ich hörte zwei Besuchern zu. Einer von ihnen wollte auf dem Klo des Huxleys erkannt haben, wer da neben ihm stand. Es war irgendein Promi. Für diese tolle Leistung bewunderte ihn der andere. Das erzähle ich den Rentnern. Sie wissen meine Episode nicht einzuordnen. Ich nehme einen Filzstift und schreibe auf die Mattscheibe: »Tötet eure Idole!« Ihnen macht das wenig aus. Der FC Carl-Zeiss liegt hoffnungslos zurück. 0:6.

Und so erzähle ich von Mario. Immerhin kenne ich einen Sonderling, und er kennt mich. Er sieht aus wie der verwegene, muskulöse, psychopathische Serienmörder Early aus dem Film »Kalifornia«! Er haust neben einer Kneipe, an deren Fassade ein Bild zu sehen ist. Es sind Early und seine Madame Edale. Der Sonderling heißt Mario. Er ist eine personifizierte Zeitbombe. Oft wird er von Depressionen übermannt und in diversen Anstalten ruhiggestellt. Dann wird er wieder in die Freiheit abgeschoben. Ich glaube nicht an das Gerede der Psychiater. Sie bedauern manchmal, nichts über Amokläufer in Erfahrung bringen zu können, weil die angeblich bis zum finalen Tag unauffällig sind. Und danach sind sie für die Ursachenforschung wenig ergiebig, weil sie Selbstmord verüben. Mario macht aber oft von sich reden. Er steht stundenlang nahe der Dachrinne herum, bis die Feuerwehr eine Leiter organisiert hat. Ich frage in die Runde, ob das nicht gabba gabba ist? Alle sind sprachlos.

Einige schlafen. Jedenfalls ist Mario eine elende Zecke. Die Ratten fühlen sich in seinem miefigen Loch wohl. Dort gibt es nur alte Sperrmüllmatratzen und düstere DDR-Schrankwandteile. Die Ratten rennen ihre Slalomrunden um die sich stapelnden leeren Milchtüten. Er glaubt wohl, dafür einmal Pfandgeld zu bekommen. Die Rentner interessieren sich weder für Aljoscha noch für Mario. Ihre Frau Holle heißt Sommer.

Wir gehen alle zeitig in die Heia, obwohl ich auf einen flotten Tanzabend der Volkssolidarität spekuliert habe. In Weimar gibt es diese Seniorenbande wohl gar nicht mehr? Vielleicht können es die Thüringer nicht verwinden, daß ihnen die Berliner Führungsriege zu DDR-Zeiten vom Bananenkontingent immer nur die Schalen schickte. Gute Nacht.

Während der nächsten beiden Tage muß ich laufend einkaufen gehen. Unglaublich, alle sind zu dick. Sie essen wie früher, was sie kriegen können, ungeachtet der Tatsache, daß früher schon so lange her ist. Muß es erst neue gesellschaftspolitische Wirren geben, um ihre Mägen zu entlasten? Nach wenigen Tagen fahre ich wieder nach Berlin. Ich will nicht an dieser Völlerei zugrunde gehen. Rechtzeitig gehe ich zur Kino-Kasse, kaufe alle 250 Karten und sehe mir ganz alleine »Dead Man« an.

Keule und Konsorten

Viele Menschen fragen sich, welchem psychosozialen Umfeld diese Sorgenkinder mit schrägem Scheitel entsprungen sind, die harmlose Typen auf Konzerten verprügeln. Ich kenne diese Sorgenkinder nur vom kurzzeitigen Schubsen und habe vergessen, welche Rollen sie während ihrer bisherigen Erdenauftritte gespielt haben. Zumindest erblickten viele von ihnen Ende der 60er oder Anfang der 70er in einem der Ostberliner Krankenhäuser die gleißenden Lampenlichter, die wir den fleißigen Händen der Narva-

Helden zu verdanken hatten. Sie erfüllten die Räume mit ihrem Geschrei, obwohl sie gleich die Brust bekommen hatten. Es war wohl irgendwo am Fuße vom Viadukt geschehen, dem stählernen Ungetüm, das man aus Kostengründen überirdisch erbaut hatte. Auf dem Viadukt donnerte die U-Bahn zwischen den Bahnhöfen Senefelder und Vineta hin und her. In ihrem lebensfrohen Gelb lockerte sie das sonst vorherrschende Grau etwas auf. Einige Querstraßen weiter westlich warf die Mauer mit ihrem weißen Gewand etwas Licht auf das marode Altbauviertel. Der Viadukt wurde häufiger als die Mauer frequentiert, weil es Treppen gab. Diese Zeit war nicht die beste, denn gegenüber der Vergangenheit, in der es an vielen Kreuzungen jeweils vier Gelegenheiten gab, sich zu betrinken, war ein Großteil jener Kneipen verrammelt. Unsere Sorgenkinder beschränkten sich vorerst darauf zu wachsen. Vielleicht wurden sie benachteiligt; wahrscheinlich aber eher nicht. Ich hole mal ein wenig weiter aus:

Im 19. Jahrhundert setzte hier die Industrialisierung ein. Viele verarmte Handwerker strömten in die Stadt. Im Nordosten von Berlin hatte man die nötige Baufreiheit. Bis zur Jahrhundertwende zog man ein dichtes, sich rechtwinklig schneidendes Straßennetz mit vier- bis fünfgeschossigen Mietskasernen hoch. Diese Mietskasernen hatten meistens zwei oder drei Hinterhöfe. Die Vorderhäuser wurden oft mit Stuck verziert. Es gab Neptunfiguren über den Hauseingängen, hölzerne Löwenköpfe am Treppengeländer und von Schlangen umschlungene Säulen auf den Balkonen. In den Wohnungen gab es oftmals Bad und Toilette. In den Hinterhäusern gab es nichts. Ganz klar: Die Trennung zwischen Reich und Arm verlief zwischen den Vorder- und Hinterhäusern. Wenn die Sorgenkinder ihre Hinterhoffestspiele zelebrierten, wurden sie ausschließlich von Vorderhausbewohnern vom Hof gescheucht. Also von Ladenbesitzern, Frauen, die nicht arbeiten gingen, und solchen, die die Miete kassierten. Auch später, in der zweiten Hälfte des 20. Jahrhunderts, bekamen viele Streberkinder sofort Stubenarrest, wenn sie mit Keule und Konsorten spielten. Das kam vom psychosozialen Umfeld. Zu viert in anderthalb Zimmern, da unterdrückte Keule schon mal das Geschrei von Atze, indem er ihm den Küchenspülenstöpsel in den zahnlosen, gut flutschenden Mund steckte und ihn eine halbe Treppe tiefer auf dem Klo einschloß. Es folgten Ärger und Gebrüll. Da schrie der Vater zum Beispiel: »Ab in Kella! Kohlen holn!« Keule konnte froh sein. Andere Kinder mußten zur Strafe auf den Dachboden, um Wäsche aufzuhängen. Dorthin, wo auch schon mal eine junge Mutti baumelte.

Viele Sorgenkinder rannten in solchen Konfliktsituationen von zu Hause weg. Sie hatten eine blühende Phantasien und fragten sich, ob es sich bei Kindermördern um mordende Kinder oder um kindermordende Rentner handelte. Das hatte zur Folge, das sie zu dritt, zu viert oder zu acht unauffällig einzelnen Rentnern hinterherschlichen. Solchen, die in triste Anoraks gekleidet waren und finster vor sich hin schauend aus dem Gemüsefachgeschäft kamen. Sie verfolgten sie bis vor die Wohnungstür und fragten mit weit aufgerissenen Augen und erstickender Stimme: »Sind Sie ein Kindermörder?« So oft, wie sie darauf verjagt wurden, hefteten sie sich auch wieder an die Fersen der Rentner. Für das jeweilige Karree waren sie die reinste Plage. Manchmal kam es Keule während einer Verfolgung in den Sinn, daß das alles Quatsch sei. Und so ging er, um kein störendes Getuschel auszulösen, ohne eine Verabschiedung nach oben. Er galt als spurlos verschwunden. Eine halbe Stunde später klingelte es. Der Vater ging zur Tür und schrie: »Ja, wo leben wir denn?! Wer hat euch erlaubt zu klingeln?« Unterdessen beobachtete Keule durch den Spalt der etwas geöffneten Wohnzimmertür alles genau. Er faselte vor sich hin: »Wer kommt jetz? Ein Mörder?« Im Treppenhaus jaulten die Kinder herum: »Ihr Sohn is tot!« Der Vater antwortete: »Nee, der ißt grade Mittach.« So könnte es gewesen sein. Ich weiß es nicht genau. Jedenfalls ist es schlimm, im Schädel nur Scheiße zu haben. Wenn diese Sorgenkinder ihre Vermieter oder Arbeitgeber hätten hochleben lassen, wäre das schon dramatisch genug gewesen. Aber warum gleich Adolf Hitler?!

Welchen Verlauf nahm Keules Leben? Wie fand er sich im Kindergarten, in der Schule und später im Lehrlingskollektiv zurecht? Vielleicht wurde er schon als Vorschüler auf dem Spielplatz angepöbelt, von größeren Kindern aus der zweiten Klasse: »Na, du Arschloch, jehste siemte oder achte Oberschule?!« Und das, obwohl er die Ziffern des gegenüberliegenden Schulgebäudes noch gar nicht unterscheiden konnte. Solche Erlebnisse waren Öl ins Feuer der traditionellen Rivalität zwischen den Schulen.

Später lungerten Keule und Konsorten am frühen Abend auf dem Schulhof herum. Vielleicht, um auf den Leiter der Arbeitsgemeinschaft Turnen zu warten, der in der Kneipe saß. Und wenn zufällig einige Typen aus der anderen Schule vorbeikamen, ging es gleich ruck, zuck. Mit Kohlen und Dachziegeln. Wahrscheinlich zerschellte auch an Keules Schädel etwas, worauf er sich fragte: »Weshalb läuft dit hier so ab? Warum schubsen wa uns jegenseitich in dit alte Schwimmbecken? Obwohl dort seit der Gründung der DDR kein Wasser drinne is!« Wie sollte er seine Hefte transportieren, nachdem ihm seine Lehrerin die Eduscho-Tüte zerrissen hatte? War wirklich jeder Pfennig, den die Volksbildung für ihn ausgab, rausgeworfenes Geld? War er ein Fürsprecher des Kapitalismus? Und wenn ja, weshalb ging er überhaupt in diese Schule? Keules Zukunft zeichnete sich ab. Alle zwei, drei Tage diese Eintragungen im Hausaufgabenheft. »Er erledigt nicht seine Hausaufgaben! Er zeigt ständiges Desinteresse! Er legt eine gleichgültige Haltung an den Tag!« Das konnte er seinem Vater unmöglich zum Unterschreiben anbieten. Er besorgte sich ein zweites Hausaufgabenheft. Eins für die Schule, in dem er die Unterschriften seines Vaters übte, und eins für das Elternhaus. Zum Schuljahresende war der Vater wohl ziemlich überrascht, obwohl er aufgrund der Elternversammlungen schon ahnen mußte, daß Keule sitzenbleiben würde.

Daß Keule sich ein zweites Zeugnisheft zugelegt hatte, fiel seinem Alten erst auf, nachdem Keule die Schule längst beendet hatte und er ihn einmal unangemeldet im Büro besuchen wollte. Keule, den angeblichen Juristen. War es seinem Alten egal, als er seinen Sohn besoffen unter Gleisbauern wiedererkannte? Denn er war ja nur das Resultat einer von den Großeltern abgesegneten Vergewaltigung.

Der Vater, dieser nichtseßhafte Hallodri, hatte seine Mutter im Prater kennengelernt. Nach der Tanzveranstaltung gingen sie nach Hause. Oder besser ausgedrückt: Die Mutter rannte auf ihren unpraktischen Stöckelschuhen die Schönhauser runter. Sie bog in die dunkle, nur durch einige helle Fenster beleuchtete Seitenstraße ein. Dort wohnten ihre Eltern. Der Besoffene wankte halsbrecherisch hinterher. Wie so oft stellte er auch in dieser Nacht sein armseliges Schuhwerk an hinderlichen Bordsteinkanten, unebenen Gehwegplatten und herumliegendem Gerümpel auf eine harte Probe. Auf dem Weg zur Haustür schrie die Frau noch nicht. Was sollten die Vorderhausbewohner von ihr denken? Doch im dunklen Hausflur schrie sie, so daß ihr Vater sofort zur Tür gelockt wurde. Als er den unmodern gekleideten und verwirrt blickenden jungen Mann am Nacken seiner Tochter sah, rief er: »Komm rin, Schwiejasohn, wir sind ooch grad beim Saufen!« Er durfte gleich dort schlafen. So kam es zu Keule, dem Besitzer von zwei Hausaufgaben- und zwei Zeugnisheften. Seine Mutter war eigentlich ein anständiges Mädchen. Doch als man sie dabei ertappte, wie sie in der Öffentlichkeit eine Zigarette rauchte, schimpfte man sie eine Nutte. Vielleicht hat sie sich deshalb auf dem Dachboden erhängt. Nun ja, das sind die Fallstricke des Lebens.

Die Kinder solcher Eltern entwickeln Ängste, weil sie sich immer benachteiligt fühlen. Wahrscheinlich war Keule der Meinung, daß er von den Berliner Verkehrsbetrieben hintergangen wurde. Er dachte, jede Straßenbahnlinie hätte jeweils nur einen Triebwagen und einen hängenden Wagen. Er dachte also, daß es nur eine Bahn mit der Nummer 46 und nicht fünf oder sechs gab. So ein Quatsch! Und weil laut Fahrplan alle zehn Minuten eine Bahn kommen sollte, meinte er, daß sie in eben dieser Zeit die ganze Strecke runterschepperte, um nach zehn Minuten wieder in der Kastanienallee auf Höhe des Friseurladens anzukommen. Er fühlte sich betrogen, weil sie immer dann total langsam zuckelte, wenn er gerade mitfuhr! Verdammt!

Ach ja, der Friseurladen. Keules Atze ist einmal beim Zahnarzt vom Stuhl aufgesprungen und einfach nach Hause gegangen. Keule bewunderte ihn und wollte ihm in nichts nachstehen. Sein Vater staunte, als er ihm vorschlug, zusammen zum Friseur zu gehen. Dort warteten sie eine halbe Stunde zwischen den vielen Rentnern und hörten sich deren Geschichten über die langhaarigen Halbstarken an, die immer im Hausflur rauchten. Als Keule endlich Platz nehmen durfte, fragte der Friseur: »Wie immer, Fasson?« Sein Vater antwortete: »Wie immer, Fasson!« Keule warf ein: »Nee, schräger Scheitel, wie Adolf!« Die Rentner fingen alle an, auf ihn einzureden. Er sprang auf und rannte raus. Für ihn hatte das gefetzt. Er suchte sich Gleichgesinnte und fand sie natürlich im Neubaugebiet.

Dort mißbrauchten die Heranwachsenden die Haussprechfunkanlagen unter dem Vorwand, für etwas Kultur auf dem Bürgersteig zu sorgen. Sie drückten die Sprechtaste und hielten das Radio ran. Da sie nicht gleichzeitig beobachten konnten, wie sie die Rentner mit ihrer Beatmusik verschreckten, gärte in ihnen der Unmut. Sie sagten sich: »Wir müssen Wassertüten ausm Fensta schmeißen!« Und obwohl sie noch gar nicht Physik hatten, war ihr Gefühl für die Fallgeschwindigkeit ihrer Zehn-Liter-Granaten schon sehr gut ausgeprägt. »Zwischen Hund und Herrchen!« könnte ihre Devise gelautet haben.

Zwangsläufig folgten die ersten Konflikte mit der Staatsmacht. Inmitten eines reichlich dekorierten Demonstrationszuges, der Staat und Partei huldigte, befand sich auch Keules Schulblock. Ihm kam es in den Sinn, seine Pappschilder mit den Losungen »FDJ – Kampfreserve der Partei« und »Ich bitte um Aufnahme in die SED«, unauffällig fallen zu lassen. In der dunklen S-Bahn-Unterführung fluchten die hinter ihm Stolpernden: »Ja, wo leben wir denn?! Sieh dich vor! Wir kenn deine Eltern!«

Den ersten Reglementierungen folgte die Pubertät. Es war die Zeit, in der das »Darf ich bitten?« schon längst dem »Wolln wa mal tanzn?!« gewichen war. Für 14,50 gab es runde Füße.

Gestalten wie Keule landeten bei der Reichsbahn und wurden Gleisbauer. Sie waren fast so verrufen wie die Tiefbauer. Die Lehrlinge beider Berufsschulen wetteiferten, wer häufiger in den Gerichtsberichten der Wochenpost auftauchte. Keules Beitrag war folgender: Während er in einer Kneipe zechte, rief eine Frau plötzlich: »Meen Portemonnaie is weg! Hol ma eena die Bullen!« Die waren auch sofort da und wollten alle Personalausweise sehen. Keule drückte unbeirrt seinen Skat. Dem Bullen antwortete er auf die Frage: »Dürfte ich Ihren auch mal sehen?«, nur: »Weeß ick, ob du echt bist? Im Polizeiruf jabs ooch schon Betrüja in Uniform!« Dem Gelächter seiner Skat-Brüder folgte die unsanfte Aufforderung der VP, doch bitte im Toniwagen Platz zu nehmen. Und weil sich die Majonäse, der Kartoffelsalat, die Buletten, das Bier, der Schnaps und die Faust im Magen nicht vertragen haben, kotzte Keule die Sitze voll. Die Anzeige wegen dieser Beamtenbeleidigung rief ihn und seine Kumpane auf den Plan. Wenige Stunden später wählten sie die 110 an und beschwerten sich über die vermeintliche nächtliche Ruhestörung im vierten Stock des Hauses gegenüber der Kneipe. Kurz nachdem die Bullen im Hausflur verschwunden waren, kamen sie hinter ihrer Ecke vor und kippten den Toniwagen um. Leider hat die Exbesitzerin des mittlerweile niemanden mehr interessierenden Portemonnaies alles gesehen. Sie verkaufte die Geschichte für ein Päckchen Rondo an die Wochenpost. Es ist offensichtlich, weshalb viele Leute so drauf sind, wie sie drauf sind. Verstehen heißt nichts beschönigen.

Schäferzug

Langweilige Geburtstagsfeier. Zumindest im Wohnzimmer. Ich gehe lieber ins Kinderzimmer. So auf eine Partie Schach. Nach wenigen Zügen gewinne ich. Kein Wunder. Das Kind ist noch im Mutterleib.

Im Tal der Demokratie

Während einer frühen Morgenstunde fand ich mich auf dem Flughafen in Athen wieder. Irgendwo am Stadtrand. Es war vielleicht 4 Uhr. Der Busfahrplan verriet allen Menschen, die diesen kaffeesatzähnlichen Fahrplan lesen konnten, daß der erste Bus nach Athen-City um 7 Uhr fahren sollte. Ich konnte kein Griechisch, und so fragte ich den dicken Polizisten: »Gawaritje pa russki?« Er schaute mich ein wenig verstört an, weil er wohl kein Russisch konnte. Das mußte ihn nicht beunruhigen. Meine Russischkenntnisse reichten ja auch bloß dafür aus, um griechische Polizisten zu beeindrucken. Er blickte auf mein Bad-Manners-T-Shirt mit dem Slogan »You fat bastard!« und ging weg. Ich fragte noch in den Wind: »Do you speak English?« Schade, ich war allein in Griechenland. Allein mit den anderen Touristen, die auf den ersten Bus warteten. Wir fotografierten uns gegenseitig. Den Anlaß dazu bot ein Verbotsschild, auf dem eine Figur zu sehen war, die auf dem Fußboden neben dem Eingang vom Flughafengebäude schlief. Auf dem Rücken liegend und ein Bein angewinkelt. Wir fühlten uns herausgefordert. Wer von uns würde sich in dieser passiven Körperhaltung dem griechischen Polizisten ausliefern? Natürlich wir alle. Allerdings war es ihm zu blöd, uns zu beobachten. Irgendwann kam der Bus. Nun stand einigen Tagen im romantisch verklärten Endzeitmoloch nichts mehr entgegen.

Der Baustil, der sich in den meisten Straßen durchgesetzt hatte, erinnerte mich an die Karl-Marx-Allee. Diese Stadt mußte anscheinend zu jeder Tages- und Nachtzeit ein Verkehrsaufkommen erdulden, wie ich es in Berlin allenfalls vom Berufsverkehr kannte. Die Luft war dieselgeschwängert. An Ausschlag litten nur jene Menschen nicht, die schon überfahren worden waren. Das Verkehrsnetz war eine freie Wildbahn. Schnell lernte ich, daß ich mir auf eine grüne Fußgängerampel nichts einbilden durfte. Zebrastreifen trugen diesen Namen, weil sie im Galopp zu überqueren waren. Viele Autofahrer steuerten im rasanten Tempo auf eine Kreuzung zu. Ihr Hupsignal galt als Vorfahrtsrecht. Erstaunlicherweise wurde ich niemals Unfallzeuge. Wohlwollende Menschen bezeichneten Athen als bizarr. Lachend drückte die Sonne den Smog ins Tal, damit er den Menschen lange zu schaffen machte. Ich gewöhnte mich daran. Wozu der Akropolis schon wieder adieu sagen? Ich hatte sie noch nicht einmal richtig begrüßt. Ach ja, die hellenische Millionenmetropole nahe der Ägäis! In der Altstadt sammelte Mikis Theodorakis viele Unterschriften für die Umbenennung von Instanbul in Konstantinopel. Immerhin befand sich Athen im Tal der Demokratie. Die Griechen hatten dieses gesellschaftliche Gerüst erfunden. Es ist so verständlich wie ihre Sprache.

Einmal bestellte ich mir bei einem fliegenden Händler ein Bier. Ich bekam einen kalten Kaffee mit Eiswürfeln. Immerhin ohne Zucker.

Während einer späten Abendstunde fuhr ich mit dem letzten Bus von Athen-City an den Stadtrand, zum Flughafen. Es war vielleicht 23 Uhr. Die Flughafenhalle war voll Menschen, die auf dem Fußboden schliefen. Drinnen gab es keine Verbotsschilder, auf denen Figuren zu sehen waren, die auf dem Fußboden schliefen. Überall liefen Polizisten umher. Ich habe das nicht weiter verfolgt. Ein Flugzeug flog mich in meine Heimat zurück.

Von Sammelalben für Streichholzmutationen

Meine Nachbarin feierte ihren Geburtstag. Nicht nur ihre Brüder und Schwestern, sondern auch alle Söhne und Töchter ließen sich entschuldigen. Sie mußten sich in ihren sektiererischen Initiativen engagieren. Immerhin waren ihr Mann und ich dabei. Früher hatte er beim Patentamt gearbeitet. Doch weil die deutschen Volksgenossen nur im Sicherheitsdienst arbeiteten oder sich in sektiererischen Initiativen dagegen engagierten, wurde nichts mehr patentiert. Er arbeitete ziemlich bald für den Staatssicherheitsdienst. Vom Verfassungsschutz sollte er übernommen werden, damit er ganz reich werden würde. Dann kam sein Hühnerwahnsinn dazwischen. Er wurde arbeitslos und verarmte. Schade. Seiner Frau erging es ähnlich, sie war nur die Frau vom Mann. Damals war sie glücklich, weil sie eine ABM-Stelle als Buchbinderin hatte. Sie bastelte unförmige Sammelalben für Streichholzmutationen. Doch weil so nach und nach die EG-Normen durchgesetzt wurden, sahen die Streichhölzer mit zunehmender Zeit alle gleich aus. Das war nicht nur für alle Sammler von Streichholzmutationen ein Ärgernis, sondern auch für die eine oder andere Nachbarin, die in dieser Arbeitsbeschaffungsmaßnahme einen neuen Lebensinhalt sah. Ihre Geschwister und Kinder hatten Arbeit. Damit das so blieb, sagten sie für die Geburtstagsfeier ab.

Bei meinem Nachbarn machte sich der Hühnerwahnsinn bemerkbar: Er warf alle LPs von Roland Kaiser aus dem Fenster! Dann griff er sich die LP »Die größten deutschen Schlagererfolge der letzten 20 Jahre«. Mit einem Rigipsmesser trennte er ganz geschickt den ersten Titel ab. »Sieben Fässer Wein«. Er schenkte diesen Vinyl-Ring seiner Frau. Sie schrie: »Und wat is mit der andern Seite? Jetz fehlt doch der Anfang von Christian Anders sein Lied ›Wer liebt, hat keine Wahl‹!«

Oh, ich ahnte es. Sie stritten sich wieder darüber, wer den ersten Schlager herausgebracht hatte, der über sechs Minuten ging. War es Christian Anders mit »Wer liebt, hat keine Wahl« oder Frank Schöbel mit »Wie ein Stern in einer Sommernacht« gewesen? Er sagte: »Hier, kick doch offs Vinyl! ›Wer liebt, hat keine Wahl‹ jeht maximal drei Minuten!« Sie imitierte einen schizophrenen Geflügelmann. Ich jubelte. Nein, meine Nachbarn brauchten keinen Schallplattenspieler in ihrem Haushalt. Mittlerweile hatten sie einen laut rappelnden CD-Sechsfachwechsler. Mein Nachbar dachte, dieser Lärm käme vom Vogelkäfig. Mit der flachen Hand haute er oben drauf. Der Sittich wurde immer nervöser. Diese Schikanen hatte er nicht verdient. Erst band ihn mein Nachbar an den Käfig, indem er ihm eine Wollfadenschlinge um sein Bein fingerte. Dann befestigte er einen Fingerhut vor seinem Schnabel, und nun bebte nach jedem Lied sein Käfig. Wie lange würde sich sein Gefieder noch sträuben?

Mein Nachbar meckerte über alle Arbeitgeber und meine Nachbarin über alle Ausländer. Ich meckerte über diese Werbeverkaufsfahrten: »Fürn Besteckkastn 1500 Mark! Überhaupt! Wann jibs endlich Kaffee?!« Diese Kritik war unberechtigt, weil er gerade den Tisch deckte. Während wir aßen und tranken, fragte mich mein Nachbar: »Wie jehts dir denn? Haste Arbeit?« Ich antwortete: »Ach, frag doch nich so jenau. Ick bin doch intellektuell.« Er guckte etwas irritiert: »Ja, und als wat arbeiteste?« Nun löcherte mich auch meine Nachbarin: »Wie jehts dir denn? Haste ne Freundin?« Ich erwiderte: »Ach, frag doch nich so jenau. Ick bin doch pervers.« »Ach so.«

Er räumte die Kaffeetafel ab und begann, den Abendbrottisch zu decken. Plötzlich klingelte es. Ich ging zur Tür. Oh! Alle Brüder und Schwestern sowie Söhne und Töchter! Sie betraten die Wohnung, und ich verließ sie.

Blitz-Bulimie

»Herr im Himmel! Endlich Frühstückspause. Ich kann diese Schinderei nicht länger ertragen!«

»Wer inne Pause von Abeit redet, jibt ne Runde aus! So, ma kieckn, wat ma meene Verstorbne zum Frühstück mitjejehm hat. Aha! Ne janze Thermoskanne voll Eier. Jib ma ma die BZ!«

»Greif sie dir doch.«

»Schnauze! Ick will ma kiecken, wat meen Horoskop sacht.«

»Rübe ab!«

»Ach so? Weil wa grade bei Rübe ab sind: Wat suchn eijentlich die janzn Kriegsflüchtlinge bei uns uff de Baustelle?«

»Sie sind vor dem Krieg geflüchtet.«

»Ach nee! Ick würde ooch ma jerne im Ausland abeitn! Aba wie soll man dit machen, in Friedenszeitn? Ick globe, dit wär bessa, wir hättn Krieg!«

»Herr im Himmel! Weshalb sind die Menschen in allem so extrem? Schon frühmorgens in der Bahn. Die einen sitzen ganz alleine und versprühen so einen lebensmüden Eindruck. Die anderen stehen in Grüppchen herum und sind so extrem fröhlich. Warum benehmen sich nicht alle Menschen wie Irre?«

»Machn se doch!«

»Nein! Nur Irre sind fröhliche Einzelgänger, die auf andere Menschen unbefangen zugehen. Und wenn man einen Irren gerade nicht zum Gesprächspartner haben möchte, kann man ihm immer noch die Kinderseite der Berliner Zeitung schenken.«

»Odern modernet Nachrichtnmagazin.«

»Laß uns doch mal das Radio anmachen. Vielleicht befindet sich Deutschland schon im Kriegszustand.«

»Laß dit Radio bloß aus! Vielleicht is eene an Blitz-Bulimie jestorbn, und nu spielen se ihre langweiljen Lieda hoch und runta.«

»Schon gut. Ich kann diese langweiligen Lieder auch nicht mehr hören, die sie gestern hoch und runter gespielt haben. Auf dieser Hitlerjugendlackbilderausstellung.«

»Wo vakehrst du denn? Kommste nich damit klar, Bauhelfer zu sein, oda wat? Du Kriegstreiba!«

»Ich habe mir nichts vorzuwerfen. Ich habe mich immer geschunden! Gut, ich war auf diesem gesellschaftlichen Ereignis. Trotzdem werde ich wohl zeit meines Lebens an den Bürgersteig gefesselt sein. Ich werde wohl niemals fliegen können. Überhaupt: Du kennst doch nur das Olympia-Stadion!«

»Und seid jestan ooch John am Wedding.«

»Herr im Himmel! Dort gibt es doch nur Viagra-Brause!

»Ja, ohne Ende! Als ick ma von ne aufjeschloßne Frau habe abfülln lassn, war, wat vorher an mir langweilich war, plötzlich lässich! In ihra Wohnung sag ick: ›Aufjeschloßne Frau! Ick hab schon soviel jetrunkn, aba sowenich jejessn!‹ Und sie antwortet: ›Hau dir dochn Ei inne Pfanne! Ick mach dir solange ne Thermoskanne voll Eia, für de Abeit morjen!‹ Ick frage: ›Willste oochn Ei? Aufjeschloßne Frau, du mußt doch wat essn!‹ Und sie: ›Ach, laß uns ins Bett jehn!‹ Und als ick da drinn war, erst im Bett, und dann in der aufjeschloßnen Frau, da bekam se plötzlich Blitz-Bulimie!«

»Herr im Himmel! Neuerdings bekommen so viele Menschen diese grausame Blitz-Bulimie!«

»Ja, da wirste zum fröhlichn Einzeljänga! Soll ick etwa wartn, bisse janz vaschwindet, um inna fremden Wohnung wenich später uffs Laken zu wichsn? Nee du! Ick hab mir die Thermoskanne voll Eia jegriffn und bin durchn Wedding jerannt! Also letzte Nacht konnt ick keene Eia mehr sehn, aba jetze zum Frühstück jehts schon wieda.«

»Herr im Himmel! Hättest du doch wenigstens aufgegessen!«

»Herr im Himmel! Herr im Himmel! Los! Los! Abeitn! Abeitn!«

Ausziehen!

Wenn ich mich auf Oi!-Konzerten betrinke, höre ich eher früher als später jemanden rufen: »Ausziehen!« Dafür war ich schon, als ich noch selber an- und ausgezogen wurde. Sex mit Kindern fand ich große Klasse, als ich noch nicht aus diesem Alter raus war. Sigmund Freud hat darüber viele Bücher geschrieben. Leider habe ich kein einziges gelesen, sondern nur einiges erlebt.

Schlecht waren Vierjährige hinter dem Wandklappbett. Besser waren Sechsjährige im Colosseum. Wir hatten Kinotag und sahen »Ernst Thälmann – Führer seiner Klasse«. Sie küßte mit geschlossenem Mund, kurz und trocken, und ich wußte es auch nicht besser. Thälmann wurde ermordet, und wir mußten uns auseinandersetzen. Dann wurde das Colosseum für einige Jahre geschlossen.

100 Monate später, auf einem Campinggelände bei Berlin, wußten zwei Schwestern nicht, wo sie ihr Zelt aufschlagen durften. Ich zeigte es ihnen unter der Bedingung, mir ein Nachtlager zu gewähren. Wir tranken aus und schliefen ein. Im Halbschlaf hörte ich eine von beiden flüstern: »Laß uns zum See gehen. Ich weiß, wie man sich gegenseitig die Zunge in den Hals hängt.« Schlaftrunken drohte ich zu ersticken. Am darauffolgenden Morgen wußte ich nicht einmal, wessen Mundgeruch das war. Ingo sagte: »Is se schwanger? Dann laß uns abhauen!«

Wochen später fuhr mich ein alter Mann durch Mitte. Er zeigte auf Clärchens Ballhaus und sprach: »Zieh dir deine Jugendweihehose an, und stoß dir dort die Hörner ab!« Wir hatten nicht denselben Rhythmus, das junge Ding und ich. Sie investierte ihr Geld in Tanzstunden. Ich nicht. Ihre letzte Bemerkung lautete: »Du tanzt so, als ob du vorm Radfahrer zur Seite springst!« Der Abend schien gelaufen zu sein. Doch Minuten später stand eine andere vor mir. Sie war aufs Tanzen weniger versessen. Als es in ihrer Wohnung zur Sache ging, jubilierte ich dabei. Das irritierte sie, weshalb ich ihr entschuldigend erklärte: »Ja, vom Onaniern kannt ick mich ooch nich so.«

Zu Hause betrat ich lächelnd die Wohnung und sagte: »Vater.« Er antwortete: »Mein Sohn.« So zogen die Jahre ins Land. Ich hatte wenig Glück bei Frauen, denn die meisten hatten kein Geld.

Ingo hatte Geld. Er lud mich in ein Kino ein. Der Film kostete zehn Mark und die Platzanweiserin 50.

Neulich sagte ich mir: »Ach, ick jeh ma wieder ins Colosseum.« Auf dem Bürgersteig lag noch Baumaterial, um das Licht der Leuchtreklame zu löschen. Die Filmplakate warben weder für Thälmann noch für Platzanweiserinnen. Ich glaube, es war gar kein Kino. Ich betrinke mich lieber wieder auf Oi!-Konzerten.

Die Hitparade meiner Unfälle

Ich beginne mit Platz 10: Anfang der 70er war ich mit meinen Eltern und meiner Schwester im Urlaub. In Thüringen, in einem Dorf. Neben unserem FDGB-Heim befand sich ein rauschender Bach. Dort hockte ich mit einem anderen Jungen am uffer. Zuerst suchten wir Muscheln. Danach tauschte ich einen seiner Indianer gegen einen meiner Milchzähne. Jemand warf über mich hinweg kleine Steine ins Wasser. Plötzlich fühlte ich einen dumpfen Schmerz, mein Blut pulsierte. Eine harmlose Platzwunde am Hinterkopf reichte nur für ein wenig Bettruhe und den letzten Platz.

Weiter geht es mit Platz 9: Im Kindergarten rannte ich umher. Für die angesagte Mittagsruhe war ich noch zu munter. Mit einem anderen Kind sprang ich über die Liegen kurz hinweg und um die Tische und Stühle herum. Nachdem ich mich zu meinem Verfolger umgedreht hatte, knallte ich auch schon mit meiner Augenbraue gegen eine Tischkante. Ein wenig Blut, eine kleine Narbe. Immerhin, vorletzter Platz.

Ich komme zu Platz 8: Auf Arbeit stolperte ich mit einem

Kollegen eine Sandböschung hinab und einen ungefähr einen Meter tiefen Baugraben hinunter, dem Fundament einer Mauer entgegen. Wir waren mit einem Kabelformstein beladen, einem schweren Fertigbetonteil. Schwungvoll steuerten wir und der Kabelformstein auf die Fundamentmauer zu. Immerhin war nur mein kleiner Finger dazwischen. Ein Allgemeinmediziner verordnete mir einen festen Verband, damit keine frische Luft an die Wunde kam. Es sollte sich Knorpel bilden, der die Bewegungsfreiheit meines kleinen Fingers einschränkte.

Und nun Platz 7: Im Kindergarten war wieder einmal Mittagsruhe angesagt. Ich befand mich schon auf der Liege. Ein Junge gab an, weil er früher abgeholt werden sollte. Er war ein Mittagskind und stolzierte durch die Reihen der aufgeklappten Liegen. Er befahl uns, daß wir sofort schlafen sollten. Als er vor mir herumhampelte, richtete ich mich aus der Rückenlage auf und meinte, er hätte mir nichts zu sagen. Mit seinem Zeigefinger pickte er mir ins Auge. Ich fiel in eine mehrstündige Mittagsruhe. Als es 3 Uhr war, standen alle Kinder auf. Außer mir. Im Halbschlaf merkte ich, wie sie an mir rüttelten und dabei lachten. Schließlich kippten sie meine Liege um. Ich war wieder gesund.

Und Platz 6: Als kleiner Junge stand ich am Heiligen Abend mit meiner Mutter in der Küche. Als sie sich vom Gasherd abwandte, spielte ich mit dem neuen Kasper vom Puppentheater. Ich hielt ihn über die Flamme. Seine große Nase brannte. Meine Mutter sagte, daß das dem Kasper sehr weh täte. Das stimmte wohl, denn inzwischen hatte ich mir auch meine Hand verbrannt.

Auch nicht schlecht, Platz 5: Als Junge bin ich oft hingefallen und hatte viele, viele Schürfwunden. Damals dachte ich sogar, daß ich mir mein ganzes Leben lang alle zwei Wochen eine Schürfwunde zuziehen würde, an der ich immer herumpolken könnte. Einmal spielten wir Indianer. Ich rannte umher und rutschte auf einem Schotterweg aus. Ich stand wieder auf und humpelte einige Schritte. Dann legte ich mich wieder hin. Meine linke Kniescheibe war verrutscht. Offiziell hatte ich diesen Unfall beim Fußball, als Stürmer. Der Arzt verschrieb mir eine Salbe, einen festen Verband und zwei Wochen Frühlingsferien. Die hatte ich mir auch verdient, denn ich war sehr gut im Schuhezubinden und Wie-die-Uhr-geht.

Weiter geht es mit Platz 4: Auf Arbeit verlegten wir einen Parkettfußboden. Damit zwischen den Parkettleisten keine allzu großen Ritzen entstanden, kniete ich auf dem bereits verlegten Parkett, rammte den Kuhfuß in die Unterkonstruktion, hämmerte ihn mit dem Schlägel ein bis zwei Zentimeter tiefer und stemmte ihn nicht – wie sonst – von mir weg, sondern zog ihn in meine Richtung. Die Unterkonstruktion gab den Kuhfuß frei. Er knallte mir an die rechte Wange. Von dieser damals recht auffälligen Wunde ist heute nur eine kleine Narbe zu sehen.

Eine weitere Kopfwunde findet sich auf Platz 3: Wir fuhren mit dem Kleintransporter dem Feierabend entgegen. Mein kollegialer Kraftfahrer parkte kurz. Wir gaben uns die Hand und scherzten. Ihm immer noch zugewandt, stieg ich aus dem Wagen, schmiß die Tür zu, ging einen halben Schritt und knallte auch schon mit meiner Augenbraue gegen eine Betonlaterne. Die Platzwunde mußte genäht werden. Der Arzt verschrieb mir keine zweiwöchigen Frühlingsferien, aber immerhin einen dreiwöchigen Herbsturlaub.

Ich verrate wohl nicht zuviel, wenn ich sage, daß der Unfall auf Platz 2 doppelt so schlimm war. Es passierte im Sportlertreff. Ich stand nach irgendeinem gehörsturzfördernden Konzert vor der Theke. Ich war betrunken und müde, und vor allem zu träge, um nach Hause zu gehen. Wir redeten und redeten. Noch schlechter als die Musik war meine Kondition. Ich tanzte nicht, nur mein Kreislauf. Mutter Erde war nicht weit. Ich hätte mich einfach hinlegen können, doch ich wollte nach Hause spazieren. Als ich Sekunden später auf dem Rücken lag und meine Augen öffnete, zerrten zwei bunte Männer an mir herum. Ich blutete stark und dachte: »Scheißpunks!« Sie riefen mir ein Taxi.

Der Taxifahrer nahm mich erst nach einigem Zögern

mit. Ich verstand ihn, wollte aber trotzdem nach Hause gefahren werden. Vor meiner Haustür gab ich ihm von der Summe, die auf dem Zähler stand, die Hälfte. Er murrte herum. Am liebsten hätte ich ihn so zugerichtet, wie ich es bereits war.

Zu Hause erblickte ich im Spiegel jemanden, der schnell zum Notarzt mußte. Wenig später wurde ich kostenlos spazierengefahren. Eine Ärztin nähte meine Platzwunden. Über der linken Augenbraue und unter dem rechten Auge. Sie war sehr zärtlich und fragte: »Wieso trinken Sie um diese Zeit, mitten in der Nacht? Haben Sie keine Arbeit?« Natürlich hatte ich keine Arbeit, aber um diese Zeit, mitten in der Nacht, trank ich lieber.

Am Vormittag ging ich zu einem Allgemeinmediziner. Er beschmierte meine Wunden mit Salbe, klebte Pflaster darauf und meinte: »Lassen Sie das Pflaster sechs Wochen drauf.«

Nach zwei Wochen fielen die Pflaster von alleine ab. Die Narben hatten sich verhärtet, sie waren schlecht verheilt. Es war zu spät, mein Gesicht schien entstellt. Einige Wochen später wurde mir in der Volkshochschule eine Hautärztin empfohlen, die die Narben noch einmal aufschneiden würde. Ich ging zu ihr in die Praxis. Ihre Urlaubsvertretung meinte: »Rufen Sie in drei Wochen an, zwecks Termin.« Als es soweit war, meinte sie, daß sie sich erkundigen wolle, ob die AOK die Kosten übernahm. Weitere drei Wochen später fragte ich nach, ob das mit der AOK klargehe. Ich sollte in drei Wochen noch einmal anrufen, zwecks Termin. Nach einem halben Jahr fand ich mich wieder schön genug.

Unter all meinen Mißgeschicken ist der Unfall, der sich an einem milden Abend im April zutrug, der würdigste, um ihn hier auf Platz 1 zu setzen. Ich blieb freiwillig im Schulhort, obwohl ich ein harmonisches Zuhause hatte. Viele Kinder waren schon weg. Unsere Horterzieherin vernachlässigte ihre Aufsichtspflicht. Ich war mit Ingo alleine im Klassenzimmer. Er kam auf die Idee, daß wir ein Zirkuskunststück üben könnten. Wir hatten es schon gesehen. Es sah spektakulär aus. Also stellte ich mich in gebeugter Haltung mit dem Rücken vor Ingo hin. Meine Arme ließ ich herunterhängen, so daß Ingo zwischen meinen Beinen hindurch nach meinen Händen greifen und kräftig ziehen konnte, damit ich eine Rolle vorwärts machte. Ich sollte Sekunden später auf meinen Füßen landen. So hatten wir uns das gedacht. Ingo zog weder kräftig genug, noch konnte er mich festhalten. Ich knallte mit dem Gesicht auf den Linoleumfußboden. Der Aufprall kostete mich zwei obere Schneidezähne. Sie waren überwiegend abgebrochen. Seltsamerweise blutete ich kaum. Einerseits war ich leicht geschockt, andererseits freute ich mich, daß ich noch lebte. Ingo bekniete mich, nicht zu petzen. Wir seien doch Freunde, oder? Ich war ohnehin sprachlos und wollte nur nach Hause. Ich erinnere mich nicht daran, ob meine Zähne auf dem Nachhauseweg schmerzten. Sie lagen ja noch im Klassenzimmer. Als meine Mutter die Wohnungstür öffnete, sagte ich auch nichts. Ich heulte gleich los. Wir gingen zur Zahnärztin. Sie montierte auf meine inzwischen schmerzenden abgebrochenen Schneidezähne zwei riesige provisorische Kronen. Während der folgenden drei Schultage machte ich kaum den Mund auf. Mitten im Unterricht sprach mich meine Lehrerin darauf an. Ich schilderte den Vorfall sehr sachlich. Alle waren geschockt. Bisher wußte niemand, was für ein Verbrecher Ingo war. Wir blieben aber Freunde. Weil ich im Laufe der Jahre noch wuchs, paßten die Kronen irgendwann auch zu meinem Körper. Immerhin habe ich niemals eine Spange getragen.

Lässig und schräg im Westen

Für seine unreflektierte Meinung gegenüber unserer Heimat wurde Heiko drei Jahre vor mir mit der Ausreisegenehmigung belohnt. Als wir uns das erste Mal wiedertrafen, ging ich davon aus, daß wir kulturell unterwegs sein würden. Hauptsache, raus aus dem Übersiedlerheim mit seinen zickigen Blondinen.

Der Abend begann mit einem Abstecher in die Klubgaststätte Joe am Wedding. Danach fuhren wir mit Heikos Zuhälterkutsche spazieren. Im Tiergarten standen viele Huren an den Straßenrändern. Heiko sagte, daß er unter anderem deswegen rübergegangen wäre. »Wenn ick später mal heirate und meine Frau nach einijen Jahrzehnten Ehe jestorbn is, jeh ick einfach in Puff. Is doch jut.«

Ich war weder dafür noch dagegen. Geld spielte keine Rolle. Ich war nicht bereit zu bezahlen. Heiko war heiß. »Na, wie siehts aus, jehn wa in Puff?«

»Nö.«

»Ick bezahl ooch.«

»Jut.«

Wir schipperten dem Wedding entgegen und hielten ausgerechnet in der Straße, in der auch seine Sippe wohnte. »Hoffentlich kickt meene Tante nich grade aus Fenster, wie wa da rinjehn.«

»Na ja, müssen wa eben janz schnell rinjehn, wa?«

Ich kannte keine von den Frauen, die auf der anderen Straßenseite am Fenster standen, und ich kannte auch keine von den Frauen, die im Puff auf den Couchgarnituren saßen. Westberlin fetzte.

Ich war froh, daß ich mich in die eingemauerte Frontstadt hatte retten können. Die Stadtväter hatten eine imposante Kulisse aufgebaut. Zwischen dem Potsdamer Platz und dem Gleisdreieck schwebten in der Magnetbahn ziellose Menschen hin und her. Der stillgelegte U-Bahnhof Bülowbogen war eine Markthalle. Wer wollte, der konnte sich den U-Bahnhof Nollendorfplatz oder den S-Bahnhof Hohenzollerndamm mieten, um die letzte Reagan-go-home-Party oder aber das erste Ronald-come-back-Fest zu feiern. Die Kunstobjekte auf dem Ku'damm sollten sich irgendwie auf die 750-Jahr-Feier Berlins beziehen, doch sie erinnerten eher an den Einsturz der Kongreßhalle oder an die Kinder vom Bahnhof Zoo.

Umsonst und draußen gab es an jeder Ecke. Auch wenn nicht an jeder Ecke die Musik spielte, so spielte sie immerhin im Tempodrom. Heimatklänge von sonste wo. Alle gingen dauernd weg. Konzerte, Konzerte, Konzerte. Montag, Mittwoch, Freitag, Sonnabend. Metropol, Loft, Extacy, Quartier Latin, KOB. Plan B, Element Of Crime, Whisky Priests, Blechreiz, Busters, Butlers. Obwohl ich zwei offene Ohren hatte, so staunte ich doch ein wenig, daß sich so viele Leute für so kleine Schrammelkapellen interessierten. Wahrscheinlich halfen die vielen Drogen gegen Ausgeglichenheit, Pünktlichkeit und Arbeitseifer. Es war gerade Ska-Erinnerungszeit, wie alle Jahre wieder. Seit ich diese Musik hörte, war ich schon zweimal modern und dreimal unmodern gewesen. Laurel Aitken kam nach Berlin. Er schaffte es als ungefähr 60jähriger aus London hierher, da schaffte ich es auch als Mittzwanziger von Schöneberg nach Charlottenburg. Am häufigsten war ich im KOB, in der sagenumwobenen Potsdamer Straße, schräg gegenüber vom Sozialpalast beziehungsweise genau gegenüber vom Sexkino.

Das KOB galt als anstrengendere Villa Kunterbunt. Die Besatzung strebte wohl nach politischer Korrektheit. Diese Lebenseinstellung nahm ich als Herausforderung nicht an. Das KOB war auch für den Senat anstrengend. Der Sprecher der Deutschen Bank hatte gerade einen Mordanschlag hinter sich, und nun propagierten die KOB-Leute eben die Zusammenlegung von Alfred Herrhausen und was weiß ich wem. Ich war mitten im Film. Unter der Decke hingen 500er Lüftungsrohre, wegen der politischen Luft. Auch in Westberlin war die Sowjetunion gerade modern. Glasnost und Perestroika waren cool und in. Einige Leute wollten die politische Lage entsprechend forcieren, damit Michail Gorbatschow in den neuen rotgrünen Senat einziehen würde. Seine Frau Raissa bekam viele Einladungen, um in verschiedenen Unterhaltungssendungen freundlich in die Kamera zu gucken. Ich stand lieber glücklich und finster im KOB herum. Die Armutsnummer war schwer angesagt. Mit Bundesschatzbriefen brauchte ich diesen schrägen Gestalten nicht kommen. Bei vielen Leuten hatte das Elternhaus versagt, und bei vielen Elternhäusern die Gesellschaft. Ich sah aber nicht ein, weshalb viele Klassenkämpfer das Rad der Geschichte vordrehen wollten. Volkseigentum hieß doch nur, daß sich die wenigsten Genossen für die Totalschäden verantwortlich fühlten. Der Bund und die Alliierten bezahlten ja alles. Ich betrank mich gerne in diesen Kneipen, in denen sich alle betranken. An so manchem Morgen studierte ich im Spiegel einige Gesichtszüge, die mich in zehn, fünfzehn Jahren wohl dauerhaft prägen sollten. Eigentlich war der Klassenkampf nur ein Wochenenderlebnis, der real existierende Sozialismus war nicht bitterer Alltag. Schöneberg war eine gelungene Alternative für die Leute, die sich nicht nach Kreuzberg trauten.

Kurz nach der Maueröffnung fand diese große Demo statt. Angesagt war Sonnabend 12 Uhr, Schlesisches Tor. Deutschland, halts Maul oder so. Natürlich kamen nur einige Ostler pünktlich um 11 Uhr 30. Wir hatten von der Sowjetunion gelernt, daß der Feind nicht schläft. Und so unterhielten wir uns vorerst mit den Bullen über die Aufstiegschancen von Hertha BSC. Bevor sich der Zug gegen 13 Uhr in Bewegung setzte, diskutierten Stalinisten und Trotzkisten oder wer weiß ich darüber, wer mitdemonstrieren durfte und wer nicht. Letzten Endes durfte jeder Menschenschlächter mitspazieren, der sich den Antifaschismus plakativ auf die Fahne geschrieben hatte. Während dieser Demo bekam ich zweimal einen Hieb zwischen die Rippen, weil ich zu nahe am Frauenblock entlangspaziert war. Ich habe diese vermummten Hexen eben nicht als Frauen erkannt. Wenn im Osten herumgestänkert wurde, dann waren es Stasis oder Faschos. Und wenn im Westen irgendwelche Spalter herumtönten, dann sollten sich die Angegriffenen rechtfertigen, daß sie nicht rassistisch, faschistisch und sexistisch wären. Es war dann aber doch noch eine machtvolle Demonstration. Die Zeit heilte so manche Wunde. In Kreuzberg gab es eben alle möglichen Gruppierungen. Unter den Spazierenden gab es Fleischfresser,

Vegetarier, Veganer und Ganer. Diese Leute aßen entweder Fleisch oder Gemüse, Eier oder gar nichts.

Anfang der 90er fiel ein Großteil der Westberliner Szene auseinander, weil sie nicht mehr von der Mauer eingeengt wurde. Viele Schwabenzonies vollzogen den kollektiven Umzug in den nahen Osten. Sie demonstrierten den dortigen Einheimischen die Nachteile von Zielstrebigkeit, Rationalität und Verschlossenheit. Im alten Westen kehrte zunehmend Ruhe ein. Die Potsdamer wurde langweiliger. Das legendäre Quartier Latin wurde zum schrulligen Wintergarten. Neuerdings wollten irgendwelche Orchester die zwanziger Jahre herbeimusizieren. Es gab immer weniger Abgesänge auf die Gegenwart. Das KOB machte dicht. Radio 100 ging pleite. Rock 'n' Roll City verlor eine Hochburg nach der anderen. Einige Kreuzberger verdienten sich einen Turnbeutel voll Ostgeld. Sie verkauften Schöneberg an Steglitz. Der Westen hatte seinen Zauber verloren. Ich hatte nicht den Ehrgeiz, die Stellung zu halten. Der Abriß des Schöneberger Rathauses hätte mich weniger interessiert als die Umgestaltung eines Pankower Obst- und Gemüseladens in ein Eiscafé.

Ach so, die Weddinger Episode. Wie waren im Puff die Spielregeln? Einige alte Säcke guckten verstohlen vor sich hin, obwohl sie ihre Schwellenangst ja nun wirklich überwunden hatten. Zuerst gab es Kaffee, dann gab es keinen Kuchen. Ich fragte eine Frau nach ihrem Künstlernamen, worauf sie mich verführte. Ich dachte an eine Blondine aus dem Übersiedlerheim. Sie träumte von einem Knochenjob in der Fabrik. Von der Zimmerdecke rieselten Asbestflusen.

Wieder in Wurzelberg

In Schöneberg wohnte ich in einer Straße, in der jemand genauso hieß wie ich. Mein Namensvetter war Bauherr. Das sah ich an der Post, die dann und wann in meinem Briefkasten landete. Ich riß einen der riesigen Umschläge auf und fand, was ich fand, ziemlich langweilig. Es waren Ausschreibungsunterlagen für Stahlbetonmultiplexe und Fassadenverglasungen. Ich warf alles in den Müll. Seitdem habe ich das immer so gehandhabt. Er war wohl ein Frauentyp, denn mitunter bekam ich Anrufe von Frauen, die sich seine vermeintliche Telefonnummer von der Auskunft haben geben lassen. Sie landeten dann bei mir. Je nach Laune wimmelte ich sie ab oder legte gleich auf. Als wieder einmal mein Telefon klingelte, redete eine Frau ohne Punkt und Komma fröhlich drauflos. Sie vergewisserte sich nicht, ob ich dieser Typ sei. Ich warf ein: »Immerhin war unser Urlaub wunderbar.« Es ging ein wenig hin und her. Plötzlich fragte sie mich: »Bist du Nazi?« Wir haben uns nicht verstanden. Aus uns wurde nichts. Und auch sonst wurde diese Gegend immer seltsamer. Schöneberg war endgültig abgegessen. Im Laufe eines Jahrhunderts wurde ja jeder Berliner Bezirk von der Allgemeinheit zum Szenebezirk verdonnert: Charlottenburg, Schöneberg, Kreuzberg, Prenzlauer Berg, Mitte, Friedrichshain, Lichtenberg. Dem Rotationssystem entsprechend, wurde Schöneberg in den 90ern ein gutbürgerlicher Bezirk mit noch mehr Radwegen und einer Marlene-Dietrich-Gedenktafel. Als ich mich auf dem dortigen Bezirksamt um einen Wohnberechtigungsschein für eine Dachetagenwohnung in Prenzlauer Berg bemühte, sagte der Bearbeiter: »Wat, Sie wolln in Osten? Dafür brauchen Se doch keene Bescheinijung!«

Irgendwann fand ich in Wurzelberg eine schwer zu vermietende Hinterhauswohnung. Am Umzugstag parkten Peter, Lars und ich den Mietwagen auf dem Bürgersteig, damit wir meine Schätze leichter aufladen konnten. Ich hatte es zu Reichtum gebracht und zählte zur neuen Armut. Der Umzugswagen hatte eine nach allen Seiten ausgebeulte Plane. Ein vorbeischlendernder Kontaktbereichsbeamter erinnerte uns freundlich, aber bestimmt an die Vorschriften des Tiefbauamtes: »Guten Tag. Sie belasten hier den Bürgersteig! Für eventuelle Unebenheiten mache ich Sie verantwortlich!«

Da hatte er völlig recht, die Ameisen hätten ja stolpern können. »Jawohl, Herr Wachtmeister! Wir verschwinden gleich in meine Heimat!«

So fuhren wir von dannen. Peter, Lars und ich. Peter war ein erfolgloser Autoschieber, der auf deutsche Mittelklassewagen spezialisiert war. Bisher hatte Peter aber nicht herausfinden können, wie er das viele verdiente Geld in den eigenen Taschen behalten konnte. Wenn er sich im schönen Umland von Kiew um eine Rückkehr nach Deutschland bemühte, ging das Geld gleich wieder drauf. Die Autoschieber organisierten nur immer seine Hinfahrt. Es war kein Broterwerb für die Dauer, und außerdem wollte er sowieso lieber nach Indien. Peter konnte sehr gut Auto fahren. Ich mußte nur darauf achten, daß er den Mietwagen auch zurückbrachte.

Ansonsten half mir noch Lars, der schweigsame Niemand. Er sagte kaum ein Wort und war ein bißchen langsam. Lars war bisher weder in der Ukraine noch in Indien gewesen. Vielleicht würde aus diesem schweigsamen Computerfreak mal ein wohlhabender Psychopath werden. Wer wußte das schon so genau?

Peter und Lars brauchten Geld. Der Umzugstag war ein weiterer Tag, an dem sie nichts Konstruktives für ihre Zukunft eingefädelt hatten. Als wir eine Stunde später auf dem ehemaligen Grenzstreifen zwischen Wedding und Prenzlauer Berg parkten, spielten die Unebenheiten keine Rolle. Bisher hatten sie nur den Gleimtunnel geöffnet und die Mauersegmente abgebaut. Die Straße sah so aus, wie der ehemalige Verteidigungsminister sie verloren gegeben hatte. Immerhin mußte ich das Eckhaus am ehemaligen Grenzstreifen nicht durch die Haustür der Kopenhagener Straße betreten, um zu meiner Wohnung in der Schwedter Straße zu gelangen. Inzwischen hatten sie meine zugemauerte Haustür vom überflüssigen Gestein befreit. Nun wohnte ich also im ersten Stock, ohne Zentralheizung, ohne Bad, ohne alles. Im Winter sollte es kalt und dunkel werden. Das war mir am hochsommerlichen Umzugstag egal. Auf dem

Armaturenbrett lag eine Coca-Cola-Dose. Nachdem sie explodiert war, war alles zuckersüß verklebt. Das Schöneberger Kapitel war beendet. Wir türmten schnell meine Möbel in den Zimmern auf. Die Einrichtung wollte ich später allein übernehmen. Es sollte nicht soviel kaputtgehen.

Außerdem war es an der Zeit, meine Rückkehr zu feiern. Wir wollten schön essen und trinken gehen. Ich hatte keinen Bock auf die weit entfernte Kaufhalle. In dieser verschlafenen Gegend stellte die Nahrungssuche für alte und gebrechliche Menschen immer noch einen Tagesausflug dar. Wir waren vom Waschmaschineschleppen schon ein wenig unmotiviert. Die Umzugshelfer mußten nach altem Brauch betrunken gemacht werden. Und so klinkte ich mich gleich mit ein. Wir wollten von einem Imbiß zum anderen spazieren. Peter hatte ein Megaphon dabei. Er wollte die Passanten auffordern, sich uns anzuschließen, auf der Suche nach billigen Imbissen. Wer hatte schon genügend Geld? In 1058 Berlin führten nur wenige Wege zur Arbeit. Viele Anwohner hatten Freizeit und guckten den Mietern im Parterre beim Wohnen zu. »Großer Bruder« für Prenzlauer Berger. Zwei langweilige Kneipen verleiteten zur Sparsamkeit. Die letzten Kriegswitwen reichten den ersten Handwerkern eine Tasse Kaffee. Nach vielen Jahrzehnten verschwanden die Einschußlöcher vom Zweiten Weltkrieg. Die Fassaden wurden verputzt. Außerirdische Strauchdiebe hinterließen schon nach wenigen Tagen ihre Sprühereien. Sicherlich wurden wir auch nicht von den Einbrechern vergessen. Abwarten.

Unser Marsch führte uns vom Gleimtunnel zum Planetarium. Am Start sang Peter durch das Megaphon ein altes Lied. Nicht schön, aber allein: »Junge, komm bald wieder.« Vorbeifahrende Autos übertönten sein Gejaule. Wahrscheinlich sahen die Anwohner, die vor Jahren gegen die Öffnung des Gleimtunnels protestiert hatten, zum ersten Mal einen Sinn im zunehmenden Verkehrslärm.

Bis zum Mauerbau hatte es im Eckhaus am Gleimtunnel eine Kneipe gegeben. Und seitdem eben nicht mehr. Auch nicht nach dem Mauerfall. Mitte der 90er ließ der neue Hausbesitzer Flüchtlinge aus Bosnien einquartieren. Sinti und Roma. In einer Zweiraumwohnung fanden zehn, zwölf Leute von ihnen Platz. Oder eben nicht. Schön für den Hausbesitzer, wenn er vom Sozialamt pro Person kassierte und nicht pro Quadratmeter. So viele Leute produzierten natürlich mehr Müll. Den warfen sie der Einfachheit halber gleich aus dem Fenster. So nach und nach wurde das halbe Haus zerbastelt. Einmal in der Woche stellten sich die Paschas im Halbkreis auf den Hof und sahen zu, wie die Frauen ein wenig aufräumten. Nach der Arbeit durften die lieben Kleinen alles wieder verteilen. Wenn ich Tage, Wochen und Monate nach meinem Umzug zu Getränke Hoffmann spazierte, konnte es vorkommen, daß mich die kindischen Bewohner mit ihrem Spielzeug bewarfen. Es sah so aus, als ob der Eigentümer die Zigeuner dazu benutzte, die alteingesessenen Mieter zu vertreiben. Nach einem Jahr wurden die Zigeuner im Handumdrehen ausquartiert. Das Haus wurde saniert. An die Stelle der alten Eckkneipe, deren Räume jahrzehntelang leer standen, kam ein Büro.

Wo sich jetzt die Bierbar zur Palme befand, gab es früher eine Eisdiele. Sie wurde zur Zeit von Biermanns Ausbürgerung geschlossen. Der alte Gevatter soll sich kurz nach der Wende ja für eine riesige Wohnung am Kollwitzplatz interessiert haben. Darüber haben sich viele Leute aufgeregt. Wenn ich während meiner Schöneberger Zeit schon gewußt hätte, daß ich keinen Wohnberechtigungsschein für acht Zimmer bekommen würde, hätte ich nicht gegen Wolf angestänkert. Wie auch immer. Hier fühlte mich nicht als Gast. Was wußten die Sintis und Rechtsanwälte, Roma und Werbefritzen denn schon vom Ostpocken-Berlin der 70er und 80er Jahre? Nichts. Dort die alte Schule. Der totalitäre Tempel. Die Lehrer meinten es nur gut. Heute sind einige von ihnen tot. Der Kalte Krieg war noch zu spüren. Während der großen Pause gingen wir ungezwungen auf Nahrungssuche und fragten beim Bäcker: »Ham Sie Kuchenreste?« Später war uns das zu armselig. Der Bäcker ging an der schwindenden Nachfrage kaputt. Er führte eben keine Getränke. Dafür stellte jetzt Tante Edeka eine reale Chance da. Vermutlich waren die Konsumweiber übernommen worden. Denn sie wußten, wie sie mit den zugezogenen Freaks umzuspringen hatten. Der Einfachheit halber feierten wir den gelungenen Umzug ja gleich in unseren Arbeitssachen. »Guten Tach, schöne Frau, wir hätten gern drei Büchsen Kindl!«

»Habt ihr überhaupt jenuch Jeld dabei? Kooft euch mal lieber neue Sachen zum Anziehen! Und dit Mikrophon bleibt draußen!«

»Schöne Frau, das is ein Megaphon und muß mit rein. Sie können sich auch ein Lied wünschen!«

»Denkt nich, daß ick die Polizei hole! Mit euch werd ick ooch so fertich!«

»Ach, lassen Se mal, wir sind schon müde.«

Als wir wieder auf der Straße waren, wurde unser Gesang zunehmend unbefangener. Geteiltes Leid war kein halbes Leid. Für die Passanten stellte es dreimal soviel Elend dar. Peter skandierte: »Kommt alle mit zum billigen Imbiß!« Mit unseren unpolitischen Losungen konnten sich viele Leute identifizieren. Dafür wurde man weder verhaftet noch ernst genommen. Immerhin fühlte ich mich nun so, als hätte ich die Uhr zurückgedreht. Als wären das Schulfinale, die Lehre und die Arbeit, Hohenschönhausen und Schöneberg kaum gewesen. Wir kehrten in »Höhers' Gaststube« ein. Über der Eingangstür hatten sie wahrscheinlich den eigenen Kneipenname falsch geschrieben. Warum hatte Höher ein Apostroph im Namen? Mit dieser Frage wollte ich nicht positiv auffallen. Ich wollte nur eine Bockwurst mit Stulle essen. Ein Labsal für jeden Gourmet, so im Vorbeispazieren. Die Gegend wurde belebter. In den Schwulen-Cafés verendeten die Fremden. Weiter zur Schönhauser.

Peter skandierte: »Vorsicht beim Überqueren der Fahrbahn! Schön nach rechts und links gucken!« Ich sah zum

Himmel. Die Wolken wollten wohl ein wenig nieseln. Für diesen Fall würden die Autofahrer wieder verrückt spielen. Es gäbe vielleicht einen kleinen Stau und ein wenig Geschlitter. Noch schien die liebe Sonne. Einige Autofahrer hupten vorsorglich. Es könnte ja sein, daß sich davon der Stau gar nicht erst bildete. In Südeuropa hupten sie auch immer. Ein Polizist kam. Das sinnlose Hupen störte ihn nicht. Für ihn war Peter unser Rädelsführer. »Unterlassen Sie diesen Singsang! Sonst nehme ich Ihnen ihr Megaphon weg!« Peter fragte zurück: »Warum siezt du mich? Ick bin doch gar nich inner Mehrzahl! Außerdem feiern wir den 760ten Jahrestag von Berlin!«

Der Schwarze Peter lag beim Gesetzeshüter, nicht beim Namensvetter, die Passanten hatten nichts gegen uns. Peter wurde sogar von ihnen fotografiert. »Na gut. Dann behalte das Megaphon, aber beim nächsten Mal ist es weg!«

Eine etwas verhuscht wirkende Frau und ihr gehbehinderter Mann im Rollstuhl schlossen sich uns an. Wir waren erst drei, dann fünf, dann sieben. Er ergriff das Megaphon und beschwerte sich über den Sozialstaat. Sie wollte ihm den Mund verbieten, doch was hatte er schon zu verlieren? Auf der Stargarder waren wir 15 Leute. Der Marsch zum Planetarium dauerte bereits eine Stunde. Es war der richtige Zeitpunkt, um uns zu spalten. Ich weiß nicht mehr, vor welchem Imbiß uns Peter verlassen hatte und ob er das Megaphon vergaß oder ob er es mir anvertraute. Jedenfalls habe ich mich verlaufen. Vielleicht wollte ich zum damaligen Zeitpunkt wirklich zum Weinbergswegpark. Keine Ahnung. Lars war inzwischen viel lockerer, er war auch kein schlechter Sänger. Am »Brunnen Pavillon« kam die Polizei. »Sie haben Ihren Spaß gehabt. Wir verstehen uns doch hoffentlich, oder? Beim nächsten Mal passiert es.« Für uns war es ohnehin an der Zeit, nach Hause zu gehen. Also dann. Auf der Veteranenstraße grölte ich den alten Goyko-Schmidt-Schlager »Ostberlin« ins Megaphon: »Wir sehen selten fern, denn der Kiez sieht uns so gern, oft saufen wir bis in die Puppen good old Berliner-Pilsner-Suppen!«

Plötzlich hatten Lars und ich zwei Leute im Schlepptau, die wir gar nicht angeworben hatten. Wir hörten hinter uns Fußgetrappel. Martialische Schritte hallten durch die Sommernacht. »Die Bullen? Wen verfolgen die denn?« Außer uns war niemand zu sehen. Hatten wir schon wieder das Megaphon benutzt? Wir rannten los. Hinter uns zwei sportliche schwer bekleidete Typen in Kampfmontur. Jetzt übertrieben sie aber. Ich spürte schon den Atem des Todes, hörte schon die persönliche Anrede: »Rein in den Hausflur, du Schwein!« Zum Glück kam der Bulle ins Stolpern. Er krachte auf den Bürgersteig, wie ein geschlagener Ritter. Sein Kollege kümmerte sich um ihn.

Wir gingen in die »Kastanie«. Auf der Parkbank davor hatte ich wohl den Filmriß. Während meiner Nachtruhe im Freien wurde das Megaphon erneut bedient. Ich weiß nicht mehr, wer da was erzählte. Als ich kurz die Augen öffnete, sah ich, daß die Polizei aufgerüstet hatte. Sie standen mit zwei Fahrzeugen auf der anderen Straßenseite und schätzten die Situation ein. Im nachhinein reimte ich mir zusammen, daß es nicht dieselben waren, weil sie sich nur kurz über uns amüsierten.

Am Tag danach landete meine giftgrüne Galle im Klobecken. Sollte ich mich vom Umzugsumtrunk nie wieder erholen? Mein Schöneberger Namensvetter verfolgte mich noch ein wenig. Einnmal rief jemand an und kaute mir ein Ohr ab: »Hallo! Ich hier, Kaczmarek, Sie noch wissen von Kongreß? Ich haben organisiert 200 Arbeiter aus Polen, billig!«

Der BFC war schuld am Mauerbau 3

Für den BFC gab es nur einen Tabellenplatz. Zehn lange Jahre. 1988/89 fand er sich auf dem zweiten Rang wieder. Diverse Wendewirren beschleunigten den Niedergang. Ich verfolgte die Talfahrt hauptsächlich über die Medien. Das war schlimm genug. Ich mußte in den Westberliner Rock-'n'-Roll-Kaschemmen und Konsumtempeln zurechtkommen. Der nahe Osten war weit weg. Bessere Unterhaltung versprach der Bundesliga-Fußball. Hertha und Dynamo trugen ihre Heimspiele wohl ohnehin an denselben Tagen aus. Im Olympiastadion interessierte mich die Fankultur nicht. Ich saß im Rentnerblock.

Unterdessen herrschte im Sportforum Goldgräberstimmung. Lethargisch wirkende Funktionäre konnten den Ausverkauf nicht stoppen. Von der Ersten Bundesliga wurde geredet, doch alles lief auf die Qualifikationsrunde für die Zweite Bundesliga hinaus. Peter Rohde war inzwischen der Trainer, Jürgen Bogs der Manager. Viele Spieler verließen den Verein. Im Herbst 89 wurde der erste Ost-West-Transfer des DDR-Fußballs abgewickelt. Andreas Thom ging zum 1. Januar 1990 nach Leverkusen. Thomas Doll und Frank Rohde zog es zum Hamburger SV. Die schönen zehn Millionen aus verschiedenen Transfergeschäften versickerten überall und nirgends. Im Februar 1990 benannte sich der BFC Dynamo in FC Berlin um. Ein belangloses Postkartenmotiv fand sich im Vereinsemblem wieder. Erstaunlich, daß der Vorstand nicht abstritt, daß im Sportforum Fußball gespielt wurde. Sollten sich die Berliner das Berlinern abgewöhnen, bloß weil viele proletarische Städte zu Dienstleistungszentren umstrukturiert wurden? Die Wirtschaft ließ die Finger vom BFC, die Medien langweilten mit ihrem Stasi-Singsang.

Die Jahre zogen ins Land, der ostdeutsche Fußball drohte auszubluten. Der Deutsche Fußball-Bund tat sich mit der Eingliederung der Ostvereine in den bundesrepublikanischen Spielbetrieb ohnehin recht schwer. Interessant war Dynamo vor allem für die Stadiongänger, die sich einen Verein nach dem Krawallpotential der Zuschauer aussuchten. Die Wendewirren provozierten einen regelrechten Randalefeldzug. Anfangs tobten sich einige hundert Berliner gegen desillusionierte und schlecht ausgerüstete Volkspolizisten aus. Besetzte Häuser wurden oft zur Zielscheibe. Ich hatte keinen Bock, mich davon zu überzeugen, wie rechtsradikal der gewalttätige Mob nun wirklich war. Fußballfans sollten an den Ketten ziehen und sich nicht selber welche anlegen. Irgendwann wurden sie von bundesrepublikanischen Polizisten gebändigt. Kurz nach der Vereinigung starb der Berliner Mike Polley im Kugelhagel der überforderten Leipziger Beamten. Die Überlebenden sahen den BFC am Saisonschluß als Tabellenelften, was die Relegation zur Zweiten Bundesliga bedeutete. Nach dem abermaligen Scheitern wollte ich mir das Leben nehmen, doch ich hatte Angst davor, als Union-Ratte wiedergeboren zu werden.

In der dritten Spielklasse war alles trauriger denn je. Wer waren Wacker 04 oder der SBC? Wenige hundert Seelen besuchten die Spiele in der Oberliga Nord. Tennis Borussia war noch der interessanteste Gegner. Einige Schiedsrichter pfiffen überaus pingelig. Nach einem gewonnenen Spitzenspiel titelte die BILD: »1:0 – Da jubelt Mielke in der Zelle!« Immerhin hieß der BFC dort nicht FCB.

Wiederbelebt wurde Dynamo Mitte der 90er, mit der Einführung der sportlich wesentlich interessanteren Regionalliga Nordost. Es war naheliegend, zum verachteten Verein zu gehen. Ich hörte ohnehin Randgruppenmusik und sah quotenschwache Kinofilme. Meine Lieblingsseifenoper verfolgte ich plötzlich häufiger, als ich es während der letzten Meisterschaftsjahre getan hatte. Immerhin war der BFC kein marktkompatibler Konsensclub, sondern wieder eine ehrliche Angelegenheit. Fußball und Rock 'n' Roll gehörten dort noch zusammen. Unsere 500 Zuschauer waren zwar überschaubar, doch dafür glich ein Regionalligaspiel auch schon mal einem Männertagsausflug. In unserer doch recht bunten Zuschaueransammlung sahen andere Anhänger oftmals nur Hooligans. Von daher waren ihnen 500 Leute eher zuviel. Typische Fußballfanutensilien trugen wir im Stadion genauso selten wie auf Konzerten. Weinrote Bomberjacke, Badekappenfrisur, Tschakalie! Es galt, Absurditäten herauszukitzeln und Spaß zu haben. Mich erinnerte das schwarzhumorige, wirre Agieren vieler Fans an die guten alten Monthy-Python-Shows. Wir spazierten in größeren Gruppen aus verschiedenen Anlässen durch Berlin. Mit der sonstigen Einsiedlerkultur hatten wir wenig zu tun. Als BFC-Fan war ich ein Teil des subkulturellen Haufens des Berliner Fußball-Verbands. Ich gehörte zur Abteilung Leibesübungen der Berliner Szene. Ich sah der Zukunft ohnehin immer optimistisch entgegen. Später würden die Fernbedienungen sicherlich so groß wie Bügeltische sein, es würde dementsprechend viele Fernsehsender und vielleicht auch eine Sendung mit einem informativen Sportteil geben. Eine Sendung über Spieler, die mein Gemüt erregten, und Fans, die das Gebälk zersägten. Unsere Quoten-Unioner fanden die psychosoziale Betreuung im Sportforum auch gut. Für gewöhnlich lief alles sportlich ab. 1:0, 2:0, 3:0. Friede, Freude, Völkerfreundschaft.

Wer ausklicken wollte, konnte ausklicken. Das Verbundenheitsgefühl, mit welcher Zuschauerkategorie auch immer, ging mit der freien Arztwahl einher. Wenn beispielsweise der BFC gegen Dynamo Dresden unglücklich verloren hatte, sperrten die Polizisten eben den Ausgangsbereich ab, worauf sie auch schon mal an ihre Wannenwagenburg gedrängt wurden. Ihre Kollegen knüppelten sich von Steuerbord heran. Und wenn es für einige hundert Berliner zu eng wurde, kostete ein Fehltritt eben eine Rippenprellung oder eine Schädeldeckenfraktur. Bei vielen Fans stagnierte das Wachstum der Schädelfrisur genauso wie die Entwicklung der Heldenbrustbehaarung. So schwierig es für den Verein nach der Wende war, nicht zu den Medienlieblingen zu gehören, so angenehm war es für viele Zuschauer, daß das Sportforum nicht als Hochburg der freidrehenden Spaßgesellschaft galt. Solange die Medien aus einem Elefanten einen Saurier machten, würden die Steuerzahler der Polizei viele geruhsame Nachmittage in Hohenschönhausen finanzieren. Für mein Verständnis war das Publikum so undemokratisch wie die Gesellschaft insgesamt. Jeder konnte sich bei einem BFC-Spiel unwohl fühlen und unbeschadet nach Hause gehen. 17 Heimspielfamiliennachmittagen standen ein oder zwei Auswärtsbambulen gegenüber. Als normaler Sportinteressierter hatte man mit den Freizeitaktivitäten der Hooligans so wenig zu tun wie mit den Briefmarkensammlungen der pensionierten Stadionbesucher. Wer sich im Sportforum zu sehr gruselte, konnte seine Freizeit auch in einem Erlebniskaufhaus verbringen. Wir wollten uns jenseits des Bundesligazirkus amüsieren. Die Mannschaftsaufstellung war uns so geläufig wie die Besetzung dieser oder jener Ska-Band. Die alte Garde verirrte sich selber kaum ins Stadion. Neue Spieler kamen und gingen. Der BFC lieferte oft grausame Spiele ab. Immer durch die Mitte, zum gegnerischen Strafraum. Hohe Flankenbälle verendeten für gewöhnlich bei den größeren Abwehrspielern des Rivalen. All die 0:3-Niederlagen an den verregneten Nachmittagen im charmanten 50er-Jahre-Ambiente des Sportforums. In den 90ern stand am Ende jeder Brechstangenligasaison ein neunter oder elfter Tabellenplatz fest. Unser Baulöwe verlautbarte: »Wir haben in den letzten vier Jahren vier komplette Mannschaften abgegeben, aber wir spielen immer noch in der Regionalliga. Wir dürfen in Richtung Zweite Liga schauen!«

Heimspielbesuche waren ungeschriebenes Gesetz. Auswärtsfahrten wurden wieder thematisiert. Die erneuten Aufeinandertreffen mit den alten Rivalen versprachen spannende Tagesausflüge. Ich begleitete den BFC nach Brandenburg, Spandau, Eisenhüttenstadt und so weiter. Manchmal fragte ich mich schon, warum das Schicksal mich in dieser Dreieinhalb-Millionen-Stadt auserkoren hatte, zu diesen 500 zu zählen.

Nach Cottbus fuhr ich bequemerweise mit Automobil und Chauffeur. Wir waren ein wenig ausgehungert. Auf den Überlebenshinweis eines Eingeborenen hin latschten wir fast bis zur örtlichen Eisenbahnhaltestelle. Umsonst. Am Stadioneingang spazierten wir an ruhig wirkenden Polizisten und weniger zurückhaltenden schwarzen Sheriffs vorbei. Letztere verschreckten mit ihren Hundemutanten drei grüne Kolleginnen. Wenig später nervten sie uns. Da ich vor den beißenden Sheriffs Angst hatte, tat ich so, als ob ich sowieso in den Gästekäfig gehen wollte. Der Anpfiff war das Signal für die Berliner vor den Kassen, die Kartenfrage kostengünstig zu klärten. Anhaltendes Getöse tönte durch das weite Rund. Einige Berliner begrüßten das heraneilende Dutzend Polizisten. Einige Beamte bekamen was auf die Helme. Ein Berliner hatte einen Hund im Schwitzkasten. Unsere charakterlich wohl noch nicht gefestigten Abwehrspieler ließen sich vom Rabatz auf den Rängen ablenken. Berlin schwamm auf dem Rasen so wie Cottbus auf der Tribüne. Die Bullen eroberten schräg gegenüber ein Transparent, doch dafür hatten sie auch die Leute im Gästekäfig aufgeputscht. Drei Minuten später hing das Transparent wieder ordentlich am Zaun. Brestrich und seine Helfershelfer feierten das 1:1 und wahrten die Chance, den Fairplay-Pokal zu erringen. Wir als Fans waren in dieser Hinsicht chancenlos. Ein Radaubruder fragte einen Beamten, ob er ihn zum Imbiß durchlassen würde, bekam grünes Licht und wurde Sekunden später auf Anordnung eines höheren Bullen festgenommen. Randale ohne Essenspause.

Die Fußballsaison bestimmte meinen Lebensrhythmus wohl mehr, als es der christliche Kalender tat. Manchmal gab es zwei Anlässe für einen Feiertag. An einem Ostermontag sollte der BFC in Rathenow spielen. Im Mitropa-Abteil des Interregios stand ein Mann mit einem überdimensionalen aufblasbaren Hammer im Mittelpunkt. Er saß nur zu dem Zeitpunkt versonnen und alles um sich herum vergessend auf seinem Platz, als der Kontrolleur etwas von ihm wollte. Ich klinkte mich in ein Gespräch ein, in dem es darum ging, daß sich Psychologen kein Urteil über Hools erlauben konnten, weil sie zu selten ins Stadion gingen. Mein Plauderpartner war ein Seelenverwandter. Unser Interesse an Statistiken zu Sachbeschädigungen unterschied sich kaum. Der Hammerhool gehörte zu jenen Berlinern, die sich in der Rostocker Straßenbahn mit abgebastelten Haltestangen aus den Fenstern gelehnt hatten, um die entgegenkommenden Fahrzeuge zum Ritterturnier herauszufordern. In Rathenow saßen wir am See in einem Pavillon, der sich allmählich mit den Leuten füllte, die den Horizont zugeparkt hatten. Wir verinnerlichten als Buletten angepriesene Schweineleichenteile vom Kiosk nebenan. Ein Berliner zeigte uns seinen Bauch, lachte und tanzte. Kurz nach dem Anpfiff grub der BFC den gegnerischen Strafraum um. Trotz Rückstand sangen wir erwartungsfroh: »Hello, hello! Wir schlagen Rathenow!« Der Ausgleich und die nichtvorhandene Absperrung waren eine Einladung zum Tanz auf der Aschenbahn, die zehn Berliner wahrnahmen. Mich erinnerte die gute Stimmung, die sich nicht in einem Platzsturm entladen wollte, an schwungvolle Konzerte, auf denen nur wenige tanzten. Dem Bauchtänzer aus dem Pavillon machte das nichts aus. Sein mißglückter La-Ola-Start wurde mit »Ausziehen»-Rufen beantwortet. Er rannte auf die Laufbahn und zeigte uns seine Unterleibsnase. Vier Polizisten erzählten ihm ein paar Takte. Wenig später stand er im Block und rief: »La Ola!«

Ein Mitropa-Geselle schlenderte an den Spielfeldrand und pflückte Gänseblümchen. Ostereier flogen auf den Rasen. Rathenow fabrizierte zwei Tore. Der Mann mit dem Hammer sah traurig aus. Die Luft war raus. 100 Berliner drehten sich mit dem Rücken zum Spielfeld und sangen: »Frohe Ostern, BFC!« Im Interregio kam ein Spanner aus der Mitropa und sagte: »Die hamn Bierfaß geklaut, die BFC-Idioten!«

Die Auswärtsspiele wurden von viel Tamtam begleitet. Andere Fußballtouristen, denen es an Vergleichsmöglichkeiten nicht mangelte, stellten immer wieder fest, daß die Sicherheitsvorkehrungen rund um viele BFC-Spiele mit einigen hundert Zuschauern größer waren als bei Bundesligaspielen. Anders als zu DDR-Zeiten trugen die Beamten oftmals Helme und feste Schuhe. Wenn wir zum Beispiel mit 300 Berlinern nach Dresden fuhren, ging es aus dem Bahnhof heraus, sofort in den Kessel hinein und ab zum Stadion. Es gab Wasserwerfer, Kameras und Berittene. Da mußten wir die Straßenverkehrsordnung berücksichtigen. Ziemlich bald steuerten wir eine Kreuzung mit Ampelanlage an. 150 Berliner sahen zu, daß sie bei Grün rüberkamen, während die anderen einen Gang zurückschalteten und bei Gelb beziehungsweise Rot stehenblieben. Die Beamten waren sich darüber unschlüssig, ob sie uns auffordern sollten, bei Rot rüberzugehen, oder ob sie schnell einen zweiten Kessel zusammenflicken sollten. Während der nächsten Grünphase stürmten der erste und zweite Teil der Berliner aufeinander zu. Wir führten eine Massenschlägereiperformance auf. Nachdem einige Berliner den Beamten eingeredet hatten, daß der eingeschlagene Weg nicht der richtige zum Stadion wäre, irrte unser Kessel tatsächlich durch einige Nebenstraßen. Ohne Polizeikessel war der Anmarsch zum Stadion nur halb so ereignisreich. Fußball war eben keine importierte Sportart wie American Football, wo nur Leute hingingen, die auf die Werbung hereingefallen waren.

Im Mai 99 kam es zu einer Mitgliederversammlung, während der über die »Rückumbenennung« abgestimmt wurde. Die Fans hatten das große Stimmenpotential, nicht die wenigen Sponsoren. Es war keine Frage, daß sich nahezu alle für den Namen »BFC Dynamo« entscheiden würden. Nicht einmal zehnjährige Fans, die niemals den BFC zu den Zeiten seiner DDR-Meisterschaften gesehen hatten, sagten FC Berlin. Zum ersten Spiel nach der Rückumbenennung wollte sich die feierliche Stimmung einfach nicht entladen. Erst wenige Tage später, als der BFC bei Union mit 2:0 gewann, verschwand die seltsame Rührseligkeit. Dynamos Einlaufen im traditionellen Weinrot dürfte bei vielen Unionern ein altes Trauma wiedergeweckt haben.

Einmal mehr holte den BFC die eigene Vergangenheit ein. Denn als sich die Hohenschönhausener kaum um ihre Geschichte scherten, hatte ein alter Hertha-Frosch Mitte der 90er die Rechte am Logo gekauft. Fortan verunzierten blöde Sprüche diverse Schals und Caps. Gut verkaufen ließen sie sich allemal. Der Verein rannte dem Recht am eigenen Logo hinterher.

Wirklich interessant sollte die Saison 1999/2000 werden. In den Regionalligen wurde neu ausgesiebt. Platz sieben war das Minimum für den Verbleib. So gut die Qualifizierungschancen waren, so schnell blieben sie auch ungenutzt. Unser inzwischen doch recht volksnaher Club fand sich in der Vierten Liga wieder. Währenddessen wurde aus dem 1. FC Union Berlin die Betriebssportgemeinschaft Kinowelt Köpenick. Nina Hagen plärrte alptraumhaft: »Wer läßt sich nicht vom Westen kaufen – Eisern Union.« Dafür bekam sie Prenzlauer-Berg-Verbot. Von mir aus konnten die Köpenicker in die SAT-1-Liga aufsteigen.

Wenn ich heute nicht mehr zum BFC gehen würde, so würde ich morgen wohl einen Großteil meiner Schallplatten wegwerfen. Was machte es schon, daß wir nicht mit dem Zug in das Erzgebirge fuhren, sondern mit dem Auto an die Ostsee. Immerhin hatten einige unserer namenlosen Gegner vorher in irgendeiner Grenzgebietsliga gespielt. Viele große Dörfer hatten sehenswerte Neubauviertel. In dieser Oberliga Nord-Nordost wuchsen auf den Tribünen manchmal Sträucher. Die dynamischen Sektierer blieben bei der Stange, die elfte Oberliga-Meisterschaft stand an. Der Aufstieg in die Regionalliga Nord sollte es schon sein, der Triumphmarsch in die Europaliga interessierte mich nicht.

Ein Choleriker vor dem Komsomol

1994/95 bewarb sich Berlin stellvertretend für wen auch immer darum, ein halbes Jahrzehnt später die alten Säcke vom IOC sexuell befriedigen zu dürfen. Am 20. April sollte im Berliner Olympiastadion Deutschland gegen England spielen. Alle ereiferten sich. Ich hing während dieser Zeit oft in der traditionell schlecht gelüfteten Kneipe einer Villa Kunterbunt ab. In diesem Laden roch es muffig nach dem maroden Gemäuer und dem Kloverschlag, der mitten im Raum stand. Im mehr oder weniger besetzten Haus hatten sich schmuddelige Fußballfans eingenistet.

Einige junge Eiferer waren gegen alles. In ihren Augen mußte Deutschland sterben, damit sie leben konnten. Im Fernsehen liefen irgendwelche Fußballspiele. Bundesliga auf SAT 1 oder auch die Afrika-Meisterschaft auf Eurosport. Wenn Deutschland gegen wen auch immer spielte, waren viele für wen auch immer. Mußten wenige sterben, damit sie leben konnten? Nein. Es hieß immer: »Keine Gewalt – Prost!« Einmal kam der Initiator des Ladens auf eine Idee: »Wir müssen mal ein Plenum machen!« Ich traute dem Frieden nicht. Erich war politisch korrekt.

Viele von uns waren einfach Fußballfans ohne Faschogehabe. Das mußte reichen. Oft rannten wir zu Oi!-Konzerten. Es gab sicherlich schöngeistigere Veranstaltungen, und zum Glück spielten Trinkerkohorte und Double Torture auch nicht so oft wie der BFC. Unserem Äußeren entsprechend, lag es nahe, uns diverse Schneelawinen und Hochwasserkatastrophen anzukreiden. Wenn wir gefragt wurden: »Seid ihr Fußballfans oder Nazis?«, antworteten wir: »Is doch dit selbe.« Allerdings marodierten wir nicht durch Neubaugegenden, wir spazierten durch Altbauviertel. Der Laden fiel zunehmend in dynamischere Hände.

Erich war nicht schlecht, nur eben allwissend und aufdringlich. Er kam aus Süddeutschland. Damals bedeutete das für mich noch nichts Böses. Ich nahm ihm den Helden der Arbeiterklasse aber nicht ab, bloß weil er sich über sein Adidas-Hemd eine Trainingsjacke vom Armeesportklub Vorwärts übergezogen hatte. Es war schon verrückt, wenn er uns in der Wir-Form mit seinem Soli-Singsang einlullte, um wenig später in der Ich-Form unsere Erfolge wiederzukäuen. Ein Choleriker vor dem Komsomol. Wenn er jemanden mit einem seiner Monologe eindeckte, fragte er zwischendurch: »Hörst du mir zu?« Wer mit ja antwortete, wurde ihn nicht mehr los. Wir bewunderten ihn und gingen zum Plenum. Ich war pünktlich. Erich und die anderen auch, allerdings auf ihre Art. Für mich war es schlimm, eine Stunde vor der verschlossenen Kneipentür zu stehen. Obwohl ich das von diesen Hallodris schon kannte. Wenn ich mit jemandem bei mir zu Hause verabredet war, konnte es vorkommen, daß er zwei Stunden später anrief, nur um zu sagen: »Du, ich glaube, das wird heute nichts mehr.« Ich war schon ein wenig zermürbt, als das Plenum begann. Erich führte uns durch seine Tagesordnung: »Warum soll immer ich den Laden auf- und zuschließen?« »Wie soll unsere Öffentlichkeitsarbeit aussehen?« »Wer hat von meinem Bier getrunken?« »Is es notwendig, das Klo zu reparieren?« »Warum seid ihr so albern?«

»Ja, Erich, wir würden ooch mal hinter der Theke stehn und den Schlüsseldienst übernehmen.«

Ich schlug vor, die Telefonnummern auszutauschen. Erich lehnte meinen Vorschlag ab. »Nein, das geht nich, weil ich so nich weiß, ob irgendwelche Faschos an meine Telefonnummer kommen!«

»Abjehakt! Ein Fanzine solltn wir aber rausbringen! Dit muß als Öffentlichkeitsarbeit reichn.«

»Ja, ein Fanzine, über das sich alle aufregen, aber nich so sexistisch!«

»Erich, jib uns ne Runde aus! Sonst jehn wir!«

Immerhin wurde es ernst mit unserem Fanzine. Ein ehemaliger Stasi hielt den richtigen Namen seit Jahren parat: »Der Zonenzombie.« Erich verstrickte seitdem jeden in sein Lieblingsthema: »Schreib mal was für unser Fanzine, aber nich so sexistisch oder rassistisch! Das wollen wir hier nich haben!«

Ich fand das immer ekelhaft. Kaum hatte ein Neuling seine Schwellenangst überwunden, da wurde er auch schon aufgefordert, doch bitte nicht rassistisch oder sexistisch zu reden. »Erich, halt die Klappe!«

»Warum soll ich die Klappe halten? Wir sind hier ein antifaschistischer Laden!«

»Jaja, du bist hier ein antifaschistischer Laden!«

Weshalb wollten gerade die Menschen, die mit ihrem eigenen Leben kaum zurechtkamen, die Menschheit umerziehen? Wieso propagierten ausgerechnet sie den DDR-Zeitgeist von 1982? Weshalb erzählte uns Erich etwas über

Subkultur? Sein musikalisches Interesse beschränkte sich doch auf Pionier- und Arbeiterkampflieder.

Jedenfalls war ich der Sensationswissenschaftler vom »Zonenzombie«. Meine Artikel wurden sehr oft mit Erichs stalinistischen Kommentaren garniert, weil ich nicht sonderlich sachlich über Dresden, Köpenick und Plumpudding Castle berichtete. In meinen Fußballgeschichten schrieb ich auch über meine Verwandten und Bekannten so wie über unsere sportlichen Rivalen. Da wurde aus einer Kaffeeklatschkolumne schon mal eine Kriegsberichterstattung.

Während eines gefürchteten Plenums einigte ich mich mit Erich darauf, daß zwei meiner Sätze geschwärzt würden. Das fand ich gut. Jeder würde mich fragen, was ich da für unglaubliche Tatsachen aufgedeckt hätte. Ich zitierte zum Beispiel lustige Nachrichtensprecher. Denn während einer Tagesschau wurde darüber informiert, daß eine Panda-Dame aus China nach Berlin eingeflogen wurde. Sie sollte im Zoo für Nachwuchs sorgen. Obwohl die Bärin zwei Bewerber abgelehnt hatte, zeigte sich der Regierende Bürgermeister optimistisch. Laut eigener Aussage fraß sie ihm schon aus der Hand. Ich schlußfolgerte daraus, daß Diepgen eben aufgeschlossener wäre als viele autonome Tugendwächter, die jede lebensfrohe Neugier am weiblichen Geschlecht als sexistisch verurteilten. Ich plädierte im »Zonenzombie« dafür, daß ein Politiker die Zuschauerzahlen im Sportforum erhöhen sollte, indem er in der Halbzeitpause auf dem Spielfeld eine Panda-Dame beglückte. Erich agitierte: »Das ist sexistisch. Die Panda-Dame steht doch für die unterdrückte Frauenwelt! So was wollen wir hier nicht haben!«

»Erich, du Zensor! Warum bist du immer wir?«

»Zensur haben wir nicht nötig!«

»Sind wa hier im Kindajartn? Nehm doch ma die Mottnkugeln raus! Is eben nich jeder Mensch ein Politiker! Jenauso wie eben nich jeder Mensch ein Künstler is!«

Inzwischen hatte der Laden viel Zulauf von BFC-Fans.

Immerhin lief hier auf Eurosport die Afrika-Meisterschaft. Plötzlich stimmte auch die Zahlungsmoral der meisten Gäste. Das Klo wurde repariert. Wir freuten uns auf den nächsten »Zonenzombie«. Das Flatterheft war nach Erichs Einschätzung »das beste Fanzine Deutschlands«!

»Erich, warum nich Europas?«

»Ja genau, Europas!«

Ich wollte den Bericht zum Spiel gegen Türkiyemspor schreiben. Zu diesem Derby wurde immer nur politischer Wirrwarr geschrieben. Ich wollte auf den Sport eingehen. Als ich Erich darauf ansprach, sagte er: »Hörst du mir zu?«

Ich antwortete: »Nee« und bekam den Auftrag. Zu meinem langweiligen Artikel sagte Erich nichts. Auf sportliche Schlüsselwörter war er nicht abgerichtet worden. Erich war nicht mehr so bei der Sache. Er ging nicht einmal mehr zu den eigenen Soli-Konzerten. Der Laden brummte, aber die Kasse war angeblich leer. Im Sommer 96 kam der letzte »Zonenzombie« heraus.

Baufresse

November 89. Baufresse geht zum ersten Mal in einen Supermarkt. Er hat ein Problem damit, seinen Einkaufswagen über das Drehkreuz zu heben. »Was isn das hier?! Heb ick mir jan Bruch!« Der Einkaufswagen landet krachend zwischen den Schokoladenweihnachtsmännern. Baufresse geht in gebückter Haltung durch diese Vorrichtung, durch die man normalerweise den Wagen schiebt. Wegen dieser ihm ständig entgegenschaukelnden Plastikdinger fällt ihm das schwer. Er schreit die Warenauspackerin an: »Dafür bin ick nich of de Straße jejangn!« Doch Baufresse bekommt derartige Probleme schneller in den Griff, als die Wendefreude verfliegt. Nach kleineren Anfangsproblemen lernt er schnell hinzu. Er gewöhnt sich umgehend an die Preise in den großen Musikgeschäften. Baufresse betritt die Filialen kurz nachdem sie öffnen. Die Wachhunde haben in der ersten Viertelstunde organisatorischen Kram zu erledigen und sind selten im Ausgangsbereich anzutreffen. Baufresse betritt die Filialen vorzugsweise in unauffälliger Kleidung. Eher in solcher Kleidung, die die Menschen mit unnützen Berufen tragen. Er trägt eine großformatige Tageszeitung spazieren. Darin fallen die CDs nicht auf. In dem Moment, als Baufresse durch die Warnanlage geht, rückt er sich seine Kopfbedeckung zurecht.

September 92. Ich bin mit Baufresse auf Arbeitssuche. Wir stellen uns in zwölf Schöneberger Sexshops vor. Es ist langweilig in diesen Gummi-Leder-Plastik-Krimskrams-Läden. Die Geschäftsführerinnen glotzen uns an, obwohl wir ganz normal aussehen. Eben wie häßliche Deutsche, die zuviel Arbeit haben und zu wenig Sex. Zuviel im Soll und zu wenig in der Sonne. Egal. Baufresse sagt, daß unsere grobmotorischen Arbeitsanfälle in den Kratern unserer Stadt erst wieder gefragt sind, wenn der Regierungsumzug wegen dem allgegenwärtigen Hühnerwahnsinn gefloppt ist. Dann werden sie uns anfordern, damit wir Büros in Wohnungen umbauen, aber eben erst dann. Bis dahin müssen wir flexibel sein. Und da viele Frauen emanzipiert sind, was oftmals nichts anderes heißt, als daß sie alles daransetzen, sich genauso blöd wie Männer zu benehmen, geht er davon aus, daß viele Frauen häufiger als je zuvor in Schöneberger Sexshops rennen. Demnach ist eine Frau, die mit Gummi-Leder-Plastik-Krimskrams grinsend vor einem steht, offenherziger als eine Frau, die einem in der Fußgängerzone begegnet. Eine, die in ein Schaufenster starrt, obwohl in ihrer Blickrichtung nur eine normale Hausfassade ist. Baufresse weiß, wie es um die Menschheit bestellt ist. Es gibt zuviel teures Spielzeug für Menschen, die zu feige sind, ihre Gewaltphantasien im Fußballstadion auszuleben.

Die ersten elf Bewerbungen verlaufen ungefähr so wie die letzte. Die Geschäftsführerin gibt uns zu verstehen, daß wir häßliche Deutsche sind, die zu selten in der Sonne liegen. Baufresse antwortet: »Na und? Dich kann man noch nich mal offn Polenstrich schickn!«

Juli 95. Wir gehen am Kollwitzplatz ziemlich feudal essen. Als uns der Kellner unaufgefordert die Rechnung bringt, schicken wir ihn nach Getränken. Das Gesparte investieren wir in ein Solibesäufnis, zugunsten der nächsten Eckkneipe.

In den Augen vieler Revoluzzer sitzen dort immer nur Faschoprolls herum, obwohl es meistens nur Baufressen sind. Irgendwann ist es uns in dieser Eckkneipe dann doch zu harmonisch. Wir spazieren an mehreren Straßencafés vorbei. Typisch, wie die Arschgeigen da so sitzen.

Während am Wasserturm ein offener Mittelklassewagen im Schrittempo an uns vorüberrollt, plaziere ich einen Großteil aus meiner Bierflasche auf den Rücken der zwei Fahrzeuginsassen. Ich gehe davon aus, daß sich die beiden aus dem Staub machen werden. Eine Minute später sagt Baufresse: »Dort hält für unsn offner Wagen. Die ham wa gleich am Hals.« Ich bekomme nicht so genau mit, wie es Baufresse ergeht. Ich bin mit meinem Typen genug beschäftigt. Während er zwischen den parkenden Autos herannaht, wird er immer größer und breiter. Ich muß ihm eine hauen, damit er wieder einsteigt. Der Typ will reden. »Warst du das vorhin?« Der Fairneß wegen werfe ich meine Bierflasche dezent zur Seite. Er hebt sie auf und schlägt den Boden ab. Was soll ich auf Fragen wie: »Was bist denn du für ne asoziale Drecksau?!« schon anderes antworten als: »Wirf die Flasche weg!« Der Typ fuchtelt immer virtuoser mit der abgebrochenen Bierflasche herum. Ein Fehltritt würde mich mein Gesicht kosten. Es geht mit zunehmender Geschwindigkeit im Krebsgang in Richtung Charlottenburg. Ich mache einen rasanten Bogen um den Typen und renne zu Baufresse. Der jagt seinen Typen gerade zu meinem. Dem Aufschrei nach zu urteilen, verpaßt mein Typ seinem einen Schmiß.

Januar 98. Baufresse zeigt sich unzufrieden mit seiner neuen Freundin. Sie haben sich zu schnell kennengelernt. Er hat in ihrem Tagebuch gelesen, daß sie beim Staatsschutz arbeitet. Dort will sie über ihn erfahren haben, er sei ein Extremist. Wenn zum Beispiel Baufresses Chef mit der Lohnzahlung nicht hinterherkommt, holt er auch schon mal dessen Sohn unaufgefordert von der Schule ab. Er bringt ihn nach Hause, mit dem Hinweis, daß das nicht immer so sein muß. Das Wiedereingliederungsgefasel seiner Staatsschützerin kann er nicht ertragen. Baufresse fragt sich, warum sich die meisten Menschen in ihrem Leben darauf beschränken, geboren zu werden, einzuschlafen, aufzuwachen und zu sterben. Weshalb gibt es nur wenige glücksbringende Scherben?

Haben: 10 Pfennige

Ein Freitagnachmittag im Juni 98. Ich frage mich, weshalb ich nicht irgendwo in der Sonne herumliege, sondern auf der Baustelle entlangspaziere.

Letztes Jahr bin ich umgezogen. Ich habe mein Geld in die marode Altbauwohnung reingesteckt. Damit es bei mir nicht wie bei einem Künstler aussieht. Es wäre wohl besser, wenn ich mein Geld im Fußball-Toto gewinne. Ich kann zumindest soviel Geld einsetzen, wie andere Menschen innerhalb einer Woche für Zigaretten ausgeben. Wieviel Geld verrauchen andere Menschen innerhalb einer Woche? 100 Mark? Gut. Soviel kann ich einsetzen. Das Spazierengehen auf der Baustelle wird besser bezahlt als das Herumliegen in der Sonne. Ein Millionär muß ich nicht werden, aber unbedingt ein Hunderttausender. Damit ich meinen Lebensstandard als Tagelöhner halten kann, wenn das kapitalistische System kollabiert und wir hier albanische Verhältnisse haben. In nicht allzu ferner Zukunft benötigt man Hunderttausende für die Wohnung, das Essen und die neue Schallplatte von Einsatz.

Letzte Woche ließ ich 96 Mark für zwei Toto-Systeme der Elferwette und 30 Pfennige für die Bearbeitung des Tippzettels springen. Heraus kamen zwei Zehner und zehn Neuner. Für die Standardergebnisse gab es natürlich nur eine Volksquote. Für einen Zehner gab es jeweils 27,20 und für einen Neuner 4,20. Das machte unter dem Strich 96,40. Also 10 Pfennige plus. Über so viel verfügte ich auch am Ende der 90er, weil ich das, was ich während der Währungsunion eingefahren habe, im Toto an Minus fabriziert habe.

Mal sehen, was das Wochenende bringt. Die Ansetzungen 1 bis 6 sind einige WM-Spiele. Eine WM ist ein gelungener Lückenfüller zwischen zwei Meisterschaften der Regionalliga Nordost. Fälschlicherweise wird letztere nicht so hoch eingeordnet wie eine WM, die fortwährend im Fernsehen gezeigt wird. Während jeder WM liege ich viel auf meiner Couch. In der ersten und dritten Woche fletze ich mich backbordmäßig hin und stütze meinen Kopf mit der linken Hand. In der zweiten und vierten Woche fläze ich mich steuerbordmäßig hin und stütze meinen Kopf mit der rechten Hand. Damit ich keine Haltungsschäden bekomme. Wenn ich Haltungsschäden bekomme, werde ich von den Besuchern der Regionalliga-Nordost diskriminiert. Das will ich nicht. Die Besucher der Regionalliga-Nordost-Spiele sind nicht solche charmanten Arschmaden wie eben diese charmanten Arschmaden, die sich nur während der WM oder EM für Fußball interessieren. Sie rennen in den Tränenpalast, in die Arena oder in den Prater. Sie zahlen Eintritt und lauern darauf, daß dort einige Besucher der Regionalliga-Nordost-Spiele sind, die für Fußballatmosphäre sorgen. Die Spiele finden sie meistens langweilig. Ihr Interesse beschränkt sich darauf, zu hoffen, daß es keine Verlängerung gibt. Ich verspüre kein Verlangen, mit ihnen zusammenzusein. Oder anders ausgedrückt: Wenn ich mit 100 Menschen einer Band wie Einsatz zujubel, bringt es mir nichts, wenn plötzlich 1000 Waldbühnenbesucher das jeweilige Lokal okkupieren. Egal.

Auch während dieser WM-Endrunde liege ich viel auf meiner Couch und schaue so vor mich hin. Ich mache mir immer Gedanken, wie wohl die zukünftigen Toto-Ergebnisse aussehen werden. Spiel 1: Deutschland gegen Jugoslawien. Spiel 2: USA gegen Iran. Nach der Auslosung war mein erster Gedanke zu unseren Gruppengegnern: In sportlicher Hinsicht ist das zu packen. Aber es ist fraglich, ob wir eine Runde weiterkommen, wenn wir gegen die in den Krieg ziehen müssen.

Deutschland gegen Jugoslawien. Diese lebensfrohen Jugos werden uns ins offene Messer laufen, oder? Ich setze auf Sieg und zur Sicherheit auch auf Remis.

USA gegen Iran. Die Amis fabrizieren weder die besten Filme noch den besten Fußball. Für den Iran wird es allemal reichen. Sieg oder Remis. Spiel 3: Belgien gegen Mexiko. Die Belgier spielen seit 100 Jahren denselben Fußball. Also eher langweilig und relativ erfolgreich. Die Mexikaner haben viele schöne Spieler, und zu ihrer Nationalhymne kann man auch tanzen. Mir ist diese Ansetzung einen Dreierweg wert. Spiel 4: Niederlande gegen Südkorea. Eins. Spiel 5: Japan gegen Kroatien. Die Japaner werden sich auf eine unterhaltsame Weise wehren. Erfolglos. Kroatien wird Gruppensieger und besiegt im Achtelfinale die Rumänen. Im Viertelfinale gegen die Niederländer hängt das Ergebnis davon ab, ob der Schiedsrichter Kroate oder Niederländer ist. Spiel 6: Argentinien gegen Jamaika. Eins.

Die Ansetzungen 7 bis 11 sind Spiele des Intertoto-Cup. Der Intertoto-Cup ist der Schrecken der Toto-Tipper. Für Spiele zwischen National Bukarest und Hapoel Haifa interessieren sich noch nicht einmal Menschen aus Bukarest und Haifa. Hoffentlich tippe ich das, was letztendlich aus diesem Hinundhergerenne resultieren wird. Von mir aus müssen die Ergebnisse nicht den Spielverläufen entsprechen. Sie können ausschließlich durch krasse Fehlentscheidungen der Schiedsrichter zustande kommen. Hauptsache, sie sind mit meinen Vorhersagen identisch. Damit ich in allen 32 WM-Endrundenteilnehmerländern in der Sonne liegen kann. Zum Wochenbeginn werde ich wohl wieder über die Baustelle spazieren.

Der kleine Preuße

Ein normaler Abend, am Anfang einer Woche. Das einzige, was auf meinem Kulturkalender steht, ist das Beantworten einiger Postkarten und der Gang zum Briefkasten. Ich drehe eine Runde, so in Richtung Der kleine Preuße. Die Kneipe kenne ich bisher nur vom Hörensagen. Maik und Ronny, zwei studentische Lila-Laune-Berliner, hörte ich sagen, daß sie einmal einen schönen Abend im Zille-Milieu verbringen wollten. Sie kehrten in den Kleinen Preußen ein. Froh gelaunt breiteten sie ihre Studienmaterialien auf einem Tisch aus. Dann ging Maik zum Zigarettenautomaten und Ronny zur Theke. Als sie wieder Platz nehmen wollten, befanden sich ihre Bücher und Hefte schon auf dem Bürgersteig. Immerhin blieben die beiden etwas länger drin. Mir werden sie im Kleinen Preußen mehr Zeit zugestehen. Ein kleines Bier, und tschüs.

Ein jüngerer Wirt steht hinter der Theke. Direkt davor wissen zwei Männer vermutlich nicht, ob sie voneinander etwas wollen. Ein Pärchen mit vom Suff aufgedunsenen Visagen malträtiert den Dart-Automaten. Die sind alle nicht ernst zu nehmen. Ich beginne mit meiner Schreiberei. Der Mann mit den Darts in der Hand beugt sich über meinen Tisch und fragt mich freundlich: »Biste Student?«

Wahrheitsgemäß antworte ich: »Nee, ick bins. Und du wohnst doch bei mir im Vorderhaus parterre, stimmts?«

Er heißt Detlef und findet, es ist ein Ding, daß wir im selben Haus wohnen. Er fordert mich auf, mit ihnen Dart zu spielen: »Los!«

Ich erwiedere: »Warum nich?«

Sein Sabinchen hat meine Antwort falsch verstanden. Sie wankt heran und poltert: »Warum nich!?«

Nun beugt auch sie sich zu mir und verteilt mein Bier über den Tisch. Ich bade gerade meine Hände drin. Sowie meine Postkarten. Zum Briefkasten muß ich also nicht mehr. Detlef herrscht sein Sabinchen an: »Laß den Student in Ruhe!«

Ich sage: »Schon jut, kann jedem mal passiern. Ick jeh mir ma die Hände waschn.«

Als ich vom Klo zurückkomme, also an der Theke vorbei, erkenne ich es an den Stimmen: Bei einem der zwei Männer, die nicht wissen, ob sie etwas voneinander wollen, handelt es sich um eine Frau. Sie macht mich an: »Haste dir wenichstens die Hände jewaschn, du Sau?!«

Na ja. Aggressive Hygiene-Hyänen darf ich nicht schlagen, aber immerhin darf ich sie so scharf anschauen, als ob ich es gleich mache. Sie schweigt. Das war aber eine kurze Romanze. Mit meinen Hausgenossen spiele ich fröhlich Dart. »Los, Detlef! Du bist dran!«

Es macht mir nichts aus, daß sein Sabinchen ihm ständig in den Ohren liegt. Er soll sich fragen, weshalb er nur bei der Müllabfuhr arbeitet. Und überhaupt, wie kann man nur parterre wohnen? Aber was will sie denn? Er hat es doch geschafft. Detlef ist dennoch ein bißchen demoralisiert. Er sagt zu mir: »Nimm die Olle mit, kannste ficken!«

»Nee, Detlef. Du bist dran.«

Sabinchen wendet sich zu ihm und fragt: »Machst ma immer noch Vorwürfe, weil ick dit Bier umjekippt habe?«

Ich versuche zu schlichten: »Nee, niemand macht dir Vorwürfe. Kann jedem mal passiern.«

Es nutzt nichts. Sabinchen antwortet: »Er is ein Niemand! Wenn ick mir die Wohnung ankiecke, weeß ick allet.«

Na ja. Eigentlich ist sie doch die Hausfrau. Inzwischen wird sie drollig. Immerhin ist sie keine Frau, bei der ich schlauer erscheinen muß, als ich bin. Und wenn ich sie in meinem Bett habe, fängt sie garantiert nicht mit dem Geseier an, daß wir uns länger kennen müssen oder daß sie ihre vorangegangene Beziehung noch nicht ganz aufgearbeitet hat. Gegen Frauen aus solchen Kneipen habe ich nichts. Es reicht ihnen, daß ich da bin, und am nächsten Morgen fahren sie nach Dresden, Paris oder Tempelhof. Von Sabinchen will ich aber wirklich nichts. Wahrscheinlich legt sie Wert darauf, daß ich mit ihr bei geöffneten

Fenstern rummache. Damit der ganze Hof was davon hat. Mir wäre das unangenehm. Außerdem reicht es mir schon, wenn sich Detlef und Sabinchen ihre Freunde zweimal in der Woche in ihre Parterrewohnung einladen und bei geöffnetem Fenster rumkrakeelen. Ich will diese Gemüseladenbande nicht in meiner Wohnung haben. Das geht mir zu weit. Es reicht mir völlig, im Kleinen Preußen ein paar Bier zu trinken, ohne auf die Fresse zu kriegen.

Inzwischen hat sich der männliche Part des Pärchens, das vor der Theke stand, aus dem Staub gemacht. Der Wirt hat Angst, daß wir auch gehen. Er will mit der aggressiven Hygiene-Hyäne nicht alleine sein. Sie hat hier schon oft randaliert. Wir trinken auf Kosten des Hauses. Schließlich geht auch der weibliche Part des Pärchens, das nie etwas voneinander wollte. Der Wirt verschließt die Kneipentür und läßt die Rollos runter. Detlef und Sabinchen reden nicht mehr miteinander. Wir verlassen gemeinsam die Kneipe durch den Seiteneingang, wir stehen also im Hausflur. Sabinchen will nicht mit Detlef den Heimweg antreten. Jedenfalls nicht aus dieser Kneipe heraus, durch den Hausflur, auf die Kopenhagener und so. Sie will auf den Hinterhof. Von dort aus geht es ihrer Meinung nach zur Schwedter. Wir lassen sie losspazieren. Viel gibt es auf dem Hof nicht zu sehen. Nach einer Zigarettenlänge wird sie zurückkehren. Nach fünf Minuten werden wir ungeduldig und marschieren auf den Hof. Wie das aussieht! Auf dieser Baustelle liegt kein Stein auf dem anderen. Da kann man sich alle Knochen brechen. Detlef ruft: »Sabinchen! Sabinchen!«

Zwischen den Baumaterialien hat sie sich nicht versteckt. Und in zwei von drei Hausaufgängen ist sie auch nicht. Bleibt also noch ein Hausaufgang und der sich daneben befindende Mauerdurchbruch, der in den Augen hilfloser Personen zum anderen Hof führt. Wir streben gemeinsam dorthin. Plötzlich hören wir ein Winseln und Jammern. Aus dem Hausaufgang kommen diese Geräusche nicht! »Sie wird doch nicht etwa ...? Doch!«

Hinter dieser Mauer mit dem Loch befindet sich die S-Bahn-Strecke. Sabinchen ist durch den Mauerdurchbruch geklettert und vier Meter in die Tiefe gestürzt. Sie liegt auf dem Schotter neben den Gleisen. Das sieht nicht gut aus. Detlef fragt sich: »Wie kann die Olle nur so blöd sein?«

Er ist drauf und dran hinterherzuspringen. »Sabinchen, ick liebe dich! Warte, ick komm runter!«

Ich sagte: »Nee, Detlef! Bleib hier! Wir wohnen doch im selben Haus. Das is dochn Ding. Du kannst hier nich runterspringen!«

Da es im Kleinen Preußen kein Telefon gibt, springe ich auf mein Rad und fahre schnell nach Hause. Unterwegs taucht im Halbdunkel die aggressive Hygiene-Hyäne auf. Sie will mich mit einem ihrer fliegenden Hufe vom Rad holen! »Hau ab, Alte! Ick hab jetz keene Zeit für dich!«

Am Telefon will mir der Feuerwehrmann nicht glauben, daß die Kopenhagener parallel zur S-Bahn-Strecke verläuft! »Bin ick denn hier nur von Patienten umjeben?«

Vor dem Kleinen Preußen halten irgendwann mehrere Feuerwehrfahrzeuge. Sie inszenieren eine tolle Lichtschau. Wenig später stehen wir mit vier Feuerwehrleuten vor dem Mauerdurchbruch. Ein Viertelstündchen verstreicht. Der allgemeine Tenor lautet: »Die Olle hat jut jetankt! Da kann man nüscht machn!«

Irgendwann erscheint Verstärkung. Die Kollegen bekommen es auf die Reihe, die Frau auf eine Trage zu plazieren und mit ihr die S-Bahn-Strecke entlang in Richtung Schwedter zu laufen. Von dort aus kommen sie auch mit dem Rettungsfahrzeug heran. Der Wirt, Detlef und ich gehen in die nächste Kneipe. Gleimstraße, Bierbar Zur Palme. Ganz schön belebt. Vom Katzentisch aus beobachten zwei studentische Lila-Laune-Berliner die Szenerie. Halten die sich für was Besseres? Ich trinke einen Kaffee. Ein normaler Morgen, am Anfang einer Woche.

Tag der Technik

Berlin am Tag der Technik 98. Nichts los. Das ist selten. Deshalb sind eine Million Ecstasy-Konsumenten hierher gekommen. Im weiteren Verlauf dieser Geschichte nenne ich die aus Zeitgründen einfach »Es«.

Mit denen war auch nichts los.

Ich wollte ins Graue flüchten, um eine Fahrt mit dem Schiff zu machen. Die Gerüchte kündeten von 100 Asis, Prolls, Punks und Skins. Viele von ihnen waren seit 15 Jahren 15 Jahre alt. Einige waren eine Kreuzung aus Punk und Bauarbeiter. Ich zähle sie zu den normaleren Menschen, obwohl andere Menschen behaupteten, sie entsprächen einer Kreuzung aus einer Ratte und einer Taube. Einerseits spielte ich am Frühstückstisch mit dem Gedanken, mich als Szenezombie zu verzaubern. Andererseits sehe ich mit Absicht immer gleich aus. Letztendlich war mein einziges Zugeständnis, daß ich auch aus der Büchse trank. Ich bin langweilig. Mir macht das nichts aus. Als Kind wurde ich von meinen Mitschülern gefragt: »Haste ooch wat von den Prügelein zwischen den Poppern und Rockern mitbekomm?« Ich antwortete: »Nee. Ick wa dieset Jahr noch nich draußn. Ick hab immer nur uffjepaßt, daß ick nich einschlafe. Und wenn ick dann doch einjeschlafen bin, hab ick uffjepaßt, daß ick nich sterbe.«

Jedenfalls trafen sich am Tag der Technik am Maybachufer vor der Ankerklause die Kunden aus dem Trinkteufel und dem Sportlertreff. Ihr merkt es schon, die Frage des Tages lautete nicht: »Haste maln E?«, sondern: »Haste maln A?« Welcher ernstzunehmende Mensch interessiert sich denn für Chemie und dafür, daß die Augen genauso weit aus dem Kopf gucken wie die Ohren? Ich nicht. Immerhin war es so früh schon so lustig. Wir fütterten die Tauben mit Pommes. Jede dritte Ratte der Lüfte war am Würgen, weil sie so ein Pommes nur zu zwei Dritteln verinnerlichen konnte. Der Rest guckte noch aus dem Kopf raus, so wie die Augen mancher Ecstasy-Konsumenten. Dem Erstickungstod nahe, torkelten zwei, drei Tauben panisch durch unsere Reihen. Sie kassierten noch einige Tritte. Jedem Tritt folgten ein dumpfes Geräusch und ein Flug von wenigen Metern. Es gab aber nur den Gerüchten nach Tote, womit wir beim letztjährigen Tag der Technik wären. Jens, der ehemalige Schleusenwärter, amüsierte sich darüber, daß die Bootsfahrt vor zwölf Monaten für einige Zeit das große Thema in der Binnenschifferszene gewesen war. Die Erzählungen über die Plünderung eines Bierstandes gipfelten darin, daß der Schleusenwärter umgebracht wurde. Die Fahrt versprach Spannung.

Irgendwann legte unser Kahn vom uffer des Landwehrkanals ab. Ingo sprang gerade noch rechtzeitig auf. Ich erkannte ihn schon von weitem. Seine ausgebleichte Domestos-Jacke war so hell wie das Spreewasser vor der Industrialisierung. Als wir fuhren, kam Schädel und wollte von mir eine Büchse Kindl. »Nee, Schädel! Du kriegst von mir keen Kindl! Du weeßt doch, ick unterstütze Jörg Schönbohm im Kampf gegen aggressives Betteln! Schädel, wo willste hin? Hier, ein Kindl! Hau ab!«

Wir näherten uns dem offenen Meer. Es herrschte eine grandiose Stimmung. Im unteren Deck saß eine Familie. Sie guckte sich den Wasserspiegel von unten an. Eine blöde Platzwahl, zumal die Industrialisierung schon ziemlich weit Richtung Kollaps vorangeschritten war. Sie freuten sich trotzdem mit uns. Alle Sitze waren besetzt. Die Stehenden mußten aufpassen, wegen den Brücken. Sofort kreierten wir eine neue Sportdisziplin: Kurz-vorher-den-Schädel-Einziehen. Alle haben bestanden, außer Ian, dem Initiator dieser Oi!-Boat-People-Tour. Wir erreichten eine breite Brücke. Wegen der Stahlträger, die in Abständen von jeweils einem Meter die Straße stabilisierten, bot sie unterschiedlich viel Raum. Uns offenbarte sich ein neuer Schwierigkeitsgrad: Jeweils zwei Sekunden gebückt stehen, mit dem Schädel unter dem Beton. Dann wieder zwei Sekunden hinsetzen, mit dem Schädel unter dem Stahl. Ewig dauernde

20 Sekunden. Eine Frau zog mich runter. Frauen fragen immer nach dem Sinn. Läßt man sich zu einer lebensbejahenden Antwort hinreißen, so sagt man: »Du hast recht. Ick leg mich hin und sterbe.«

Bekanntlich gibt es in Berlin mehr Brücken als in Venedig. Auf ihnen ist besonders viel los, wenn sie von Es bevölkert werden, die uns schon von weitem zujubeln. Also wirklich. In den letzten 100 Jahren bekam es jede noch so grausame Musikfraktion auf die Reihe, zumindest einmal im Jahr eine Schallplatte herauszubringen, die man sich anhören konnte. Diese Es bekamen in einem ganzen Jahrzehnt kein einziges hörbares Lied zustande. Wir bewarfen sie mit leeren Bierbüchsen, später mit halbvollen Bierbüchsen und noch später mit allem, was sich anbot. Helgo rief: »Bitte keine vollen Bierdosen wegwerfen!« Er ist sehr sozial. Helgo, der Schreihals der 5 Amigos. Diese Band büßte einen Musiker wegen übermäßigem Alkoholkonsum ein. Vielleicht hatte es auch einen anderen Grund. Jedenfalls beschlossen sie zu viert, sich weiterhin die 5 Amigos zu nennen, weil Krupp sich auch nicht umbenannte, wenn 1000 Leute entlassen wurden.

Die Es waren überrascht und empört. Es wurde immer spannend, wenn wir wieder unter der anderen Brückenseite zum Vorschein kamen. Immerhin flog ein kleiner, aber durchaus ernstzunehmender Teil unserer Munition zurück auf das Deck. Stimmungsmäßig erinnerte mich das Ganze an eine Schneeballschlacht, bei der auch gelacht wurde, bis es ins Auge ging. Plötzlich flog eine Bierflasche zurück! Gut gezielt, auf die Mitte des Decks zu, einen Volltreffer versprechend. Torwartmäßig konnte ich sie abwehren. Schädel, der die Flasche kassiert hätte, guckte nur, als ob er gleich kotzen müßte. Er konnte seinen Kopf schon einmal nicht rechtzeitig schützen. Deshalb sah er so aus, als wäre ihm der hölzerne Engel, der über seinem Taufbecken geschwebt war, ins Gesicht gefallen. Deshalb hieß er Schädel, und deshalb war alles, was er sagte, wenn es ab und zu einen Bullen erwischte: »Schwamm drüber!« Wie auch immer.

Ich bringe mein Geld gerne zur Reederei Riedel. Das Berliner Spreeufer ist so herrlich grau. Außer wenn sich dort einige Dutzend Polizisten postierten, wie am Tag der Technik. Von der Anlegestelle aus bläkte ein Polizist ins Megaphon. Er forderte den Kapitän auf anzulegen, was der wiederum zu überhören schien. Das Polizeidutzend mußte neben uns herrennen. Wir jubelten. Schließlich legten wir an. Der Megaphonpolizist verlautbarte: »Von diesem Schiff sind Straftaten ausgegangen. Bleiben Sie vorerst auf Ihren Plätzen. Wir werden Sie einzeln auffordern, von Bord zu kommen, um Ihre Personalien zu überprüfen! Die Rundfahrt ist beendet!«

Was denn? Nach einer Stunde? Diese Fahrt sollte doch dreieinhalb Stunden dauern. Das war eine Ungeheuerlichkeit, eine Schande für die christliche Seefahrt! Nach und nach forderten sie einen nach dem anderen auf, zur nächsten Brücke mitzukommen. Darauf stand ein Dutzend Wannen. Die wenigsten von uns hatten etwas dagegen. Warum auch? Wir hatten unseren Spaß bereits gehabt. Doch diese Personalienüberprüfung dauerte uns zu lange. Ingo verabschiedete sich mit einem Sprung ins Nasse. Es war ein schönes Motiv für die fotografierenden Fahrgäste vom anderen Ausflugsschiff. Etwas Kondition von seiten der Polizei war gefragt. Die hatten sie und stürzten sich ausgehungert auf den an Land Torkelnden. Gabi trat einem Polizisten dorthin, wo er es am wenigsten gerne hatte. Ansonsten blieb es ruhig. Es war sogar langweilig. Till, Jens und ich beschlossen, ohne zu provozieren, an Land zu gehen. Daraus wurde nichts.

Schließlich forderte mich ein Polizist auf mitzukommen. Ich fand ihn ganz lustig, weil er mir alles erzählte, was der Megaphonbeamte uns schon eine Stunde vorher erzählt hatte. Ich fragte ihn, ob er auch am Abend ins Huxleys ginge, zu Trinkerkohorte und den Kassierern. Er verneinte, denn er war langweilig, und das machte ihm nichts aus. Sympathisch, sympathisch! Er überprüfte meine Personalien und fotografierte mich, was auch in Ordnung war. Ich hatte ihn ja auch fotografiert, als er neben unserem Schiff hergerannt war. Er sprach mir für den Tag der Technik ein Platzverbot für Mitte und für die Berliner Wasserstraßen aus. Das war gar keine Strafe. Ich wollte sowieso nur ins Bett, um meinen Rausch auszuschlafen. Damit ich für das nächtliche Konzert wieder auf Vordermann wäre. Doch daraus wurde nichts. Das war vielleicht ganz gut so. Ahoi!

Mehr Abwechslung mit den gleichen Liedern!

Mein Vater hat einen blöden Musikgeschmack, und den Studenten gönnt er oftmals eine Tracht Prügel, weil sie nur jammern und rumhängen, bevor sie die Arbeiter nerven und sich genauso benehmen wie die Kapitalisten, die sie vorher ein wenig angepinkelt haben. Ich sage dann immer: »Viele Arbeiter haben auch ne Tracht Prügel verdient, weil sie es nich schaffen, einfach auszuschlafen, geschweige denn sich von den Kapitalisten zu befreien, die sie insgeheim bewundern.« Diese Arbeiter werden es nie zu einer vernünftigen Gesellschaftsordnung bringen. Das merke ich schon, wenn ich über irgendeine Baustelle spaziere. In jedem Radio läuft: Mehr Abwechslung mit den gleichen Liedern! Mein Vater und ich streiten uns, bis ich den alten Trumpf ausspiele: »Sag mal, hast du damals als Grenzsoldat jemand abjeknallt?« Er gibt sich wortkarg. Mich beunruhigt, daß ich nach meinem Vater komme.

Letztens zum Beispiel: Ich bleibe zu Hause. Ein wundervoller Abend. Ich koche mir was und genieße es. Schlingen muß ich nicht. Das Essen muß ich nicht genauso schnell in mich reinkippen, wie ich manch anderes Essen wegkippe. Ich muß nicht schlingen, um mich hinterher zu fragen, was es überhaupt gab. Ich genieße also zwei Eierkuchen. Sie sind lang anhaltend im Geschmack und zufriedenstellend für meinen Gaumen. Sie sind befriedigend, wie eine Morrissey-Schallplatte für meine Ohren. Ich öffne alle

Fenster und benutze den Himmel über dem Prenzlauer Berg als Dunstabzughaube. Eine winzige Gotteslästerung, über die der Herr im Himmel milde hinwegsieht. Denke ich mir so, doch plötzlich wird es taghell! Mißtrauisch gehe ich zum Fenster. Auf dem Hof erkenne ich ein halbes Dutzend lässig gekleideter Menschen. Sie fingern an Licht-, Ton- und Kameratechnik herum. Vermutlich Filmstudenten. No budget, kein Geld. Jammernd und rumhängend. Sie kultivieren die Langeweile und sind irgendwann erfolgreich. In aspekte betonen sie, ihr Film sei lebensbejahend und suizidfördernd. Einer der wenigen deutschen Filme, die auch in den Kinos der USA erfolgreich anlaufen. Dort wollen sie auch leben und arbeiten, ohne sich von der kapitalistischen Filmindustrie vereinnahmen zu lassen. Oho! Mit dem nächsten Film betteln sie schon um Vereinnahmung. Erfolglos. Wenig später sind sie wieder in Berlin. Jammernd und rumhängend, mit Tränen in den Augen. Sie nehmen Drogen, springen vom Riesenrad und landen auf der Titelseite der BZ. Mehr Abwechslung mit den gleichen Liedern!

Nun gut. Bis dahin dauert es noch ein wenig. Ich will mal sehen, was sie so machen. Ach, da entdeckt jemand in der Mülltonne eine Leiche. Die Filmstudenten wirken unkonzentriert. Stört meine hervorragende Schallplatte? Sie gucken schon und heucheln Freundlichkeit. Doch sie sind sauer. Haben die sich überhaupt angemeldet? Nein, also können sie mich mal! Gleich wird einer hochkommen und klingeln. Nach mehreren Versuchen wird er bemerken, das die Klingel nicht funktioniert. Er wird klopfen, bis ich meine Allüren vorübergehend ablege und öffne.

Und da steht er auch schon vor mir und umhüllt mich mit dem Charme eines homosexuellen Schamhaarfriseurs: »Guten Abend! Wir drehen auf dem Hof einen Horrorfilm. Es würde sich besser machen, wenn Sie die Fenster schließen.«

Er redet höflich, bestimmt und erfolglos. Unser friedliches Haus dient ihnen also als Kulisse für einen Horrorfilm. Horror, Splatter, Noise und Fickyfuckytrash! Und ich soll ruhig sein? Nein! Im Haus kennen alle meine Schallplatten. Jede Wohnung bebt, wenn im Stock darüber eine Waschmaschine schleudert. Im Haus beschwert sich niemand über irgendwas. Wir haben alle eine brauchbare Erziehung genossen. Eine brauchbare Erziehung aus einer Zeit, in der sich auch niemand darüber beschwerte, wenn vor dem Haus ein Grenzer einen Studenten abknallte.

Und jetzt kommen die hierher, weil sie gehört haben, daß Prenzlauer Berg so schön marode ist. Gerade richtig für ihre wurzellose Szene. Ich sage zum Schamhaarfriseur: »Ick denk, ihr habt jetz den Friedrichshain für euch entdeckt? Hier is aber Prenzlauer Berg! Hier is jetz wieder langweilich!«

Ich schließe die Tür, beraube Morrissey seiner Stimme und schalte das Radio an: Mehr Abwechslung mit den gleichen Liedern! Ich hänge meine Fenster aus. Noch haben diese Studenten das Kapital nicht auf ihrer Seite! Die Dreharbeiten werden beendet. Eines Tages habe ich einen Sohn. Wenn er mich fragt, ob ich schon einmal jemanden abgeknallt habe, werde ich mich wortkarg geben.

Zangengeburt

Wenn man mit einer Madame schon mal im Bett gelegen hat, darf man es ihr nicht abschlagen, auch mal mit ihr auf der Couch zu sitzen. Falls man sie noch kennt. Wenn man sie nur noch flüchtig kennt, so ist es in Ordnung, mit ihr auf dem Korridor zu stehen. Vielleicht auf ihrer Party. Wenn diese Party in einer schönen Altbauwohnung stattfindet, die von mehreren Studenten bewohnt wird, ist es naheliegend, daß dort 100 Studenten sind. Die meisten kennen sich nur flüchtig. Sie fachsimpeln über Architektur, Physiotherapie und Sonnenanbeterei. Manchmal lasse ich mich inmitten dieser Herren und Damen abwechselnd bewundern und bedauern. Immerhin sind diese Partys in Berlin manchmal netter als die Partys in Niedersachsen.

Ein Wochenende im Spätsommer: Ich besuche in Hannover die Literaturtrauertage. Hannover selbst sieht ganz niedlich aus, wie Weißensee. Während dieser Lesung sage ich mir: »Es is an der Zeit zu vergessen, woher ick komme! Bloß weg hier!« Zum Glück wollen Jan Off und Baufresse zu einer Party im niedersächsischen Wilmersdorf, nach Wolfenbüttel. Jan Off fährt, wie man eben so unter Alkoholeinfluß fährt. Nachts, immer voll ins Schwarze, dicht an den sternschnuppengleichen Gegenlichtern vorbei. Schließlich hält er, und so frage ich ihn: »He, Off, warum bremste hier?«

Er antwortet: »Weil hier die Bushaltestelle vom Irrenhaus is. Gleich steigt jemand zu uns ins Auto. Zangengeburt, mein Freund. Er is keine wirkliche Zangengeburt, er sieht nur so aus. Eben wie ein Boxerrüdenmensch.«

»Wat? Ein Boxerrüdenmensch?«

»Ja, ein Boxerrüde gab seiner Mutter die Wärme, die sie brauchte! Bald darauf kam es zu Zangengeburt. Er wird sich ans Steuer setzten, er weiß, wo die Party abgeht. Habt keine Bedenken, Zangengeburt steht unter Medikamenten. Und behandelt ihn wohlwollend. Er lacht häufiger, als er bellt!«

Im nächsten Augenblick steigt dieser Irre zu uns ins Auto. Bruder Alkohol läßt uns unsere Befangenheit sofort ablegen. Wir begrüßen ihn freundlich: »Hallo, Zangengeburt! Bell doch mal!«

Er erwiderte: »Hähähähä.«

Uns geht es gut. Zangengeburt glaubt, ein Nachfahre von Georg I. zu sein. Also ein Nachfahre vom Kurfürsten von Hannover. Den hat es im 17. Jahrhundert auf den englischen Königsthron verschlagen. Dort gefiel es Georg I. aber nicht, weil er kaum Englisch sprach. Verständigungsprobleme waren schon damals der Ursprung schleichender Verblödung. Georg III. brachte es im 18. Jahrhundert bis zum englischen König. Er wurde aber wegen Schwachsinnigkeit abgesetzt. Die gute alte Zeit hielt ihre lustigsten Monarchen nicht verborgen. Heutzutage versteckt Queen

Elizabeth ihre schwachsinnigen Cousinen in einem Irrenhaus bei London. Jenseits der Boulevards feiern sie sich durch das Leben. Zangengeburt ist in diese Schwestern verliebt und wünscht sich, daß sie in die niedersächsische Schröder-Dynastie einheiraten. Doch die Monarchie ist unmodern. Schade. Wir bekommen es im nächsten Augenblick bestätigt, als wir vor einem noblen Flachbau parken. Fröhliche Stimmen erklingen aus dem davor gelegenen Irrgarten. Er ist mit Wimpeln geschmückt, auf denen der Junge von der Kinderschokolade abgebildet ist. Baufresse und ich sind kaum den Ostalgiepartys entkommen, da finden wir uns auch schon auf einer Westalgieparty wieder. Zur Begrüßung tritt Baufresse den Barbeque-Grill in den Swimmingpool und Zangengeburt als erster in das Haus ein. Alle schauen auf uns. Sie schweigen und verwünschen uns. Zangengeburt fragt in die ansehnliche Runde: »Unterhaltet ihr euch angeregt? Hähähä!«

Sie beginnen untereinander zu tuscheln: »Die sind nicht ganz allein. Das sind Irre!«

»Einige Irre kommen aus Berlin.«

»Ach, aus Berlin? Jaja. Berlin soll ganz schön sein. Wenn die Eingeborenen nicht da sind.«

»Wenn dort nur Homos nach Tekkno tanzen und so.«

»Doch müssen diese Berliner unbedingt nach Niedersachsen kommen? Ich bin nicht ausländerfeindlich. Aber Niedersachsen den Niedersachsen!«

»Ach, seid doch nicht so. Unfreundlichkeit gegenüber Berlinern ist der Mutterkuchen der Ausländerfeindlichkeit. Bewirtet sie!«

»Ja, fühlt euch wie zu Hause, liebe Irre!«

Wie uns die Hausherrin schnell offenbart, haben alle weniger mit uns gerechnet als mehr mit dem Elvis-Imitator. Den hat sie sich zum Geburtstag gewünscht. Seit einigen Stunden warten alle auf ihn, und seit eben dieser Zeit hören sie Elvis' Las-Vegas-Phase. Viele Gäste hängen ganz schön in den Seilen. Jeweils zu zweit, in den dunkleren Nischen des Wohnzimmers. Nur ab und zu zucken sie, wenn die

Musik endet. Sie haben die Hoffnung, daß nun eine musikalische Alternative komme. Doch sie fallen wieder in sich zusammen, wenn die Gastgeberin von neuem ihre Elvis-LPs erklingen läßt. Viva Las Vegas!

Ich liege schräg im Wohnzimmer und schlummere hinweg. Im Halbschlaf wirkt es auf mich doch ein wenig beunruhigend, daß seit fünf bis zehn Minuten keine Elvis-LP zu hören ist. Während dieser revolutionären Stille öffne ich meine Augen und registriere die Freude in den Gesichtern. Ich rufe: »Spiel doch mal Blue Moon!«

Die Niedersachsen sacken desillusioniert in sich zusammen, als sich Zangengeburt ein Elvis-Cover auf den Schädel setzt und zu singen beginnt: »Blue Moon ...«

Die Hausherrin fängt sofort Feuer und ruft: »Oh, Zangengeburt! Du bist Künstler, interessant! Unterhalte mich!«

Er erwidert: »Hähähä! Ich verspreche mir nichts davon. Geh doch in die Politik! Ich geh zurück ins Irrenhaus!«

Wir steigen ins Auto und fahren davon. Auf alle Fälle sind Partys in Niedersachsen nicht wie Partys in Berlin. Hier werde ich bewundert, wenn ich sage: »Ick hab PDS jewählt.« Und ich werde bedauert, wenn ich hinzufüge: »Weil ick will, daß der BFC inner Bundesliga spielt!«

Wat soll man bloß wähln?

»Tach.«

»Wat willste?«

»Ne Zeitung, ne lustje Zeitung!«

»Ach! Und die unlustjen soll ick wohl selba lesn?«

»Na dann jebn Se mir ne unlustje. Lesn Se die lustjen selba.«

»Hier, Focus! Steht aba nur Politik drin.«

»Wat Focus? Na ja, is ja grad Wahl.«

»Ja, wat soll man bloß wähln?«

»Na, irgend ne Sekte. Anachisten, Sozialisten oder so.«

»Die sind doch alle abeitsscheu.«

»Außer diese Anachisten, diese APPD, die kenn ick von ne Baustelle.«

»Dit is ja Betruch. Ick denke, Abeit is scheiße.«

»Nee, die APPD is scheiße. Pangs, die nur davon azähln, wie schön besoffen se warn. Na ja, APPD-Pangs. Jeden Morgen ne BZ, acht Stunden als Bauhelfer. Ab und zun Bier, und ab in die Heia, fünfmal die Woche.«

»Jenau! Die habn mit Anachie soviel zu tun wie diese sozialistischn Abeiter mit Abeit.«

»Wenn ick abends in Abeitsklamottn nach Hause jeh, die Schönhausa lang, wo die mit ihrn Propajandastand stehn, und ick komme, da drehn die mirn Rückn zu!«

»Die kwatschn lieba mit junge Mädchen, na ja, is ja verständlich, aus anatomischen Gründn.«

»Man weeß ja nich mehr, wat man wähln soll.«

»Vorn anne Laterne sind drei Plakate: Republikana, PDS und chinesischa Staatszirkus. Die Reps sind für die Ausweisung krimminella Ausländer ...«

»Sind ja selba Chinesen!«

»... sollte man vielleicht wähln.«

»Die sind mehr so anachistisch. Und die PDS? Die heißt doch bald wieda SED!«

»Die janzn Fußballvaeine benenn sich wieda um!«

»1990 ham se sich ihre DDR-Verjangenheit abjeschmingd, und jetz machen se wieda uff Tradition!«

»Jaja, der BFC nannte sich FCB und nu wieda BFC!«

»Ditselbe in Riesa, Brandnburch und Eisnhüttnstadt!«

»Vielleicht heißt Eisnhüttnstadt bald wieda Stalinstadt.«

»Jetz übatreim Se aba! Ick meine, die PDS erkennt ooch die Vorzüge vom Kapitalismus. Ick war ja da, im Mauapark, hintam BFC-Stadion. Aufm PDS-Fest. Hab ick die eene jesehn, hinta de Bühne.«

»Hinta de Bühne? Im Mauapark is dit ja fast schon Wedding!«

»Sag ick doch. Die Rotn emigriern ooch lieba nach Amerika und nich nach Rußland!«

»Na und die eene, hatt se politisiert oda wat?«

»Konnt ick im Halbdunkeln nich so erkenn. Außadem wurde ick auf da Wiese fast vom Mercedes umjefahrn! Viele Stimmen machn die mit son Vaanstaltungn nich.«

»Die Rotn machen ihre Vaanstaltungn ooch imma, wenn grade Fußball is.«

»Dit kapiern die Rotn nich, daß Sonnamnd imma Fußball is und daß die Wahlen von Partein jewonn werdn, die im Fußballstadion ihrn Wahlkampf machn und nich dahinta!«

»Irjendwo uff der Wiese, hähähä, stelln se haltlose Forderungen uff! Daß uff der Siegessäule nich nur imma dit junge Ding stehn soll, sondan ooch mal der Puppenspiela von Mexiko! Die sprechn nich unsre Sprache! Solln se doch einfach mal den Palast der Republik abfackeln! Als Signal!«

»Die eene will, daß im Stadtwappn nich nur imma der Berlina Bär zu sehn is, sondan ooch mal ihr eigna! Höhöhö, die hat Sorgn!«

»Also weeßte. Da kann ick gleich den chinesischn Staatszirkus wähln. Sind immahin friedliche Auslända, die wieda jehn! Kleene Kinda und niedliche Tiere. Wär doch ma wat!«

»Leida kann man die nich wähln, oda?«

»Die Herrn wissn schon, warum se dit Wahlrecht von Nationalität und Jeburtsdatum abhängich jemacht ham. Und nich vom IQ.«

»Also wenn se Tiere im Parlament ham wolln, müssn se die APPD wähln! Viele Kandidatn von denen sind ja Hundebesitza, ziemlich dreckje Hundebesitza! Da läuft dit Herrchen dem Hund hintaher und nich umjekehrt.«

»Da is dit Tier eher im Parlament als der Kandidat oda wat?«

»Obwohl! Abeitn könnse! Ick meine, diesa eene APPD-Kandidat, alsa den erstn Tag uff de Baustelle kam, hata keene Ahnung jehabt und keene Abeitsschuhe, isa barfuß jekomm.«

»Wat, keene Abeitsschuhe und barfuß jekomm?«

»Sachta, er hätte mal Abeitsschuhe jehabt, alsa noch Friedhofsjärdna war, aba da mußta imma sonne Gräba aushebn, so Särje wieda ausbuddeln, wenn die Anjehörijen vom Verstorbnen nich mit den Ratnzahlungen nachkamen, isa oft in dit vermodderte Sargholz einjebrochn! Da konnte er seine Füße nich von diesn hölzanen Widerhaken befrein. Zumindest nich mit Schuhe, mußta zurücklassn, bei dem Verstorbnen! Issa lieba zu uns jekomm, ohne Schuhe, abeitn.«

»Trampeln se schon uff Verstorbne rum oda wat?«

»Aba jetz is jut. Dit heißt, momentan issa untawegs wegn diesa Wahl. Der wird ooch eher im Parlament sein als sein Hund, weil dit Vieh an diesa Pangmusik jestorbn is. Hat wohln Jehörsturz jekriegt und is untan Bus jekomm, hähähä.«

»Ach, hör uff mit Politik! Hiern Focus, macht vier Mark.«

»Ach, lieba nich! Steht sowieso bloß Politik drin. Wie dit in Frankfurt am Main in diesa Monopoly-Partie zwischn Gerhard Frey und Ignatz Bubis steht und so. Jeben Se mir lieba ne Fuwo. Hier drei zehn! Ick werd dann mal.«

»Die Preise mach ich, und nun hau ab.«

Nachmieter gesucht!

Im Sommer bekomme ich den Zuspruch für meine Wohnung. Die Verwalterin verlangt weder eine Bürgschaft noch eine Kaution. Während der Schlüsselübergabe lacht mich der Hausmeister aus.

Der Witz geht so: »Prenzlauer Berg, Hinterhaus, erster Stock. Sehr dunkel. Du hast keine Dusche, nur eine Spülenbadewanne aus der DDR, die nicht funktioniert. Die beiden Öfen funktionieren auch nicht, weil sie von zwei französischen Künstlern überheizt wurden. Die Decken der Öfen haben sich kurzzeitig erhoben und fielen wieder in sich zusammen. Der Dreck überdeckte den oftmals überpinselten Stuck. Von den knarrenden Dielen blättert der Lack ab. Es gibt keinen Untermieter, der dir warme Füße besorgt!«

Toller Witz. Das Beheben der Schäden hält mich ein halbes Jahr in Schwung. Viele Sachen gehen auf meine Kosten. Im Frühjahr ist alles in Ordnung. Ich kann prima auf der Couch sitzen und fernsehen. Im Herbst ist immer noch alles in Ordnung. Ich kann prima auf dem Hof rumstehen und mit den privilegierten Vorderhausbewohnern plaudern.

Im Vorderhaus wird eine Wohnung frei. Zweiter Stock. Sogar mit Dusche und Balkon. Genauso billig. Sogar 20 Prozent Mietminderung, wegen der Baustelle. Zuerst denke ich, es gibt eine Mietminderung, weil vorne heraus mein Blick auf den Wedding trifft. Jedenfalls sind meine Bemühungen um diese Wohnung gar nicht so aufwendig. Die Verwalterin gibt mir den Zuschlag. Um einen Nachmieter für meine Hinterhauswohnung soll ich mich selber bemühen.

Auf mein Inserat melden sich 20 Leute. Die meisten trauern ihrem Geld und ihrer Zeit nach, wenn ich am Telefon mit dem Hinweis rausrücke: »Hinterhaus, erster Stock.« Zur Wohnungsbesichtigung bestelle ich die fünf Interessenten zeitgleich zu mir. Ich behaupte, daß sich schon viele angemeldet haben.

Mittwoch zwischen 15 und 17 Uhr habe ich viel zu tun. Wegen der Wohnungstemperatur. Ich verstecke alle Thermometer. 14 Grad sind zu wenig für Leute, die im grauen Osten ein paar Jahre rumhampeln wollen. Ich heize ein, wie ich sonst nur im Januar, Februar und März einheize – und wenn ich meine Wohnung loswerden will. Ich reiße ein Fenster auf, damit der Ofen schön zieht. Wenn mir der wilde Herbstwind einen Streich spielt und den Rauch in meine Wohnung zurückbefördert, muß ich wieder inserieren. Der Ofen bullert. Ich schließe das Fenster, bevor es zu kalt wird. Sommerliche Musik ist auch wichtig. Skatalites oder Tipsy. Eigentlich will ich lieber die The Birthday Party-LP »Hee Haw« auflegen. Egal. Das muß reichen. Die Leute werden wohl in ihren Jacken durch die Wohnung gehen. Jaja, sicherlich auch in ihren Hosen und Hemden. Wenn es regnet, stehe ich vor der Frage: Ist es besser, wenn sie ihre Schuhe anlassen und mir die Auslegware versauen, oder ist es besser, wenn sie ihre Schuhe ausziehen und Eisfüße bekommen?

16 Uhr 50. Ich ziehe meinen Pullover aus und mein Jersey an, weil es ganz schön warm ist, obwohl das nicht der Fall ist. Die Liste mit den Namen und den Telefonnummern der Interessenten lege ich direkt neben mein Telefon. Im Laufe des Rundganges werde ich scheinbar beiläufig fragen, ob sich jemand mit defekten Anrufbeantwortern auskennt. Sie werden solidarisch am Telefon herumfingern, meine Liste entdecken und fragen: »Oh, so viele haben sich schon gemeldet?«

Meine Antwort wird meine Bedingungen beinhalten. So ist das eben. Im Prenzlauer Berg geborene Menschen bekommen das in die Wiege gelegt, was sich im Wedding aufgewachsene Leute erst mühsam erlernen müssen.

16 Uhr 58. Ich begrüße einen Obdachlosen. Er stellt fest, daß es in der Wohnung ganz schön dunkel ist, und empfiehlt mir die The Birthday Party-LP »Hee Haw«.

16 Uhr 59. Er verabschiedet sich.

Zwischen 17 und 20 Uhr sehen sich 20 andere Menschen meine Wohnung an. So viele habe ich doch gar nicht bestellt, oder? Einige Frauen beweisen Geschmack, indem sie kein weiteres Interesse zeigen. Drei Männer und eine Frau wollen meine Wohnung sehr gerne haben.

Platz 3 belegt Sven. Bei ihm ist es dringend und zu spät.

Auf Platz 2 finden sich Robert und seine Freundin wieder. Die notorischen Frohnaturen sprechen mich auf meinen in der Wohnung verteilten Krimskrams scheinbar interessiert an. Ich wittere, daß sie mir ein Gesprächsmuster aufdrücken wollen. Psychologie oder Kommunikationstechnik. Irgendwas Pseudosensibles. Robert will sogar Abstand bezahlen. Doch wofür? Ich lasse die beiden abblitzen. Ihrer Telefonnummer nach steht den beiden im Prenzlauer Berg sowieso nichts zu. Ja, ich bin Patriot, ein stolzer Sohn des intellektuell unterbelichteten Proletariats. Na und? Die

Zwei würden unseren Hof sowieso nur mit moderner Musik beschallen. Sie geben unser Geld in Bars aus, in denen ich lieber Unkosten verursache. »Ach, auf Wiedersehen.«

»Aber ...«

»Ja, tschüs.«

»Wir dachten ...«

»Jaja, haut ab!«

Auf Platz 1 landet der verarmte Sozi Michael. Er wohnt hier irgendwo, spricht leise, sieht sich gerührt um und glaubt nicht daran, daß er einziehen kann. Es wird schwer, ihn als Nachmieter zu präsentieren.

Das Märchen vom Wunschsohn und dem Goldesel

Es war einmal ein Wunschsohn von zwei staatstragenden Gelegenheitsarbeitern. Über ihn erzähle ich später mehr. Später.

November 98. Dort, wo die häßlichste Seite vom Prenzlauer Berg so aussieht wie die schönste Seite Lichtenbergs, zwischen dem S-Bahnhof Landsberger Allee und dem Sport- und Erholungszentrum, liegt das Wettbüro Goldesel.

Im Wettbüro arbeiten die Männer durch übermäßiges Spielen ihre persönlichen Probleme auf. Hier sind sie unter sich. Männer von der Sorte Handwerksmeister mit Berliner Schnauze. Beruflich sind die meisten von ihnen rechtschaffen, flexibel und etabliert. Politisch gesehen, sind sie eher so ein wenig fundamental-opportunistisch. Daß Gerhard Schröders Kanzlerschaft nur genauso lange dauern wird wie der nächste Aufenthalt von Hannover 96 in der Ersten Bundesliga, macht ihnen nichts aus. Für sie ist nur das Universum des Goldesel von Bedeutung. Draußen haben die Menschen sowieso nur Flausen im Kopf. Die wollen doch nur Geld, Gold und ein geiles Leben! Das wollen die Männer im Goldesel zwar auch, aber hier drinnen ist es wenigstens warm. Genaugenommen spielen sie aber nicht, um Geld zu gewinnen, denn das verdienen sie sich als rechtschaffene, flexible und etablierte Handwerksmeister mit Berliner Schnauze schließlich mit Arbeit und nicht mit Sport und Spiel! Ja, was denn nun? Genau! Sie verspielen ihr Geld aus Aberglaube. Damit sie Jesus mit Liebe belohnt. Geld oder Liebe – der alte Menschheitsalptraum.

Am S-Bahnhof L. A. und am S. E. Z. verjubeln die Arbeitslosen ihr erschlafenes Geld. Sie konsumieren Bockwürste und Büchsenbier für jeweils drei Mark sowie das Super-Illu-Sonderheft »Der große Ratgeber Geld 98« für drei fünfzig. Hier läßt der Wohlstand noch auf sich warten. Im Goldesel zocken zukünftige Fußgänger um ihre Mittelklassewagen. Wenn nur diese Armut nicht wäre. Von fünf, sechs Tischen aus sehen 20 Männer auf ein Dutzend Monitore. Sie verfolgen mehrere Programme gleichzeitig. Es werden Hunde- und Pferderennen gezeigt. Aus Wolverhampton und Hove, aus Kempton und Perry Barr. Wie immer. Manchmal zeigen sie für die weibliche Bedienung den 19jährigen Michael Owen vom FC Liverpool. Doch meistens zeigen sie nur dünne Hunde und dicke Pferde aus Wolverhampton und Hove, aus Kempton und Perry Barr.

Jetzt ist später.

Wenn sie Michael Owen vom FC Liverpool zeigen, ruft der Wunschsohn der weiblichen Bedienung zu: »Sabrina! Die zeigen wieder den Joldesel! Ne Runde of Kosten des Hauses, bitte schön!«

Zur Antwort bekommt er einen müden Witz: »Jaja, für jeden ein Bier, außer für dich.«

Gelassen kontert er sie aus: »Ja, und ick geb Zijaretten aus! Nur für dich! Zum Dank, weil du uns nich mehr mit deine Zijarren belästichst!«

Wenn sie wie immer Hunde und Pferde zeigen, informiert der Wunschsohn die in ihre Zockerpostillen vertieften 20 Männer darüber, daß die Gäule namens Domaro, Hohenzoller und Rasputin schon mit drei Beinen im Grab stehen. »Setzt lieber auf Silberregen!« Und wenn jemand gewinnt, soll er jedem was abgeben. Zehn Prozent oder so. Jedem, der sich am Verlust beteiligt hat, indem er zehn Prozent vom verlorenen Einsatz als Trost rübergeschoben hat. Für solche Ratschläge bekommt der Wunschsohn zu hören: »Wenn de nich glei die Schnauze hältst, holn wa nich die Polizei, sondern wir schlagen dir die Zähne aus!«

Weshalb erzählen ihm diese Halbstarken das? Daß der Wunschsohn staatstragender Gelegenheitsarbeiter wieder einmal Schläge einstecken wird, ist Gewißheit.

Keine Schläge gab es nur zu der Zeit, als er noch in der Wiege lag, als der Vater seine Mutter schlug. Schläge gab es ab der Zeit, als er im Kinderbett lag und die Mutter schon abgehauen war. Vorübergehend. Selbst zu dieser Zeit lachte er darüber. Er war so manches Mal aus der Wiege gefallen, nachdem am Rankelgestrüpp an der Fassade die Ratten hochgeklettert waren. Die Biester kamen durch das offene Fenster und fraßen den Wunschsohn und die Wiege an. Schließlich brachen sie mit ihm durch das marode Gehölz. Die Ratten gingen, und die Mutter kam. Sie hob ihn auf und verband seine blutenden Ohren. Dann schaute sie nach den scheinbar heilenden Füßen, sah, daß es schlimmer wurde, fiel in Ohnmacht und lag da so mit ihm auf dem kalten Fußboden. Sie wollte sich aufrichten, fiel aber wieder um.

Im Märchen vom Wunschsohn und dem Goldesel sollen aber auch erfreuliche Dinge erzählt werden. Im Gasthaus am Kolle lernte er seine Frau kennen. Der Wunschsohn nahm sie mit nach Hause. Im Gegensatz zu den Frauen, die er vorher mit nach Hause nahm, gab sie seinen Ratten nicht Perwoll, sondern Domestos. Sie war eine würdige Vertreterin des Hausfrauenismus. Vom Pfarrer bekam sie gelehrt, daß sie ihr Mann für das Essen loben soll und nicht für den Sex. Seine Frau war unmodern, also fähig, den Haushalt zu führen. Nachdem der Wunschsohn ihr das Haushaltsgeld anfangs recht knauserig zugeteilt hatte, ließ er die Zügel recht bald schleifen. Er borgte ihr Geld für die schönen Dinge des Lebens. Viel Geld, das er zurückhaben wollte.

Schließlich zerrte er sie vor das Gericht. Er zeigte den Schuldschein, auf dem aber nicht vermerkt war, ob sie das Geld wirklich erhalten hatte. Sie nutzte die Chance, forderte das Geld noch einmal und verflüchtigte sich! Es war die Zeit, als sie Kenny Daglish vom FC Liverpool zeigten und es noch Freibier gab. Über die Jahre wurde es im Gasthaus am Kolle immer heller und das Essen immer besser, was jedoch nicht hieß, daß der Wunschsohn das, was er sich bestellt hatte, auch bekam. Einmal bestellte er sich einen Fischmix oder so was. Er bekam einen Krebs. Wie sollte er als sozialistische Persönlichkeit den denn essen? Früher war der wenige Fisch, den sie hier hatten, nicht gepanzert. Der Wunschsohn sprach den schnöseligen Ober an: »Wie soll ick den essen? Ick hab Hunger, keene Experimente!«

Zur Antwort bekam er: »Machen Sie den Krebs kaputt! Sonst denkt mein Publikum, Sie sind unfähig, ihn zu essen!«

Gesagt, getan und raus. So hat es den Wunschsohn so nach und nach Richtung Landsberger Allee verschlagen. An Hunden und Pferden hat er kein Interesse, sondern an unmodernen Menschen. Auch wenn einer mal sagt: »Ick schlag dir die Zähne aus!« Der macht bloß Spaß. Seine Altersgenossen haben kein Interesse an unschönen Szenen.

Die Sportanhänger außerhalb vom Goldesel machten keinen Spaß. Einmal mußte er sich auf das Eingangstor eines Fußballstadions retten. Dort hing er mit der Sicherheit eines Rodeo-Cowboys zwischen den Fronten von zwei johlenden Mobs. Er wurde von den Fraktionen hin und her geschwenkt. Nur weil er sich nicht für Fußball interessierte.

Dezember 98. Inzwischen machen es die Jungen den Alten nach. Sie greifen sich aber nicht gleichaltrige Fehlgeburten, sondern greisenhafte Wunschsöhne. Ein paar Viertelstarke sagen zu ihm in der S-Bahn: »Alter! Jeld her, oder wir ficken dich!« Er antwortet: »Ick kenn eure Eltern!«

Panini

»In den Supermarkt rein, an den Alkoholstand, nur Freude am Leben, mal sehen, was sie haben, die Büchse is rund, paßt genau in meine Faust, und sie grinst mich an, trink mich aus, trink mich aus!« singen Einsatz in einem Lied über Berlin. Der Name unserer Stadt wird nie erwähnt. Warum auch? Wenn jemand vom Konsumieren billigen Büchsenbieres vor dem Supermarkt singt, ist das scheinbar gleichbedeutend mit Berlin. Niemand denkt beim Hören solcher Zeilen an Garwitz, Nonnweiler oder Immenthal. Ich saß mal mit einer Freundin irgendwo drinnen, wir guckten gemeinsam raus. Sie meinte: »Jeder zweite, der draußen vorbeiläuft, is besoffen! Das is typisch Berlin!« Und das stimmt sogar. Hier sind der Alkoholiker und der Zeittotschläger siamesische Zwillinge. Sie leben vorzugsweise in Berlin. In Nonnweiler oder Immenthal pflegen die Menschen gottgefällige Einsiedlerhobbys. Sie sammeln Briefmarken, Münzen, Geldscheine und Panini-Bilder. Ich weiß das. Ich habe im Kicker inseriert: »Verkaufe Panini-Sammelbilderalben. Liste gegen Rückporto.« Ich bekam 20 bis 30 Zuschriften, meistens aus Gemeinden, von deren Existenz ich bisher nichts wußte. Garwitz, Radevormwald, Los Angeles, Waldfeucht, Ebenweiler und Magdeburg. Aus Berlin hat mir niemand geschrieben.

Meine Panini-Sammelbilderalben hatte ich von entfernten Verwandten aus der Pfalz. Diese Pfälzer habe ich nie gesehen. Panini-Sammelbilderalben habe ich mir nie ausdrücklich gewünscht, doch das machte nichts. Viele sind schön bunt. Auf einem Sammelbild sind einige tausend Neuseeländer zu sehen, die ein WM-Qualifikationsspiel verfolgen. Auf den saftig-grünen Hängen gibt es keine Sitzbänke. Das Ganze gleicht einem Massenpicknick, wie wir es aus dem Tiergarten kennen. Aus dem Spruch unter dem Sammelbild geht nicht hervor, ob es sich um das 3:3 gegen Australien, um das 5:0 gegen Indonesien oder um das 13:0 gegen die

Fidschi-Inseln handelt. Mit vollständigen Panini-Alben kann man angeben. In den 80ern sagte ich zu den Pfälzern am Telefon immer: »Danke schön.« Das war höflicher als: »Ich wollte doch eine Schallplatte.«

Neulich wollte ich die Alben gegen Gebot verkaufen. Auch wenn der Herr im Himmel es nicht gerne sah, wenn ich für schnöden Mammon die Menschen in Waldfeucht und Los Angeles gegeneinander ausspielte. Das war egal. Ich hatte mir von 78 bis 85 schon genug Mühe gegeben, ein siamesischer Zwilling zu werden. In den Fußballstadien waren mir junge Männer über den Weg gelaufen, die gewalttätig, sportlich, humorvoll, sexistisch und voller Leidenschaft für Panini-Sammelbilderalben gewesen waren. Ich wollte so werden wie sie, doch dann kam die Wende. Mitte der 80er interessierte ich mich weniger für Fußball. Plötzlich ging ein Bayer wie Paul Breitner über Real zur Eintracht. Rüdiger Abramczik ging sogar vom FC Schalke zur Borussia nach Dortmund. Ein Vereinswechsel, so normal wie eine Geschlechtsumwandlung, wurde scheinbar selbstverständlich. Ich verfolgte diesen Bundesliga-Zirkus nur aus Gier. Ich glaubte, daß das viele Toto-Geld sozusagen auf der Straße lag. Ich habe bloß nicht herausgefunden, in welcher. Deshalb muß ich manchmal aufräumen und irgendwas verkaufen.

Folgendes fiel mir während den Verkaufsverhandlungen auf: Der Sammler aus Magdeburg schrieb mir ohne höfliche Anrede, welches Album er für welchen Preis haben wollte. Kein freundlicher Gruß, kein Rückporto. Magdeburg muß wohl im Osten liegen, oder? Mit ihm hat soweit alles funktioniert. Per Nachnahme bekam er Rüdiger Abramczik im Dortmunder Faschingskostüm. Seine 80 Mark bekam ich genauso schnell, wie die BEWAG sie mir wieder weggenommen hat. Die Sammler aus Radevormwald oder Garwitz waren ziemlich nervend. Sie parfümierten ihre Briefe. Zwischen »Hallo, lieber Sammlerfreund!« und »Mit freundlichem Gruß, Ihr Sowieso« hatten sie alles mit irgendwelchen PC-Textbausteinen zugemüllt.

Während des Lesens fragte ich mich manchmal, was sie überhaupt von mir wollten. Ich fand es heraus. Einerseits sollte ich meine Angebote präzisieren, indem ich die sportlichen Werdegänge einzelner Spieler abschrieb! Zum Beispiel: Breitner, Paul, geboren in, Größe, Gewicht, Stammverein, Position, wann spielte er für welchen Verein in welcher Liga wie oft und wie viele Tore und so weiter und so fort!

Andererseits sollte ich die Alben nur so zuschicken, ohne Nachnahmegebühr, zum Ansehen. Ich wollte aber Geld dafür haben.

Es wurde auch nichts mit dem Toto-Gewinn. Ich saß mit jemandem irgendwo drinnen. Wir guckten raus. Auf dem Nachhauseweg sangen wir: »Pißgelb is der Morgen, die Büchse is leer, doch ich weiß, wos langgeht, ne neue muß her, ich bin voll, und das is schön, ich sag: ›Auf Wiedersehn!‹«

Neue Schuhe – Neue Arcaden

Irgendein sonniger Spätnachmittag. Ich sitze mißgestimmt zu Hause herum. Qualen stehen mir bevor. Ich muß meine neuen Schuhe einlaufen. Im Laden haben sie noch gepaßt. Schwarze Schuhe, ohne Schnörkel. Schick und zeitlos. Für die Weltumwanderung, dachte ich. Doch es wird nichts mit In-die-Schuhe-schlüpfen-und-die-Straßen-runter-tänzeln. Nein! Das merke ich schon beim Hineinquälen. Mit jedem Schritt wird das Leder am Hacken herumschaben. Zumindest am rechten Fuß. Am linken Fuß bekomme ich den Schuhanzieher nicht mehr raus. Ja, ein bißchen blöd. Mit steifen Knien und steifen Füßen eier ich die Treppen runter. Ungelenkig und wankend wie ein besoffener Storch. Unter leisem Geächze. »Ächz … ächz … ächz.« Das fällt im allgemeinen Geschrei noch gar nicht auf, denn parterre hat ein halbes Dutzend Rentner einen Schuljungen am Kragen erwischt. So einen hyperaktiven JVA-Kandidaten. Der wird wohl herumgesprüht haben. Die Rentner scheinen Gleiches mit Gleichem zu vergelten. Ich sehe, wie sie ihn festhalten, so daß sie auf seine New-York-Giants-Bomberjacke etwas rübersprühen können. Das Resultat liest sich wie Weddinger Flitzpiepe. Ich denke: »Oho, ganz schön auf Zack, die autonome Volkssolidarität! Die macht in letzter Zeit häufiger von sich reden. Auch zu Recht! Das ist gut für die Umbenennung der Danziger Straße in Kommunikationsweg, so wie die Straße während der einen Hälfte des 19. Jahrhunderts hieß. Manchmal mischen die Rentner auch eine Schallplattenbörse auf und skandieren Pro-Schellack-Parolen! Und nun besprühen sie schon diese Weddinger Flitzpiepen. Vorsichtshalber grüße ich freundlich: »Guten Tag. Ick bins, Gläser, Vorderhaus, zweiter Stock.«

Einer wendet sich zu mir: »Ja, ham Se nich sonst ne Brille?«

»Nee. Ick hab mich rasiert.«

»Ach! Is aber fein. Wohnen Se überhaubt hier?«

»Ja, guten Tag, ick bins, Gläser, Vorder…«

»Jaja, haun Se bloß ab!«

Glück gehabt. Bei dieser Anspannung vergesse ich meine schmerzenden Füße und gehe die Kopenhagener runter. Ich will zu den Schönhauser-Allee-Arcaden. »Schön, schöner, Schönhauser-Allee-Arcaden. Garantierter Einkaufsspaß auf drei Etagen, in über 90 Geschäften!«

Vor der Eröffnung wollten einige blasse Weltverbesserer den Untergang ihrer gewachsenen Kiezstrukturen herbeireden. Sie wurden vorübergehend in den umliegenden Jazz-Kellern inhaftiert. Um die tuschelnde Mehrheit der Bevölkerung zum Schweigen zu bringen, gab Wolfgang Thierse, der sympathische Kreuzberger Christdemokrat von den Pankower Bündnis-Grünen, den Kindern schulfrei.

Die Eröffnung war wie ein kleiner Mauerfall. Für uns alle. Sicher auch für die zehn Halbwüchsigen, die jetzt auf dem Platz vor den Arcaden herumlungern. MTV hat ihre Sinne verwirrt. Sie sind modern angezogen. Halb Ghetto-Kid, halb Hooligan. Obwohl sie scheinbar von hier kommen, sprechen sie in gebrochenem Deutsch. Unvermittelt gestikuliert einer von ihnen vor mir herum und ruft: »Ey geil, Alter, wa! Wer raucht, der auch bumsen, wa, Alter, geil!«

Ich antworte: »Jaja, jeder kann es sehen, du bist hier der Chef.«

Vor mir bildet sich eine Wegschneise. Folgendes ist ohnehin offensichtlich: Als diese Kinder ungefähr minus sieben waren, habe ich im Prenzlauer Berg die erste deutsch-jordanische Jugendbande angeführt. Mitte der 70er. Wahrscheinlich sind wir, bis heute und in alle Ewigkeit, die einzige deutsch-jordanische Jugendbande überhaupt gewesen. Meine kleine Schwester und ich sowie Mario und seine beiden jordanischen Halbschwestern. Wir haben immer auf dem Bürgersteig mit Kreide rumgemalt. Solche polizeilichen Figuren, die die immer nach Verkehrsunfällen malten, wo ein Toter auf dem Asphalt rumlag. Einmal haben wir einen Verkehrsunfall dargestellt, bei dem eine ganze Schulklasse umgekommen war. 20 Kinder, meistens mit einem Arm oder einem Bein weniger, dafür aber noch mit Schulranzen oder Zuckertüte.

Wir waren auch ganz schön frühreif. Meine Schwester war zwar ein wenig pikiert, weil Mario so an ihr rummachte. Doch für mich war das in Ordnung, weil er mir zwei orientalische Prinzessinnen geboten hatte. Meine Schwester beschwerte sich bei unserer Mutter, die wiederum nur meinte: »Kinder, malt doch mal wieder was Schönes!«

Das war damals, als diese Weddinger Flitzpiepen ungefähr minus sieben waren. Ich lasse sie links liegen. Halleluja! Hinein in die Arcaden, die Rolltreppe hoch, ins erste Obergeschoß, direkt ins Eiscafé. Unter Qualen ziehe ich meinen Schuhanzieher heraus und stocher ein wenig in der Eiscreme herum. Umgehend werde ich bedient: »Mein Herr, Sie wünschen?«

»Ja, einen Eisbecher ... irgendeinen Eisbecher ... meinetwegen einen Eisbecher in den Farben des Logos vom Heimwerkermarkt!«

»Wie Sie wünschen!«

Meinen Schuhanzieher wirft sie souverän in den Müll.

Wahrscheinlich wurde sie in New York ausgebildet. Jetzt träumt sie hier von einem eigenen Eiscafé, einer Oase der Gewaltlosigkeit, der Realität zum Trotz. Während ich mir einen friedlichen Sitzplatz suche, denke ich an das arme Mädchen. Sie hat keine Arbeit und auch keine Freizeit. Nur immer solche Jobs. Wahrscheinlich muß sie für einen Hungerlohn verfügbar sein. Tagaus, tagein. Bestimmt kommt sie oft zu spät. Übermüdet muß sie sich von ihrem Chef fragen lassen, welche Ausrede sie denn heute habe. Vielleicht antwortet sie, daß sie keine Ausrede habe, aber ihm erzählen könne, wovon sie geträumt hat. So sind sie heutzutage, die armen Mädchen! Sie finden Gregor Gysi sexy und verbauen sich ihre ganze Zukunft! Bei ihnen ist das Trinkgeld gut angelegt. Ringsum, an den Nachbartischen, sitzen viele Mädchen. Obwohl sie erst ungefähr 17 Jahre alt sind, bewundern sie schon Rockgruppen. Bevor sie auf deren Konzerte gehen, schminken sie sich, damit sie aussehen wie Sechsjährige. »Schön, schöner, Schönhauser-Allee-Arcaden!« Deutschland müßte überall so sein. Und da ist ja schon wieder meine Eisdielerin. »Mein Herr, Ihr Eisbecher, in den Farben des Logos vom Heimwerkermarkt, bitte schön!«

»Iiihhh! Wat is dit? Trotzdem danke! Sicher is dit Eis kalt jenuch, um die Füße zu kühlen. Hier, 20 Mark, stimmt so! Ihre Bulimie steht Ihnen unwahrscheinlich!«

Während die Eisdielerin ihre Äuglein verdreht und davonläuft, flötet sie: »Hm, interessant.«

Das ist nicht so schlimm. Ich lasse meinen Eisbecher stehen und stelze die Kopenhagener hoch. Zu Hause liege ich auf dem Korridor und streife die neuen Schuhe ab. Von meinen Hacken finde ich nur noch Reste vor. Es sind mit Blut verschmierte Knochenstückchen, wie in Ketchup schwimmende Cashew-Kerne. Irgendwie nicht so gut, genau wie die Schönhauser-Allee-Arcaden.

Terry – Kreuzritter der Kommunikation

Jeden zweiten Dienstagabend kommt aus dem Hörfunkstudio des Offenen Kanals Berlin die Sendung Oi! Blowdried Melodies. Terry ist neben Ian und Gulli einer von drei Moderatoren. Er moderiert eine Stunde voller Melodien, wie vom Ventilator verwehte Kotze. Oi! Normalerweise wird er jedesmal zwei zu eins überstimmt. Es gibt immer nur Hardcore und Oi!Punk, doch niemals Dub, Reggae, Ska und Rocksteady. Allerdings ist Terry dieses Mal auf sich allein gestellt. Ian und Gulli müssen ins Wild at Heart, um ihren Knall-Punk selber zu stricken.

Vom Hagel durchnäßt, betritt Terry auf den letzten Drükker das Hörfunkstudio. Schnell legt er die Erkennungsmelodie auf: »Ilse Werner. Wir machen Musik – da geht euch der Hut hoch.« Während der alte Schlager läuft, bestaunt Terry die Technik. Einer von zwei Plattenspielern ist kaputt. Immer noch!? Scheinbar zeigt niemand daran Interesse, daß der mal repariert wird. Es heißt, die romantische Nachkriegsausstattung muß reichen. Basta! Weshalb noch mehr? Und woher?

Als in Berlin die Besatzungsmächte den Ton angaben, sprachen sie den Berlinern zwar ein aus öffentlichen Geldern finanziertes Medium zu, jedoch keine Antennenfrequenz. Denn in der Stadt agitierten sowieso bloß sektiererische, multisexuelle Kriegsdienstverweigerer. Die sollten doch bitte schön im Kabelghetto ihr Dasein fristen. Die meisten Westberliner haben deren Stimmen auch nicht vermißt. »Wieso Meinungsfreiheit? Wir warn doch schon zweemal Fußballweltmeister!«

Spätestens mit der Wende hätte man den OKB-Mitarbeitern eine Antennenfrequenz geben müssen. Doch das Recht wurde ihnen abgesprochen, zumal auch die meisten Ostberliner vom ewigen Auf-die-Straße-Gehen noch ganz müde waren. »Wieso Meinungsfreiheit? Wir warn doch schon oft Olympiasieger!« Kein öffentliches Interesse, kein neuer Plattenspieler.

Terry spielt keine CDs, nur Vinyl. Er hat ein Problem. Gleichzeitig moderieren und eine neue Scheibe auflegen. Also mit der Nase vor dem Mikrophon und mit den Händen am Plattenspieler. Schwierig, schwierig, aufgrund der Distanz von zwei Metern. Ilse Werners Lied ist zu Ende. Nun ist der Kreuzritter der Kommunikation gefordert: »Ja, seid herzlich gegrüßt, vom alten Terry, zu Oi!Blowdried Melodies. Ian und Gulli sind im Wild at Heart. Ein Plattenspieler is kaputt. So, was kommt jetz? Das Cover habe ich gerade nicht zur Hand, aber es is von der B-Seite der vierte Song. Ab dafür!«

Und während Antisocial damit beginnen, so vor sich hin zu lärmen, setzt sich Terry die Kopfhörer seines Walkmans auf. Er hört lieber Augustus Pablo. Gleichzeitig Oi!Punk und Dub. Und schon schwelgt er in Erinnerungen an seine Kindheit und Jugend. Mit zwölf war Terry Tellerwäscher im Hause seiner Eltern und mit sechzehn Sklave in der Fortuna GmbH. Körperliche Arbeit empfand er als körperliche Gewalt. Er verabscheute sie zutiefst. Ein Widerspruch? Schon möglich. Terry, Anfang der 80er in Düsseldorf: Ein normaler Junge wie Klaus Allofs oder Andreas Frege. Nach der Arbeit tauschte er Iro und Kontaktlinsen gegen blonde Perücke und Sonnenbrille. Die folgende Episode ist kein müder Witz, sondern bittere Realität: Er betrank sich Abend für Abend an der längsten Theke der Welt. Terry als wahrer Heino, mit 39 anderen genauso aussehenden Individualisten. Seinerzeit war Düsseldorf gleichermaßen der Schmelztiegel des deutschen Schlagers, das Kraftwerk der Kommunikation und das Rheingold der Trinkwasserindustrie. Zwischen dem richtigen Heino und den 40 wahren Heinos kam es aufgrund von Identitätsproblemen zum Gerichtsprozeß. Unser Terry im Blitzlichtgewitter der Boulevardpresse! Er hatte seinen Platz in der Gesellschaft gefunden. So schien es, für einen Augenblick. Doch recht schnell winkten die Paparazzi gelangweilt ab. Der Prozeß wurde verloren und Terry seines Glaubens an das Bürgerliche Gesetzbuch beraubt. Er stieg aus. In einen vorübervagabundierenden Wanderzirkus stieg er als Schallplattenunterhalter ein. Gestern der Hamburger Fischmarkt, heute die Düsseldorfer Kö und morgen der Berliner Prater. Was für ein wildes Leben, draußen in der Welt!

Was für eine Stille, hier im OKB-Hörfunkstudio! Seine Augustus-Pablo-Kassette ist am Ende und die Antisocial-LP auch! Die halbe B-Seite lief ununterbrochen durch! Vermutlich gab es danach ein mehrminütiges Sendeloch. Für die wenigen hundert Hörer ertönt wie aus dem Nichts Terrys Stimme: »Hallo …? Ich leg mal eben ne neue Schallplatte auf … Das Cover hab ich grade nich zur Hand … Hm? Was kommt jetz? Ach … Ab dafür!«

Und während die Cockney Rejects damit beginnen, so vor sich hin zu lärmen, setzt sich Terry die Kopfhörer seines Walkmans auf. Er hört lieber Lee »Scratch« Perry. Gleichzeitig Oi! Punk und Dub Reggae.

Und schon schwelgt er in Erinnerungen, wie er als Schallplattenunterhalter mit dem Wanderzirkus nach Berlin kam. Im Prater hatte er die wenigen zahlenden Besucher verschreckt. Von seinen neuen Freunden wurde er zusammengeschlagen. Sie ließen ihn zurück: Heimatlos, blutend und in sich zusammengesackt. Eine Horde vorüberschlendernder Punks versuchte nicht, Terry aufzurichten, sondern meinte aus falsch verstandener Solidarität, sich betrinken und dazulegen zu müssen. Seine Vergangenheit hatte ihn eingeholt. Warum auch nicht?

Wenig später eröffnete er den Schallplattenladen Schall & Rauch. Der lief ganz gut. Früher. Heute trifft sich dort das Oi!-Blowdried-Melodies-Umfeld zum Biertrinken. Terry erzählt von seinen Presseauftritten. Das letzte Mal wurde er indirekt im Lokalteil der Berliner Zeitung verewigt. Seine Kinder hatten mit ein wenig Glut aus dem Ofen gekokelt. Nicht die ganze Wohnung brannte, sondern nur die Holzdielen, rings um den Ofen herum. Die schmokten so vor sich hin. Mehr Rauch als Feuer. Irgendwann waren sie durch. Der Ofen rauschte runter, in die Wohnung des Untermieters. Für Terry und seine Freunde sind »Alkoholismus«, »Brandstiftung«, »Arbeitslosigkeit« und »Verschuldung« keine leeren Worte. Drogen und Musik – dann sieht die Realität schon freundlicher aus.

»So ...? Is der Cockney-Rejects-Song schon zu Ende? Oh! Sogar mehrere! Na ja.« Die verbleibende Sendezeit meistert Terry gewohnt souverän.

Couch-Kartoffel

Donnerstag abend. An meiner Wohnungstür klingelt es unverhofft. Das schrille Signal macht mich fertig. Es ist an der Zeit, meine Klingel zu zerstören. So ein Klopfen ist mir lieber. Da erkenne ich besser, wer Einlaß begehrt. So ein lautes resolutes Klopfen verrät mir, was der Eindringling von mir will: »Ick bin ein Punk aus dem Mauerpark. Dürfen meine Hunde mal bei dir pullern?«

Meine Antwort lautet: »Natürlich ... nein ... ja ... tschüs!«

Ein schüchternes stockendes Pochen besagt: »Ich bin für den Frieden, weil ich nich weiß, warum. Haben Sie ein wenig Geld?«

»Natürlich ... nein ... ja ... tschüs!«

Klopfen oder Pochen, da kann ich mich von meiner Couch aus schon mal auf den Eindringling einstellen. Ich kann meine harte ehrliche Begrüßungsmiene aufsetzen. Passend zum Aufkleber an meiner Wohnungstür. Darauf steht: »Während ich überlege, ob ich aufmache, kannst du dir schon mal die Schuhe ausziehen!« Aber so? Die wenigsten Menschen signalisieren ihr Kommen so wie Detlef aus dem Erdgeschoß, indem sie schon eine halbe Treppe tiefer herumschreien: »He! Weshalb liegt vor deiner Wohnungstür ein Fußabtreter? Haste keen Wohnzimmerteppich? Los, mach uff! Ick will deine persönlichn Erinnerungsstücke wie jewöhnliche Gebrauchsgegenstände mißhandeln!«

Immerhin schreit jetzt niemand im Treppenhaus herum.

Detlef sitzt wohl irgendwo im Mauerpark, um trinkend und grölend für die Wohnwertminderung zu demonstrieren. Früher war er bei der Müllabfuhr und wenig später beim Arbeitsamt. Für eine gewisse Ordnung und Sauberkeit ist er nach wie vor. Als mal jemand mitten in der Nacht vor unserem Haus irgend so ein Nazi-Lied gesungen hat, ging er raus, bezeichnete ihn als schwulen schwarzen Juden und verprügelte ihn. Seltsam.

Jedenfalls nervt das Klingeln auf die Dauer! Ich will fernsehen! Expedition ins Tierreich. Obwohl. Die zeigen nur, wie jemand auf dem Motorrad durch die Wüste fährt. Die haben wohl keine Tiere mehr? Alle ausgestorben oder wie? Blöde Expedition! Kiste aus.

Wenn es unverhofft klingelt, besagt das nichts Gutes. Vorsichtshalber bin ich ganz leise. So merke ich wieder einmal, wie hellhörig unser Altbau ist. Meine Obermieter haben keinen Wohnzimmerteppich. Unaufhörlich trapsen sie über die knarrenden Dielen. Die sollen doch wenigstens einige alte Fußabtreter im Wohnzimmer auslegen! Mit unschöner Regelmäßigkeit rauscht das Abwasser lärmend durch das Fallrohr. Die Wasserleitungen knallen, als ob jemand mit Metall darauf herumhämmert. Sie scheinen zu bersten. Eine Rundumsanierung ist fällig. Bald ist es soweit. Unser Haus wird verscherbelt. Schon möglich, daß gerade jemand klingelt, dem ich nicht passe. Auf leisen Sohlen schleiche ich zum Sicherungskasten und sorge für Ruhe. Ich höre Detlef schreien: »He! Warum machste nich uff? Biste Christ oder Homo? Mach uff! Ick hab Probleme mit meine Frau. Sie is so teuer!«

»Na jut, Detlef! Zieh die Schuhe aus, und halts Maul! Im Fernsehn is grad Motorsport!«

Stubenhocker

Die Menschen sind immer unterwegs, um die Zeit totzuschlagen. Das würde ich auch machen, wenn ich mich nicht darauf eingelassen hätte, für diese Hallodris das Kind zu hüten.

Ahne läßt mich zur Tür rein und sagt: »Hallo! Der Kleene schläft schon, im Nebenzimmer. Hier is ne Flasche Selter. Irgendwo steht ooch Bier rum, tschüs!«

Ich antworte: »Na jut. Ne Selter is in Ordnung. So für zwee Stunden, tschüs.«

»Ja, tschüs.«

»Machts jut.«

»Ja, wir werden dann mal.«

»Nun haut doch ab!«

Wenig später frage ich mich: »Wat isn dit fürn Fernseher? Ach, ein defekter. Und wat is dit fürn Radio? Ach, ne kaputte Schallplattenradioholzkommode von Blaupunkt. Also, zwee Stundn lesn, na ja.«

Während ich so auf dem Stubenhocker sitze, leere ich meine Selter. Nach vier Stunden denke ich: »Ach, son Bier wär jetz nich verkehrt.«

Allerdings gibt es kein Bier. Der Kleine schläft im Nebenzimmer. Angeblich. Ich habe ihn bisher weder gesehen noch gehört. Wahrscheinlich schläft im Nebenzimmer niemand. Sicherlich räumen diese Hallodris mir gerade meine Wohnung aus. Was solls? Viele meiner Geräte sind sowieso kaputt.

Adolf war ein großer Maler!

Ich erinnere mich gerne an die Zeiten, in denen es Ärger gab. Ob in der Weimarer Republik, im Dritten Reich oder in der Sowjetischen Besatzungszone. 1933 schlug ich dem Führer vor, es so ähnlich wie die Tommys zu machen: »Mensch, Adolf, warum läßte auf den Briefmarken die

Worte Deutsches Reich abbilden? Weshalb nich den Umriß von dein Kopp? Das englische Königshaus hat sich mit dem Schachzug viele Sympathien unter den analphabetischen Philatelisten auf der janzen Welt verschafft!« Hitler war sauer, aber erschießen ließ er mich nicht. Wir kannten uns ja noch aus alten Kunstmaler- und Anstreichertagen. Zu Beginn seiner Herrschaft degradierte er mich zum Hausmeister des Führerbunkers. Ich sollte die Wände mit meiner Malerei verzieren.

Nach elf, zwölf Jahren gesellte sich Hitler zu mir. Er richtete all seinen Unmut nicht mehr auf meine Person. Hitler hatte andere Sorgen, und bei mir war alles picobello. Doch der Bunkerfrieden war nicht von langer Dauer. Hitler bekam einen Kellerkollaps, er schrie herum: »Wir sind deutsche Vegetarier! Ich ordne an, daß wir uns bis an das Lebensende von Apfelkuchen ernähren!« Hitler aß ja während seiner letzten Lebensjahre nur noch Apfelkuchen. Viele Kritiker reden häufig vom erfolglosen Künstler, doch selten vom extremen Pflanzenfresser. »Viele Bilder sind statisch und leblos. Der zweitklassige Maler verewigte nur seine unrealistischen Postkartenmotive.« Solche Urteile will ich mir schon selbst bilden. Egal. Nachdem ich einige Backbleche mit befruchteter Teigware vertilgt hatte, beschloß ich, die alte Speisekarte wiedereinzuführen. An einem sonnigen Nachmittag im Mai rief ich Adolf im Bunker zu: »Heil Hitler! Mund auf und Augen zu!« Ich setzte das kalte Eisen an, erschoß Hitler und sorgte auch gleich für seine Zusammenlegung mit Eva Braun. Die Schüsse waren weder verhallt, noch hatte ich mich von den Sterbenden abgewendet, da standen auch schon die Russen hinter mir! Nicht auszudenken, was sie von mir gedacht hätten, wenn ich mit dem Führer gerade gemütlich einen Mussolini-Espresso getrunken hätte!

Die Russen gaben mir eine Wohnung, die zwei Stockwerke über dem Asphalt lag. Mit der Befreiungsgeschichte wollten sie alleine angeben. Ich sollte mich in Berlin-Karlshorst melden, um an den Malerarbeiten in den zukünftigen

Wohnungen der sowjetischen Offiziere teilzunehmen. Dort sagte ich zu Wladimir: »Heil!, äh, sdrastwuitje, menja savut Kamerad!« Er antwortete: »Drushba, Kamerad! Geh ins Magazin, holn Eimer Wodka!« Als ich zurückkam, hatte Wladimir schon die einheimischen Anstreicher um sich geschart. Er erklärte ihnen, daß der, der den ganzen Flaschenhals in den Schlund steckte, hineinsabbern würde. Wladimir demonstrierte zuerst die fehlerhafte Version. Er packte eine fette Katze und zog ihre Maulinnenseiten um den Eimerrand. So wie es meine Mutter immer mit dem Einwegglas und dem Gummiring bewerkstelligt hatte. Die Katze war regelrecht von Sinnen. Ihr quollen die Augen aus dem Kopf. Zum Glück fielen sie nicht in den Wodka! Die Anstreicher nörgelten herum. Wladimir glaubte, sie wollten seine Ehre als Sowjetmensch untergraben, er holte Verstärkung. Das dauerte. Währenddessen stieß jemand den bisher unberührten Farbeimer um. Oh, das neue Parkett! Wem sollten wir die Schuld geben? Ich packte die Katze am Nacken und warf sie in die Farbpfütze. Als Wladimir und seine Genossen zurückkamen, zeigte ich auf die Unglückliche. Sie kassierte von einem Genossen einen Schlag mit dem Gewehrkolben und verschwand in der Backröhre. Die Russen beschlossen, die Dielen herauszureißen und zu verfeuern. Der Herd war noch nicht angeschlossen, und das Parkett schien sowieso hinüber. Diese hübsche Parterrewohnung hatte nun auch den Vorteil, daß es nicht solchen Krach machte, wenn jemand mit seinem Pferd hereingeritten kam. Die Russen liebten ihre Pferde. Einmal gebar eine Stute sogar ein Fohlen mit Händen und Füßen! In der Sowjetischen Besatzungszone herrschte ein unüberschaubares demokratisches Wirrwarr. Zu den Wahlen durfte jeder Idiot kandidieren. Um die deutschen Stalin-Jünger zu verspotten, entsandte Wladimir das mutierte Fohlen als Kandidat. Daraufhin drängte die KPD auf die Bildung einer Einheitspartei. Die Russen waren uns einige Jahrzehnte voraus, wenn es um die Aufbauarbeiten der Diktatur des Proletariats ging.

Mein Gott, was war das bloß für eine Zeit? Was blieb mir von ihr? Außer diesen Erinnerungen habe ich nur noch einige Briefmarken. Jahrelang akzeptierte ich die Vorwände der Post und gab ihr mein Geld. Ich müllte meine Alben mit ihren Sondersätzen zu. Es gab ja zu jeder Frühjahrs- und Herbstmesse ein halbes Dutzend Sonderbriefmarken. Die Sammler unter den Arbeitern und Bauern wurden extremer ausgebeutet als die Philatelisten des Klassenfeindes BRD. Irgendwann stellte ich aber fest, daß das ein blödes Einsiedlerhobby war. Ich warf alles weg. Bis auf die Hitler-Briefmarken, die ich gegen einen Schuhkarton voll Walter-Ulbricht-Briefmarken eintauschte. Adolf war ein großer Maler und Anstreicher. Leider ließ er alle Autobahnen ohne Radwege bauen. Darüber macht man keine Witze. So manche Anstreicherehre wird durch die Künstler in Mitleidenschaft gezogen, die auf ihren Ausstellungseröffnungen wirres Zeug erzählen. Deren Gehabe wird als interessante Extravaganz ausgelegt, obwohl die nur völlig enthemmt sind. Malerei ist ein überbewertetes Handwerk. Das war nicht immer so.

Im alten China hatten die Künstler, die immerhin die Wände der Paläste bemalten, keinen höheren Status als die Hotten vom Bau. Da hatten die Chinapfannenjongleure völlig recht. Heutzutage aber haben viele Leute ein verklärtes Bild. Heranwachsene Töchter machen nur immer einladende Faxen in astronomisch teuren Ateliers, doch niemals auf halsbrecherischen Baugerüsten. Weshalb hofieren sie hierzulande jeden Lohnkleckser? Ich glaube, die Regierung will die Künstlerschar nur mit zur Schau getragener Anerkennung ruhigstellen. Weil sie Angst hat, daß unter diesen bürgerlichen Obrigkeitsanbetern wieder ein Postkartenmaler ist, der sich im Fall des Liebesentzuges im Reichstag vordrängelt und für internationale Ausschreitungen sorgt. Nur wenige Menschen schlußfolgern so scharf wie ich.

Morgengrauen am Verlorenen Weg

Wieder so ein Morgen. Ich höre das grauenhafte Taubengegurre und -geflatter durch mein geöffnetes Fenster. Früh um fünf. Frau Hundertmark schräg unter mir kann wieder nicht schlafen. Sie meint, den Tauben das Frühstück auf dem Gehweg servieren zu müssen. Wie oft soll ich denn noch mit irgendwelchen Phantasieparagraphen drohen? Normalerweise reicht doch mein Zivilbullencharme. Zumindest in den Kneipen, in denen diese Helden in ihre Biergläser weinen. Weil früher alles besser war. Manchmal fragt mich einer von ihnen ganz unvermittelt: »Sach ma, biste Zivi oder wat!?« Wieso soll der Staat seine Zivilbeamten in solche Kneipen beordern, zumal er die Trinker sowieso schon dort hat, wo er sie haben will, nämlich im gesellschaftlichen Abseits? »Sach ma, biste Zivi oder wat!?« Immer derselbe Witz, über den ich nicht mehr lachen kann. Und die Hundertmark sowieso nicht, weil sie ihn nicht versteht, aufgrund ihrer Taubengrippe. Sie interessiert sich nicht für dieses Ideologenschach. Sie macht, was sie will, füttert die Tauben, früh um fünf. Ich gehe in die Küche, nehme einen Kanten Brot und bewerfe sie mit Krümeln. Sie guckt irritiert zu mir herauf, und ich gucke zivilbullencharmant auf sie hinab. »Guten Morgen, Frau Hundertmark! Brot für die Welt! Olé! Olé! Olé!« Noch etwas schlaftrunken antwortet sie: »Kannste nich schlafen oder wat? Scheiß-Hitler-Stalinist!« Sie schließt ihr Fenster. Wir mögen uns nicht. Einmal hatte ich an meiner Wohnungstür ein Foto von mir. Sozusagen das Foto zum Namen. Einige Tage später malte jemand auf dieses Foto ein Hitler-Bärtchen. Das sah irgendwie unecht aus, deshalb habe ich mein verunstaltetes Foto abgerissen und statt dessen ein Hitler-Foto rangeklebt. Aus Gründen der Deeskalation klebte ich daneben ein Foto von Stalin. Darauf schrieb ich: »Stalin gegen Hitler 1:0.« Ein blöder Witz. Die Hundertmark hat ihn wieder nicht verstanden. Das liegt wohl am unregelmäßigen Schlaf.

Was soll ich machen? Früh um fünf Uhr zehn vom Balkon gucken? Ja. Ich gucke auf den Verlorenen Weg oder die Schwedter Straße, wie das hier neuerdings seit 137 Jahren heißt. Wieso plötzlich Schwedter Straße? Verlorener Weg ist doch ein wundervoller Name für die Straße, in der es im Laufe der Jahrzehnte womöglich die meisten Ermordeten gab. Hier hatten die schwererziehbaren Jugendlichen um die Jahrhundertwende unsägliche Grausamkeiten verübt. Meistens bei Nacht, zum letzten Schrecken für zufluchtsuchende Selbstmörder. Tagsüber stritt man, ob der Erdwall auf Höhe der Gleimstraße, der den Prenzlauer Berg vom Wedding trennte, untertunnelt oder überbrückt werden sollte. Oder ob überhaupt.

Während des Zweiten Weltkrieges bombardierten die Alliierten den Prenzlauer Berg aus der Luft. Die SS machte vom Weddinger Humboldthain aus mit und beschoß den Verlorenen Weg mit der Flak. Im Frühjahr 45 war der angrenzende Falkplatz ein Friedhof. Nach dem Bau der Mauer entwickelte sich diese Gegend zum Bereich mit den meisten Grenzvorfällen. Weddinger Kinder schossen mit Katapulten. Ihre Eltern machten mit Luftgewehren alles nach. Hier wollten viele Menschen von dort aus mitmachen. Sie wurden von den Grenzern auf halber Strecke zur selbigen gebracht. Wieder und wieder.

Fünf Uhr fünfzehn. Ich stehe auf meinem Balkon und schaue auf den Verlorenen Weg. Die Federviecher irren hungernd umher. Eine Taube ist schon gestorben und wird von einer Krähe gefleddert. Ja, ich trage eine Mitschuld, auch am Zweiten Weltkrieg! Aber was solls? Die Welt ist schön. Und am schönsten ist es in Prenzlauer Berg. Genauer gesagt, in der Straße, in der es im Laufe der Jahrzehnte die meisten Ermordeten gegeben hat.

Ich bin glücklich, in einem Staat zu leben, in dem die Kaufhallen nicht rund um die Uhr geöffnet haben. In einem ordentlichen Staat mit halbwegs strengen Ladenschlußgesetzen. Von mir aus können die noch strenger gehandhabt werden. Ich bin glücklich, daß ich nicht in einem Staat lebe, in dem die Schlafwandler mitten in der Nacht ihre Einkaufswagen vor sich herschieben. Schlafwandler mit Schlafanzughosen, bei denen der Gummizug ausgeleiert ist. Wer keine strengen Ladenschlußgesetze will, keine Deutsche Industrie-Norm und kein herrliches Morgengrauen, der soll doch rübergehen! Ordnung muß sein! Engagiert euch, für noch mehr Zivis oder wat?! Olé! Olé! Olé! Obwohl, ohne mich.

Doro-Oratorium

Meine Cousine aus Potsdam will immer verreisen. Italien, Spanien, Polen, Israel. Die ganze Palette. Bevor Doro fliegt, soll ich sie noch einmal in Potsdam besuchen. Ich sage nur zu, weil ich eine brauchbare Erziehung genossen habe. Eben die alte Schule. Schreiben und lesen lernen und ja sagen, wenn mich Doro anruft und erzählt: »Hallo! Ich will fürn paar Tage nach Israel. Da is von der Kirche aus son Treffen. Willst du mich vorher noch mal in Potsdam besuchen?« Eigentlich nein, offiziell ja. Also heißt es, hinein in die S-Bahn und ab. Vom Nordosten durch den Südwesten unserer geteilten Stadt bis nach Potsdam. Die Strecke ist ziemlich langweilig, aber auch ganz aufregend. Es gibt weder Steilküsten noch Tropfsteinhöhlen, dafür aber Wasserfälle und Pyramiden. Diese Strecke kennt jeder. Deshalb erzähle ich lieber, was wir in Potsdam so machen.

Wir sitzen in einem Straßencafé. Sie ist eigentlich noch zu jung dafür. 19 Jahre, lange Haare. In Doro perlen und sprudeln die Hormone hoch, wie Kohlensäure, von den Füßen bis zum Kopf. Sie ist immer so lebendig. Im Straßencafé sage ich: »Doro, meine arme Kirchenmaus, laß dein Geld ma stecken, ick lad dich ein!«

Sie will aber gar kein Geld raussuchen. Statt dessen holt sie solche Unterlagen raus. Fragebögen. Sie verdient sich bei so einem Marktforschungsinstitut als Interviewerin ein bißchen Geld. Ich will da nur so sitzen, aber sie fragt mich ganz fesch aus: »Welche Krankenkasse kennst du?«

»Wieso?«

»Hm. Und welche noch? Los, sag mal!«

»AOK, Barmer Ersatzkasse.«

»Ja, weiter!«

»Ick weiß nich weiter.«

Doro läßt die Zügel nicht schleifen. »Na klar, los! Du wirst doch wohln paar Krankenkassen kennen!«

»DDR-Sozialversicherung, nee hör ufff, sonst kannste dein Kaffee alleine bezahln.«

»Hm. Dann nenne ich dir einige Krankenkassen, und du sagst mir, ob du schon mal davon gehört hast. Also: BKK, LVA.«

»Ja, 2:4. Und BFC gegen Zwickau 6:1.«

»Gut. Und jetzt frage ich dich: ›Welche Multimediaunternehmen kennst du?‹«

»Keine! Die 90er sind spurlos an mir vorübergezogen. Mein größtes Zugeständnis an unsere schnellebige Moderne ist ein Anrufbeantworter. Er heißt Elvis.«

Doro will schneller zum Ziel. »O Mann! So wird das nichts. Ich fülle alles für dich aus. Einkommensverhältnisse, Rentenvorsorge, Pipapo.«

»Hab ick alles nich! Aber ick hab alle Platten von Tocotronic. Doro, hörn arme Kirchenmäuse auch so was? Genau! Wir gehn dir jetz ne Platte kaufen. Los, trink deinen Kaffee of ex! Dein Geld kannste steckenlassen. Aber nich für Zigaretten oder Buletten ausgeben. Vielleicht mußte heute noch küssen. Kannst dein Geld ja fürn guten Zweck spenden!«

Mein soziales Gehabe amüsiert sie. »Jaja. Für einen guten Zweck hat man vielleicht zu deiner Zeit gespendet. Wir verreisen immer oder gehen mal richtig schön Pferdefleischbuletten essen.«

»Doro, dit is mir doch egal.«

Und so spazieren wir durch Potsdam und landen in einer Christothek. Als Trost dafür, daß es dort keine Platten für sie gibt, will sie unbedingt eine Bibel für mich kaufen. Von meinem Geld. Damit ich auch was mit Jesus habe, für meine Persönlichkeitsentwicklung. Warum auch nicht? Ich wollte schon immer wissen, wie oft Jesus Christus in Top of the Pops war. »So, und nun, Doro? Vielleicht mal wieder in ein Straßencafé?«

»Nein. Lieber zu diesem Physikerkongreß! Ich will mir diesen körperbehinderten Nobelpreisträger angucken! Der is berühmt.«

»Nee, Doro! Ick will da nich hin.«

»Wie hatn der Sex?«

»So wie er ißt.«

»Wieso?«

»Wieso, weshalb, warum?«

Wenig später sitzen wir wieder in einem Straßencafé. Sie redet lieber mit einem alten Sack aus ihrer Kirchengemeinde. »Ach, so ein nettes Fräulein! Und so schöne lange Haare!«

»Hm, ich bin 19 Jahre.«

»Ach, 19 Jahre, schön! Wolln Se nich für meine Enkelin die Patentante sein? In drei Wochen is Taufe.«

»Da bin ich in Israel.«

»Ach, Israel?! Ja, ich muß auch langsam nach Hause.«

Sie verabschieden sich voneinander. Wir schweigen noch eine Weile. Irgendwann sage ich: »Doro, haste vom Marktforschungsinstitut nochn paar Fragebögen? So als Kommunikationstraining. Damit wir uns nachher vernünftig verabschieden können. Du bist ja gleich weg.«

»Hm, du kannst mich mal in Israel besuchen!«

»Na ja, mal sehn.«

»Wer is dran mit Schreiben? Ich oder du?«

»Du, dreimal hinternander!«

Wir verabschieden uns. Doro riecht auch nicht nach Buletten.

Die Bonnerinnen kommen!

Irgendein Abend, an dem ich am kulturell untermalten Betrinken teilnehme. Ich stehe am Tresen und warte auf das Programm. Neben einer Frau. Mir scheint, sie ist ganz alleine auf der Welt. Deshalb frage ich sie, wann es hier endlich mal losgeht und was auf dem Programm steht. Das ist meine persönliche Version von »Haben wir uns nicht schon mal irgendwo gesehen?«. Sie weiß es nicht, deshalb verrate ich es ihr: »Ach, es wird wohl gleich losgehen. So ne Gesprächsrunde: ›Lesben fragen – Bauarbeiter antworten‹. Wird wohl nich so lange dauern.«

Sie spricht so ein kleines bißchen rheinisch. Grund genug für mich, sie zu fragen: »Oh, woher kommst du? Aus dem Rheinland?«

Es kommt vor, daß mir eine Frau auf diese leicht zu variierende Frage ihre politische Unzufriedenheit, ihre persönlichen Probleme, ja, scheinbar ihren ganzen Lebenslauf schildert. Ich heuchle Verständnis, während die Frau einfach geht. So habe ich mir das aber nicht gedacht. Dagegen antwortet Silke, so heißt diese rheinische Frohnatur, nur: »Ja, ich komme aus Bonn. Das liegt bei Köln.«

Mir macht das nichts aus. Immerhin ist Silke kein armes Mädchen aus Kreuzberg, das im Friedrichshain wohnt. Mit den chronischen Geldsorgen fremder Frauen habe ich keine Probleme, nur mit ihren kostspieligen Ansprüchen. Sicherlich muß ich mir für Silke keine andere Mütze aufsetzen, damit ich nicht so alt aussehe. Sie weiß, daß ich zeitlos wirke. Bestimmt werden wir uns so lange amüsieren, wie sie meine langweilige Verschwiegenheit als gutes Zuhören einstuft. Wir verstehen uns. Klarer Fall: Wir werden Pilze suchen gehen und Dampferfahrten machen. Aber zuerst werden wir mal sehen, was in dieser Villa Kunterbunt passiert. In mein Geläster stimmt sie mit ein. Es geht um Menschen, die ewig umeinander herumschleichen, um verhuschte und verlotterte Männer und um mausgraue und verschrobene Frauen. Wir mögen keine anstrengenden aufgeklärten Sektierer. Der Herr im Himmel hat mir Silke geschickt, als Wiedergutmachung für diese Frau, die mit mir über Literatur reden wollte.

Silke will küssen. Mit leicht geöffnetem Mund, ziemlich trocken, nur so ein bißchen herumzüngeln. »Aber nicht die Kehle berühren, wehe!«

Schade, denke ich, weil die Frauen immer so küssen, wie sie dann auch was anderes machen. Immerhin raucht sie nicht. So bleibt mir dieser Hauch von Rachenfäulnis erspart. Intimschmuck trägt sie nicht, erzählt sie ungefragt. Das wäre mir auch unangenehm, wenn ich sie meinen Eltern vorstelle. Wir sind ein schönes Paar. Schön, aber häßlich. Eine Frau mit einem Bein und drei Armen und ein Mann mit zwei Köpfen. Das klingt unwahrscheinlich, es entspricht aber der Realität. Wir sind häßlich, häßlich, häßlich. Objektiv betrachtet, sind wir schön, sehr schön. »Gehen wir zu dir oder zu mir? Nehmen wir ein Taxi oder den Behindertentransport?«

Silke wohnt schräg gegenüber von dem Haus, das es aufgrund einer Gasexplosion nicht mehr gibt. In ihrer Charlottenburger Wohnung ist alles sehr modern: Zentralheizung, Grammophon, Badewanne. Ihre Wände hat die liebenswerte Kulturimperialistin mit Revolutionsromantik geschmückt: Che Guevara, Karl Marx, Wolfgang Niedekken. »Küßchen, Küßchen. Ab ins Bad!« Na ja. In meinem Altbau ist das heiße Wasser eher lauwarm. Aber hier? Ich halte meine Unterleibsnase unter den Wasserhahn und drehe heißes Wasser auf. Heraus kommt kein lauwarmes Wasser! Verdammtes, modernes Charlottenburg! Wer in ihrer Wohnung schlafen will, nicht aber in ihrem Bett, der braucht auch nicht in ihrer Wohnung zu schlafen. Was für eine Frau! Vielleicht sogar die letzte Unmoderne unserer übersexualisierten Kultur. Zuerst fiel mir ihre Traumfigur unter ihrer Alternativvermummung gar nicht auf. Sie hat ein Kondom zur Hand. »Ja, gerne.« So gerne, wie ich auch in einen Taucheranzug steige. Den Sensationen der Zärtlichkeiten folgen die Feuerwerke der Gefühle. »Küßchen, Küßchen.« Ein Schamhaar kitzelt meinen Rachen, es will nicht mehr raus. Ich röchle ein wenig und befördere es mit der Zunge an ihren Oberschenkel. Silke verzeiht mir. Dafür will sie oben liegen. »Nein, nein! Na gut.« Sie ist mir zu wirsch. Ihr Rhythmus ist nicht der meine. »Silke, meine lebensfrohe Blitzkriegerin, ick bin Berliner, ick will alles bestimmen!« Wieder obenauf, geht es unbefangen hin und her. Wir müssen keine gute Meinung voneinander haben. Wir spinnen uns aus, wie beim unbeschwerten Onanieren. Langsam lernen wir uns kennen. Silke ist keine stille Genießerin. Mir scheint, sie fiebert. Es ist grausam, aber auch zum Lachen. Das böse Kondom haben wir längst vergessen, es liegt irgendwo rum. Und so kommt, was kommen muß. »Küßchen, Küßchen.« Und: Schneller schlafen!

Wenig später: »Guten Morgen! Aufstehen! Frühstück!« Silke kann einerseits wunderbar Kaffee kochen und frische Schrippen holen. Sicherlich ist sie keine Frau, die auf eine herzliche Art von sich sagt, daß sie nicht kochen kann; gerade so, als ob sie den Anschein erwecken wollte, daß dieses Unvermögen eine Errungenschaft sei.

Andererseits kann Silke schreckliche Fragen stellen: »Weshalb kommst du so verliebt daher? Ist dir das nicht selber unheimlich?«

»Aber Silke, es ist doch nur vorgegaukelt!«

Unsere wirtschaftlichen Diskrepanzen sind für sie auch ein Thema. Ich bin ein Tagelöhner. Silke ist eine emanzipierte Frau. Sie kann mich ernähren. Mir macht das nichts aus. Sie ist eine Amerikanerin aus Bonn. Ich bin ein Russe aus Berlin. Sie muß zur Arbeit, um den Regierungsumzug zu beschleunigen. »Ja, auch sonntags!« Ich muß unbedingt zum Fußball. Soviel zum Sport.

Die SPD müßte mal wieder eine Revolution machen!

Wenn ich vom Korridor ins Wohnzimmer spaziere, kann ich es kaum mit ansehen, wie die Sonne über dem Wedding untergeht. Sie strahlt durch meine ungeputzten Fensterscheiben herein. Die sind schmierig und fleckig. Wer soll meine Fensterscheiben putzen? Ich habe Schnupfen und will nicht mit Wasser herumpanschen. Ich kann nur durch meine Wohnung schleichen und mich bedauern. Im Fernsehen zeigen sie fortlaufend Menschen, die noch kränker sind. Mir hilft das nur kurzzeitig. Die Wirkung läßt schnell nach, die Dosis muß erhöht werden. Ich will nicht sterben und schaue lieber durch die ungeputzten Fenster.

Über dem Wedding geht die Sonne unter. Die Spaziergänger vor meinem Haus haben sich damit abgefunden. Die Sonne geht auf, die Sonne geht unter. Das ist nicht so schlimm. Immerhin ist der ehemalige Todesstreifen jetzt ein Mauerpark. Die Spaziergänger sind genügsam. Es ist eben kein heißer Sommertag, an dem es nie dunkel wird, sondern nur so ein überdurchschnittlich warmer Tag im Februar. Die Spaziergänger tragen ihre dicken Wintermäntel aufgeknöpft. Ihre Schals hängen locker so rum. Sie wissen nicht, was sie anziehen sollen. Alle sind erkältet. Niemand hat eine Wohnung. Die SPD müßte mal wieder eine Revolution machen!

Ich habe eine Wohnung, Schnupfen und Husten. Mein Rachen ist total verschleimt. Wenn sich eine Aule emporkämpft, kann es vorkommen, daß sie einen Ausflug macht. Und wenn ich meinen Mund nicht geschlossen halte, kann es passieren, daß ich brechen muß. Ich meide die Öffentlichkeit, so gut es geht.

Ich schaue auf den weitgehend unbewirtschafteten Teil vom Mauerpark. Jenen Teil zwischen dem Gleimtunnel und der S-Bahn-Strecke, einen Teil vom ehemaligen Todesstreifen. Na und? Früher fühlten sich die meisten Menschen geborgen. Sie hatten einen Kindergartenplatz sicher. Bis zur Rente. Die Frauen waren schön, wie Frauen aus der DDR. Sie lachten wie frische Äpfel aus Werder. Also nicht so schön, aber natürlich. Und plötzlich soll Gras drüber wachsen. Doch so einfach ist das nicht.

Die Spaziergänger suchen sich im schlammigen Naherholungsgebiet einen einigermaßen trockenen Trampelpfad. Ein verliebtes Ehepaar schiebt einen Kinderwagen durch den Matsch. Eine Rentnerin versucht, ihren angeleinten Hund aus einem Schlammloch zu zerren. Dieses ewige Auf und Ab ist traurig und lustig.

Vor meinem Haus stagniert die Fertigstellung vom Kinderbauernhof. Wieso ist der nicht schon längst fertiggebaut? Wann ziehen endlich mal Tiere ein? Vielleicht im Frühjahr? Der Sozialarbeiter, der auf dem Kinderbauernhof ständig an irgendwas herumbastelt, ist abgehärtet. Er läuft im Februar im T-Shirt draußen rum! Ob er meine Fenster putzen würde? Ich glaube nicht daran. Er wirkt so alternativ. Vielleicht will er sogar mal kreativ werden. Er paßt auf, daß die Kinder schön mit dem Ball spielen. Er wirkt pädagogisch auf sie ein und erzählt ihnen, daß er den ganzen Kommerz zu Weihnachten für ziemlichen Unsinn hält. Angeblich schenkt er lieber mitten im Jahr jemandem was. Von ihm bekommen die Kinder nichts zu Weihnachten! Und mitten im Jahr auch nicht. Immerhin paßt er auf, daß die Kinder schön mit dem Ball spielen. Das alte Spiel. Seitdem es Kinder und Bälle gibt. Welch pädagogisch wertvolles Bild.

Zum Glück ist es im Prenzlauer Berg noch nicht so schlimm wie im Wedding. Alle Ausländerkinder sind immer frech. Das liegt am Wedding. Dieser Stadtteil steht in einem ihm gebührenden Licht, wenn die Sonne über ihm untergegangen ist und die BEWAG mit der Stromversorgung nicht hinterherkommt. Und schon verschwindet die Sonne hinter dem Weddinger Horizont. Es wird stockduster. Wie schnell doch so ein Tag vergeht. Und so ein Leben. Mein Leben. Ich kann kaum noch aus den Augen gucken, liege flach und rieche nach altem Mann.

Wenn ich nicht sterbe, lebe ich weiter. Dann blühen vor meinem Haus die exotischen Bäume. Sie sind ein Geschenk unserer japanischen oder chinesischen Partnerstadt. Jedenfalls kommen sie aus Afrika. Ihre rosafarbenen Blüten werden zu den 100 orangefarbenen Schuttcontainern passen, die sich auf dem gegenüberliegenden Gewerbehof stapeln. Dann erstrahlt alles im Sonnenlicht. Eine Rentnerin wird innehalten, wenn ein kleines Mädchen die süßen Zähne ihres angeleinten Hundes betätschelt. Auf dem Kinderbauernhof wird der Hahn in den Frühlingshimmel krähen. Sofern der Senat ihm einige Hennen bewilligt hat. Ein junger Mann wird eine hübsche Frau ansprechen, worauf sie ihm eine knallt. Ich werde es kaum mit ansehen können, durch meine geputzten Fensterscheiben.

Hunderennen

Ich will wohlhabend sein, aber nichts dafür machen. Und das ziehe ich auch durch: Nichts. Oft geht es gegen Mittag los: Ich stehe auf, dusche, frühstücke und heize den Ofen an. Ich würde gerne spazierengehen. Doch genug geträumt! Ich habe keine Lust, aber es muß sein: Ich lese Deutschlands größtes Sportmagazin. Damit verbringe ich die nächsten drei Stunden. Vielleicht auch vier oder fünf. Es geht um die Fußballtoto-Elferwette. Ich muß elf Siege, Unentschieden und Niederlagen voraussagen. Wie werden die Hunde rennen? Das steht zwischen den Zeilen. Die meisten Zeilen handeln von den ewigen Vertragsverhandlungen und Rechtsstreitigkeiten. Der kicker ist voll davon. Er ist das reinste Börsenblatt. Welcher Fußballprofi hat mehr Spaß am Fußballspielen als ein Lohnsklave am Arbeiten? Im 21. Jahrhundert will niemand was machen. Wer im Wohlstand leben will, muß lernen, lernen, nochmals lernen. Lenin war gut, Mann, der konnte reimen. Er gab mir das ideologische Rüstzeug, zum Nichtsmachen. Hätte er auch Ahnung vom Fußball gehabt, so könnte ich spazierengehen. Egal. Ich koche mir noch einen Kaffee und gucke in den Ofen, ob das Feuer noch an ist. Unter elf Spielausgängen gibt es meistens acht oder neun Standardergebnisse gegenüber zwei oder drei Überraschungen. Doch wo? Auf mein obskures System gehe ich hier nicht ein. Letzte Woche habe ich viele Überraschungen vorausgesehen. Ich kann es mir leisten, den Naivlingen, die ihr Geld im Zahlenlotto verspielen, höhnisch zuzuprosten. Zugegeben, das sind ziemlich große Töne für jemanden, der nur zweimal neun Richtige hatte und somit nur 50 Mark gewonnen hat. Leider gab es zwischen den Bayern und der Eintracht keine Überraschung. Sonst hätte ich den Naivlingen ein Bier ausgegeben. Ich habe nichts gegen Bayern-Siege, solange sie sich in der richtigen Tippreihe wiederfinden. Lernen, lernen …

So, was macht der Kaffee? Lodern die Flammen? Es hilft nichts, ich muß da durch. Ich kenne das schon aus verschiedenen Tageszeitungen. Wenn mich ein Thema interessiert, befinden sich eine Schlagzeile und einige Sätze auf Seite 1, die Fortsetzung auf Seite 4, der Kommentar auf Seite 2 und mehr dazu auf Seite 14. Zu jedem Thema. So wollen sie mich verrückt machen. Im kicker ist es genauso. 26 A4-Seiten mit Erster und Zweiter Bundesliga. Zu jedem beliebigen Verein gibt es einen gevierteilten Stimmungsbericht. Ich bin nur am Hinundherblättern. Es ist so ermüdend. Wer wird spielen? Wer wird nicht spielen? Welcher Fußballprofi hat einen Muskelfaserriß, ein chronisches Erschöpfungssyndrom, eine neue Freundin, ein Knieproblem, eine Adduktorenzerrung, keine neue Freundin oder eine Sehnenscheidenentzündung? Ich muß immer durchzählen, bei wem wie viele Spieler fehlen, um zu erahnen, nach welcher Seite das Pendel ausschlägt. Welcher Fußballprofi ging vor kurzem noch mit patriotischen Sprüchen hausieren und dachte wenig später global? Wenn vor einigen Jahrzehnten zwei Bundesligisten gegeneinander antraten, so traten im wesentlichen zwei Mannschaften der jeweiligen Region gegeneinander an. Wenn heutzutage zwei Bundesligisten gegeneinander antreten, so treten zwei Weltauswahlmannschaften gegeneinander an. Es ist so langweilig.

Ich verrate euch ein Geheimnis! Nein, doch nicht, weiß sowieso jeder: Am langweiligsten sind immer diese Rebellen. Aber halli-hallo! Sie rauchen Zigaretten und trinken Bier! Und wenn dann einer von ihnen das Maul aufreißt: »Ich sag meine Meinung, die laß ich mir nicht nehmen, ihr könnt mich alle mal, mich kriegt ihr nicht klein, aber eigentlich bin ich ein ganz netter Kerl!«

Damit können sie die Klatschkasper beeindrucken. Wenn

ich vier oder fünf Stunden mit der Elferwette verbringe, habe ich manchmal keine Lust mehr. Ich bekreuzige rasch meine Tippzettel, kippe meinen Kaffee weg, drehe die Ofentür zu und gehe spazieren. So in Richtung Toto-Lotto-Laden-Frau. Sie nimmt meine neuen Tippscheine entgegen: »Junger Mann, dann bekomme ich noch 41 Mark 50!« Mit ihrem vielsagenden Blick trauert sie meinem schönen Geld hinterher. Ihre heruntergezogenen Mundwinkel verraten mir, daß sie glaubt, ich könne nicht mit Geld umgehen. Dabei ist es ihr Steuergeld. Souverän gebe ich ihr meine alten Tippscheine: »Hier, ick bekomm noch 50 Mark raus!« Sie wünscht mir viel Glück, womit meine neuen Tippscheine verhext sind.

Unser Schöneberger IQ-Bruder

Seitdem ich nicht mehr bei ARD und ZDF in der ersten Reihe sitze, gucke ich auf Premiere Fußball und Boxen. An einem Sonnabendabend ist es wieder soweit: Graziano Rocchigiani gegen Dariusz Michalczewski. Unser Rocky gegen den Tiger. Italien gegen Polen. Gut gegen Böse. Berlin gegen Hamburg. Häßlich gegen Schön. Gegen 22 Uhr füllt sich die zeitlose Kiezkneipe. In Höhers Gaststube sind fast alle für Rocky, den gemeinen Schöneberger. Aufgrund seiner sperrigen Äußerungen verfügt er nicht über die mediengerechte Glätte. Er gilt als i-ba-ba. Na und? Die Abrechnung ist fällig! Und Dariusz soll bezahlen. Die Kneipe ist rappelvoll. Überwiegend mit Stammgästen, also durchtrainierten Arbeitern, abgehalfterten Gewohnheitstrinkern und einigen durchaus hübschen Püppis. Hier und dort beobachtet ein Vertreter einer multisexuellen Randgruppe verstohlen die Szenerie. Einige Stammgäste fragen sich vielleicht, weshalb so manch grußlos hereinschwebender Studententyp niemanden wahrnimmt. Zu schüchtern oder zu arrogant? Vielleicht gibt es ja noch Ärger. Momentan sind alle friedlich, bis auf einen jungen sportlichen

Südländer. Er will nicht mitwetten! »Nein, ich nix wetten, nur gucken!«

»Hör zu, Zlatko! Wenn du nich mitwettest, wirste nominiert!«

Die anderen Gäste gucken schon. Er findet doch noch ein Fünfmarkstück, vergißt aber, seinen Favoriten zu nennen, und hat schon verloren.

Der Boxkampf beginnt, für Rocky und Dariusz im Ring, für die 12600 Zuschauer in Hannover und für die 40 bis 50 Gäste in dieser Kneipe. »Öööhhh!!! Rooockyyy!!!«

Hinter mir mosert eine Frau herum: »Scheißrocky – der Typ is so häßlich!«

Ich drehe mich um, erwidere aber nichts. Wozu auch? Sie ist dumm, häßlich und schon vergeben. Die ersten drei Runden gehen an Rocky. Er landet kleinere Treffer und kassiert nur ein wenig auf seine Deckung. Wir sind optimistisch. Immerhin ein engagierter Boxkampf, kein Schachspiel. Ab der vierten Runde gewinnt Dariusz die Oberhand. Immer wieder diese linken Haken. So haben wir aber nicht gewettet! Jemand ruft, was viele im Prenzlauer Berg fühlen, so jedoch nicht aussprechen: »Rocky – haun um, den Unioner!« Danach vergeht uns unsere Fröhlichkeit. Während der neunten Runde kassiert Rocky einen Leberhaken und geht kurzzeitig zu Boden. Er sieht reichlich lädiert aus. Seine Augen sind zugeschwollen. Wahrscheinlich sehen wir mehr vom Kampf als er. Damit er noch gewinnt, muß sich Dariusz eine unerwartete Blöße geben, die Rocky zum K.O.-Schlag nutzen kann. Danach sieht es nicht aus. Rocky gibt auf! Völlig unerwartet für die meisten Gäste in dieser Kneipe, nicht jedoch für die Fachwelt. Hier haben alle auf Rocky gesetzt. Das Geld bleibt in der Jackpot-Eduscho-Büchse.

Auf der Pressekonferenz sagt Rocky: »Ick hab jetz keene Ausrede. Dit jing halt nich mehr.«

Und ziemlich zusammenhanglos fügt er hinzu: »Dariusz – da sieht man mal wieder, daß du dumm bist!«

Dariusz verläßt aus Protest die Pressekonferenz, einige

Medienvertreter jaulen auf. Na und? So ist es nun einmal! Wenn man sich früher auf dem Schulhof gekloppt hat und dabei mies abschnitt, vielleicht sogar niedergerungen wurde und nur noch abklopfen konnte, rief man trotzdem, sobald man in Sicherheit war, zurück: »Aber du bist trotzdem doof!« Deshalb sind wir auch beim nächsten Mal wieder für Rocky, unseren Schöneberger IQ-Bruder.

Über eine Gegend, in der es viele Äpfel gibt

»Lieber Andi. Es gibt so viele alte Leute in Apolda. Aber bei Oma ist es sehr schön. Viele liebe Grüße von Steven, Mama und Oma.« So steht es auf einer Postkarte aus Apolda. Ich bekam sie von Steven, meinem siebenjährigen Neffen. Immerhin schreiben die kleinen Menschenkinder auch heutzutage noch einige Zeilen.

Es hätte mich auch sehr gewundert, wenn mir Steven folgendes geschrieben hätte: »Lieber Andi. Viele Grüße aus Thüringen, dem grünen Herzen Deutschlands, dem geografischen Zentrum unseres Vaterlandes, genauer gesagt, aus Apolda.

Vor fast 900 Jahren wurde Apolda das erste Mal urkundlich erwähnt, als kleine Siedlung Appolde, später auch Apuldrau, Appelen oder Appulidi genannt. Letztere Bezeichnung bedeutet soviel wie: Gegend, in der es viele Äpfel gibt. Dementsprechend aufregend ist es in dieser thüringischen Toskana zwischen Erfurt und Jena.

Bis ins sechzehnte Jahrhundert lebten die Menschen vom Acker- und Weinbau. Dann kam David der Strickermann. Viele Einwohner wurden Strumpfstricker. Apolda stieg zur größten Strumpfmanufaktur im Reich auf. Trotzdem war diese Industriestadt immer nur eine Bettelfabrik. Eigentlich auch in der DDR. Immer noch wurde von höherer Stelle entschieden, wieviel die Apoldaer zu arbeiten hätten und wie wenig sie verdienen sollten. Daran konnten auch die Losungen der Handelsorganisation wenig beschönigen: ›Die werktätige Frau entscheidet selbst, was sie trägt!‹ Anfang der 70er Jahre wurden die Besitzer der privaten und halbstaatlichen Klein- und Mittelbetriebe völlig enteignet. Darunter litten wohl auf Dauer weniger die Enteigneten.

So, lieber Andi. Hiermit beende ich die Abschreiberei aus dem Buch ›Kleine Thüringen-Bibliothek Apolda‹. Immerhin bin ich so richtig in Schwung. Wir kamen mit dem Zug an. Das Bahnhofsgebäude sieht immer noch nicht wie im Bilderbuch aus. Einige Werbebroschüren der Bundesbahn flatterten umher. Die Mitropa hatte geschlossen. Der Taxifahrer schaute uns fragend an, und wir guckten verneinend weg. Im Vorgarten Bayerns lauten die Themen: ›Tach, Oma! Gibt es noch Mittag oder schon Kaffee?‹ Mir ist langweilig. Ich will wieder nach Berlin, obwohl Oma besser kocht als Mama. Oder um es mal so zu sagen: Wenn es zum Beispiel in der Berliner Zeitung eine zehn Zeilen umfassende Meldung über den Männertag gibt, so handelt diese Meldung von Mord und Totschlag. Dagegen wird in der Thüringer Allgemeinen ein wenig ruhestörender Lärm dreimal so ausführlich beschrieben. Wenn sich in Apolda auf einer Kreuzung drei Fahrzeuge begegnen, sprechen die Autofahrer von erhöhtem Verkehrsaufkommen. Im Bus sitzen viele alte Leute. Sie freuen sich, weil so viele alte Häuser restauriert werden. Im Glocken-Center gibt es alles. Apolda ist ein Seniorenparadies. Im Schloß gibt es eine Ausstellung, aber das Freibad hat geschlossen. Auf den Obstplantagen fault die Ernte vor sich hin. Das Fußballstadion der Betriebssportgemeinschaft Obertrikotagen Apolda verfällt. Die Menschen tragen billigen Plunder von sonstewo. Alle Apoldaer liebäugelten zu DDR-Zeiten damit, mal in Nürnberg zu gucken. Nun müssen einige von ihnen jeden Tag zur Arbeit dorthin fahren. Sie sind zufrieden. Apolda hat wohl die höchste Arbeitslosenquote Thüringens. Hauptsache, Arbeit. Dafür gingen sie schon in den vorangegangenen Jahrzehnten an jedem ersten Mai auf die

Straße. Sie spazierten an einer Ehrentribüne vorbei, auf der weder Honecker noch Krenz oder Mielke standen, sondern die lokalen Schuldirektoren und Betriebsleiter. Irgendwie recht harmlos.

Heute abend gucke ich Fußball. Oma macht schön Abendbrot. Dann gucken wir die lustigen Musikanten und würfeln nebenbei. Morgen werde ich mit Mama wieder nach Berlin fahren. Das Mittagessen wird schmecken, aber Kaffee werden wir nicht trinken. Es wird wieder schön gewesen sein. Viele liebe Grüße von Steven, Mama und Oma.«

Nein, so was schreibt kein Siebenjähriger! Und ich auch nicht. Wenn ich demnächst in Apolda bin, schreibe ich meinem Neffen: »Lieber Steven! Wie es in Apolda aussieht, kannst du vorne auf der Postkarte erkennen. Viele liebe Grüße.«

Von Filmemachern verfolgt

Mir ist es egal, welcher Regisseur welche Filme dreht und welcher Schauspieler außer in diesem Film noch in jenem Film mitspielt. Für mich sind Filme entweder gut oder schlecht. Nach einem aufrüttelnden Kinobesuch rede ich am liebsten über was anderes. Gespräche über Filme sind für mich langweilig. »Sag mal, wie heißt der noch gleich? Das is doch der ... äh? Hilf mir doch mal!« Weshalb soll ich helfen? Man ist entweder Cowboy oder Indianer.

Ich träume nie davon, ein Schauspieler zu sein. Überrascht bin ich, wenn ich von einer schwierigen Freundin angesprochen werde: »Kannst du dir vorstellen, in einem Kurzfilm die Hauptrolle zu übernehmen? Hier is das Drehbuch. Sag zu oder ab!« Ich kann mir nicht vorstellen, in einem Kurzfilm die Hauptrolle zu übernehmen, und sage zu. Vielleicht aus Solidarität oder aus sexuellem Interesse. Zu Hause lese ich mir alles durch und denke: »Hm.« Meiner charmanten Freundin gebe ich das Drehbuch zum Lesen, damit sie mir sagt, ob ich lieber einen Rückzieher machen soll. Sie sagt: »Hm. Das liest sich, als ob es eine

Frau geschrieben hat. Da passiert gar nichts. An deiner Stelle würde ich zusagen. Es ist deine Chance!« Ja, es ist meine Chance. Meine Verbesserungsvorschläge werden alle abgelehnt. In der dünnen Geschichte komme ich mürrisch von Arbeit und werde von einem trotteligen Kollegen gefragt: »Kommste noch mit, inne kleine Kneipe?« Ich kann nicht nein sagen. Mein Kollege läßt nicht locker.

Es ist nicht so, daß ich grundsätzlich was gegen Filme habe, in denen kaum was passiert. Ganz im Gegenteil, ich schaue mir viel lieber Filme an, in denen ein unscheinbarer Hauptdarsteller von einer Leinwandkante zur anderen irrt: Immer mit dem Auto auf dem Weg zum Horizont, um mehr Abstand von der Leiche im Kofferraum zu gewinnen. Wobei es im Film nicht um die Leiche im Kofferraum geht. Es geht um den unscheinbaren Hauptdarsteller. Wie er von einer Leinwandkante zur anderen irrt. Zeitlose wahrhaftige Tristesse in Schwarzweiß mit heruntergeschrammelter folkloristischer Hintergrundmusik ist einfach lässig. In solchen Filmen fühle ich mich sicher vor vieräugigen Affenmenschen und achtbeinigen Roboterkatzen, die gegenseitig ihre Planeten zum Explodieren bringen.

Allerdings habe ich wenig Bilder im Kopf, wenn ich das Drehbuch meiner schwierigen Freundin lese. Weshalb wird dieses traurige Schauspiel ein Farbfilm? Warum gibt es keine Musik? Wie viele potentielle Hauptdarsteller haben vor mir abgesagt? Einverstanden, die Kunst ist frei. Aber ich denke, sie will einen interessanten Kurzfilm drehen.

Der erste Drehtag steht an. Zu Hause rasiere ich mich gründlich. Bart ab, Haut ab. Ein glattes Äußeres paßt zu meiner Rolle. Laut Drehbuch weiß ich mit Frauen nichts anzufangen. Als einziges Kind meiner inzwischen verstorbenen Eltern interessiere ich mich für Modelleisenbahnen. Ich habe aber keine. In meinem Ostfernseher kann ich zwischen verschiedenen Schneegestöbern wählen. Ich gehe arbeiten, bin schweigsam und langweilig. Alkohol vertrage ich nicht. Ich bade jeden Sonnabend. Jeden Morgen spritze ich mir ein wenig Wasser ins Gesicht. Dafür rasiere ich mich um so gründlicher. Bart ab, Haut ab. Herr im Himmel, welch ein Schwachsinn!

Mein Kollege hat in Berlin angeblich Vorfahren. So groß und hektisch hat er sich diese Stadt nicht vorgestellt. Hier ist es anders als in seinem Dorf. Dort gehörte er als Angehöriger der Freiwilligen Feuerwehr zu den oberen Zehn. Soviel zu unseren Biographien.

Am vereinbarten Treffpunkt, S-Bahnhof Hackescher Markt, gehen wir freundlich miteinander um. Ich bin der einzige, der noch nichts mit dem Film zu tun hatte. Mein Kollege war schon am Theater. Und was macht er zur Zeit? Wahrscheinlich sieht er in dieser Nebenrolle einen rettenden Grashalm. Er fragt mich: »Und was machst du so?« Auf meine Antwort reagiert er ein wenig verstört: »Bauarbeiter.« Wir haben uns nichts zu erzählen. Die Maskenbildnerin hat vorher Masken gebildet. Das Schrippenmädchen hat schon mal Schrippen geschmiert. Die beiden sind ganz hübsch. Die Ton-, Licht- und Kameratruppe verdient ihr Geld mit eben dieser Arbeit. An diesen zwei Drehtagen solidarisieren auch sie sich mit unserer schwierigen Freundin. Leider übernimmt gerade diese ehemalige Blockerin die Regie. Früher sperrte sie gelegentlich die Straße ab, auf der gerade gedreht wurde. Genauso einfühlsam zeigt sie sich auch als Regisseurin.

Wir beginnen mit der ersten Szene: Feierabend. Wir stolpern aus dem Bauwagen heraus und verschwinden in der Menschenmenge. So habe ich mir das gedacht. Die Menschen, die ganz normal über den Bahnhofsvorplatz spazieren, werden zum größten Teil von uns aufgehalten. Ein natürlicher Wirrwarr ist fehl am Platz. Die Regie tönt: »Stop! Gleich noch mal! Da waren Leute im Bild!« In der Bahnhofshalle bilden die Schaulustigen einen Halbkreis. Bewundernd bekunden sie ihren Irrglauben: »Das sind Schauspieler.« Einige Kinder wollen ins Bild. Sie machen ihre Faxen. »Stop! Gleich noch mal!« Im müden Feierabendtempo gehe ich erneut den abgesprochenen Weg entlang. Mein Kollege beginnt wild zu gestikulieren. Er fragt sich wohl, wo eine Kneipe sei. Ich deute nach links und gehe nach rechts. »Stop!« Ich soll mit dem Kopf nicken und schütteln, mit den Achseln zucken, im Stadtplan herumfingern, zur Decke zeigen, den Kollegen freundlich auffordern, mir zu folgen, und ablehnend weitergehen. »Gleich noch mal! Mehr Leben bitte!« »Ick denk, ick bin ein in mich jekehrter Einzelgänger?« »Mach einfach, was ich dir sage!« Wir wiederholen die Szene zwei- oder dreimal. Der Kollege hält mich auf, er blickt sich panisch um und folgt mir. Ich hampel immer mehr herum und finde mich zunehmend unnatürlicher. Schließlich ruft die Blockerin: »Gestorben! Das war richtig gut! Warum nich gleich so? Und der Dorftrottel ist sowieso klasse!« Für mich heißt es: »Erst mal ne Schrippe essen. Wat jibs denn? Käse-Salami. Jut.«

Der ersten folgt die zweite Szene: In der S-Bahn stehe ich ein wenig verstohlen an der Tür, dem Kasperkopf gegenüber. Ich sehe aus dem Fenster, lese interessiert die Werbetafeln und kann es doch nicht vermeiden, daß sich unsere Blicke treffen. Ich schaue unverwandt, er nickt und grinst freundlich. »Stop! Schau dir das Abteil an, blicke aus dem Fenster, schau ihn vorwurfsvoll an! Verziehe deine Mundwinkel zu einem gequälten Lächeln!« Darauf verkörpere ich mit meinem Mienenspiel das ganze Ausdrucksvermögen eines BVG-Fahrgasts: Ich sehe den gegenüberstehenden Kollegen gelangweilt an, gucke raus, lächle fremde Menschen verstohlen an, gucke wieder weg, werde ohne Fahrausweis angetroffen, stelle mich schlafend, surfe halsbrecherisch und werde überfallen! Zum Finale sage ich mit einem einzigen Blick aus: Die S-Bahn entgleist! Der Theatertrottel ist sein Geld auf Anhieb wert. Irgendwann haben wir auch meine Rolle im Kasten. Vielleicht sogar mit den O-Tönen von zwei nebenan sitzenden BVGlern: »Ach, wat isn hier los? Drehn Sen Film? Is ja nüscht besondret!« Da haben sie völlig recht. Wir drehen ein Zeug zusammen, das wir früher mit dem Spruch quittiert hätten: »Dit jibs in keen Russenfilm!« Warum fordere ich meinen Kollegen nicht einfach auf zu verschwinden? Im Drehbuch ist von einem mürrischen Mann die Rede. Ich bin ein mürrischer Mann. Für ihren Film ist es am besten, wenn ich mich selber spiele. Aber nein! Die Damen und Herren Filmemacher finden diesen Komödianten so köstlich. »Einfach zum Kringeln! Mein Gott, is der ulkig!«

Dritte Szene: Am Ostbahnhof will ich meinen Kollegen loswerden. Ich flüchte in das Kaufhaus, werfe mich gegen die Eingangstür, stürze zur Rolltreppe hoch, schubse andere Kaufhausbesucher zur Seite und tauche in der Menge unter. Die Maske und die Requisite fotografieren sich gegenseitig. Sie sind ganz niedlich. Mich wollen sie nicht knipsen, weil sie schon gemerkt haben, daß ich kein Schauspieler bin. Von einer schönen Schmuckverkäuferin lasse ich mir bestätigen, daß ich den kleinen Jungen auf der Rolltreppe ganz lässig weggeschubst habe. Ich kann zusehen, wie sie den seelenlosen Komödianten filmen. Er hat Mühe, mir zu folgen, und kommt ins Stolpern. An der Eingangstür bleibt er lustig hängen. Der erste Drehtag wird beendet. Warum habe ich nicht meine charmante Freundin besucht?

Zweiter Drehtag. Zu Hause rasiere ich mich gründlich. Bart ab, Haut ab, Haare ab, Ohren ab. Ein glattes Äußeres paßt zu meiner Rolle. Mit Männern weiß ich nichts anzufangen. Nachdem meine Eltern gestorben sind, hat meine Oma die Formalitäten erledigt. Immer wenn ich zwei Wochen Urlaub habe, besuche ich sie in Oranienburg. Meine Oma war es, die mich einkleidete, mit den Spenden vom Deutschen Roten Kreuz. Jeden Morgen benetze ich mein Gesicht mit ein wenig Wasser. Dafür rasiere ich mich um so gründlicher. Bart ab, Haut ab, Haare ab, Ohren ab. Herr im Himmel, welch ein Schwachsinn! Ich gehe mit dem Anspruch an die Dreharbeiten, daß jeder später sehen soll, welch überaus talentierte Fehlbesetzung ich bin. Die Zuschauer sollen sagen: »Der mürrische Mann is echt. Ansonsten wurde das wahre Leben einer Klamotte untergeordnet.«

Am vereinbarten Treffpunkt begrüßen wir uns mit aufgesetzter Freundlichkeit. Meine schwierige Freundin redet nicht mehr mit mir. Ihrer Meinung nach höre ich sowieso nicht zu. Beziehungsweise selbst wenn ich zuhöre, mache ich trotzdem, was ich will. Wenn wir nicht gefilmt werden, sind wir ganz normale Psychopathen.

Die vierte Szene spielt auf einer vierspurigen Hauptstraße. Ich habe mich damit abgefunden, daß ich verfolgt werde. Nun filmen sie mich aus nächster Nähe, wie ich ganz normal gehe. Langsamen Schrittes mit gleichgültigem Gesichtsausdruck. Immerhin reden wir wieder miteinander. »Stop! Gleich noch mal!« »Warum? Ick geh immer so!« »Ja. Das war auch sehr gut, aber nun filmen wir noch mal ein Detail: Nur deine Füße!« Sie laufen in gebückter Haltung neben mir her. Die Kamera richten sie auf meine Füße. Einen halben Kilometer weiter vorne ist was los. Ich höre Sirenengeheul und Bremsengequietsche. Vielleicht wird dort eine Sparkasse von vieräugigen Affenmenschen oder achtbeinigen Roboterkatzen überfallen. »Gestorben! So, und nun zu unserem Theaterschauspieler! Immer schön den Bürgersteig entlang. Du machst das doch aus dem Fußgelenk, nich wahr? Hahahaha, Fußgelenk, kleiner Scherz! Man darf nicht alles so ernst nehmen! Zwischendurch muß man auch mal einen Witz machen!« Ich nehme mir eine Käse-Salami-Schrippe. Sie ist mein Geschenk an den mürrischen Mann, der ungeniert durch das Bild geht und dabei herumschreit: »Scheiß-Filmstudenten! Haut ab!« Während die Füße des Kollegen gefilmt werden, hoffe ich, daß er in Hundescheiße tritt. Sozusagen symbolisch, für den Film.

Fünfte Szene: Das Drehbuch verlangt von mir, daß ich mich in einer Arbeiterkaschemme betrinke. Demnach flüchte ich mich dorthin, wo er mich am wenigsten vermutet. Ich finde mich in einer Kneipe mit Designermöbeln, Revolutionskitsch und Musikinstrumenten wieder. So habe ich mir eine Arbeiterkaschemme immer vorgestellt. Das Drehbuch gibt vor, daß ich mir am Tresen ein Bier bestelle. Ich soll stumpf vor mich hin starren und trinken.

Plötzlich entdecke ich an einem Tisch den einnickenden Kollegen und bekomme Angst. Gleichzeitig löse ich interessiert ein Kreuzworträtsel. Ich bezahle und schleiche zur Tür hinaus. Das mache ich alles ganz lässig. »Stop! Gleich noch mal!« Ich soll laut und deutlich ein Bier bestellen, panisch den Kollegen zur Kenntnis nehmen und aus einer schrulligen Geldbörse umständlich die Münzen herausfingern. Ich atme tief durch und sage: »Hör zu. Niemals geh ick in so ne Kneipe und sag: ›Guten Abend! Würden Sie so freundlich sein und mir ein Hopfen-Wasser-Malz-Getränk geben, welches nach dem deutschen Reinheitsgebot gebraut wurde?‹« »Mache einfach nur, was ich dir sage! Einverstanden?« »Jaja.« Mit meinem Mienenspiel stelle ich klar: Ich gewinne im Kreuzworträtsel, habe Verfolgungswahn, bekomme am Tresen ein Kind und gebe es mit dem Verlassen der Kneipe zur Adoption frei. Der Komödiant wird gelobt. »Mensch, du bist so gut! Aus dir wird mal was!« Ich renne gegen einen Scheinwerfer und lache. Die Regisseurin guckt total genervt. »Du hältst jetzt durch, oder? Es kommt auch noch die Bettszene!«

Sechste Szene: Ich schließe meine Wohnungstür auf und schalte im Flur das Licht an. Der Schauspielsonderschüler verfolgt mich bis ins Treppenhaus. »Stop! Gleich noch mal!« »Warum?« Nun beginnt sogar der Komödiant an mir herumzumurren: »Du, hör mal! Beim zwanzigsten Mal Die-Treppe-Hochrennen werden die Beine ganz schön schwer!«

Letzte Szene: Ich liege im Bett und starre zur Zimmerdecke. Neben mir liegt der Komödiant. Er schläft schon, weil er den ganzen Abend durch Berlin geirrt ist. Endlich gestikuliert er nur soviel herum, wie ich es den ganzen Film über für angebracht hielt. Nämlich gar nicht. Vielleicht ist dieser Komödiant, seiner rasanten Biographie entsprechend, schon tot. Wie meine Eltern. Wann kommt meine Oma, um ihn bestatten zu lassen? Die Dreharbeiten werden beendet. Warum war ich nicht im Fußballstadion? Immerhin bin ich kein Schauspieler. Die Schnittarbeiten werden nie begonnen. Glückliches Ende.

Eine Religion für den Hausgebrauch

Viele verschiedene Menschen haben viele verschiedene Schrauben locker. Daran ist nicht immer der Teufel schuld. Bei mir in der Gegend wohnt eine Lichtseele, die hinter jeder blöden Fernsehsendung die große Weltverschwörung vermutet. Ich kenne ihn noch aus der Zeit, als es ihm besserging. Er heißt Axel. Seit einigen Jahren leidet er sehr darunter, daß das Abendland vom Römischen Reich versklavt worden ist. Bis zum Jüngsten Gericht. Alle paar Monate besuche ich ihn. So auf eine Tasse Tee. Kaffee gibt es nie. Immerhin springen bei ihm manchmal einige schöne Schallplatten raus. Raritäten, die es auf Sammlerbörsen mit viel Glück für 30, 40 Mark gibt, kosten bei ihm 5 Mark. Die erfolgreichsten Leichenfledderer sind eben immer noch die, die die Sterbenden ausnehmen. Na und? Axel braucht nur einige aufmunternde Arschtritte, damit in seinem Kopf das Drogen-Lego zerbröselt. Einige Male habe ich es mit meinen Wiedereingliederungspöbeleien umsonst versucht. Neulich war er wieder einmal fällig. Ich hatte seine Soul-LPs im Visier und besuchte ihn wie abgesprochen. Mein offizieller Grund war, daß ich mehr darüber erfahren wollte, weshalb auf seiner Visitenkarte ein Hakenkreuz abgebildet ist. Axel klaute sich verschiedene Mythen und Symbole zusammen. Er köchelte an einer eigenen Religion. Unser bisheriger Freundeskreis war seit einiger Zeit nur noch mein Freundeskreis. Axel hatte nicht aufgeräumt. Im Gegenteil, die Vermüllung hatte erschreckende Ausmaße angenommen. Bestimmt war er kurz davor, die Wahrheit zu finden. Schade. Inzwischen hatte Axel auch die restlichen Schallplatten verscherbelt. Ihm machte das nichts aus. Dafür hatte er von seinem Meister diese Bücher erworben, die vom Wüstendämon verboten worden waren. Im wesentlichen ging es in diesen Schwarten wohl darum, sich mit magischen Leibesübungen über die dummen Durchschnittsmenschen zu erheben. Also mir reichte eine

Tasse Tee. Ich ging in die Küche. Herr im Himmel, da saß jemand am Fenster. Mit dem Rücken zu mir, rauchte er wichtig vor sich hin. Seine Haare waren weder kurz noch lang. Eher so eine mit dem Flammenwerfer auf normal abgesengte Indianerfrisur. Seine Kleidung erinnerte mich an die grausame DDR. Für die Sommerzeit war er viel zu dick angezogen. Wahrscheinlich zum Ausgleich dafür, daß er im Winter zu dünn angezogen war. Nun hatte ich ja, bevor er sich zu mir umdrehte, mit einem eher unauffälligen, halbwegs intelligenten Gesichtsausdruck gerechnet, aber der hier war ja schon völlig verhuscht. Seine Fresse war so blaß und ausgemergelt. Sein mich durchbohrender irrer Blick sollte mir wohl sagen, daß ich gerade eine bedeutende Begegnung machte. Ich sah mich lieber vor, damit ich diesen entwurzelten Endzwanziger nie im Rücken hatte. Axel stellte ihn mir vor: »Äh, dit is meen Meister, na ja, nich meen Meister, ick sag bloß so, wa. Meen Meister wohnt vorüberjehend hier, nur so vorüberjehend.« Was sollte ich anderes sagen als: »Ach so, nur vorübergehend.« Wir redeten wirres Zeug über Geheimgesellschaften, die die Menschheit mit primitiven Werten blendeten. Die beiden träumten davon, Land zu bewirtschaften und eine Religionsgemeinschaft zu gründen. Mir lag es auf der Zunge, sie zum Aufgeben aufzufordern. Aber ich hatte Angst vor ihren Zaubertricks. Den Meister ärgerte ich, indem ich ihn über sein Leben ausfragte. Offenbar hatte er bisher zwei kurzzeitige Arbeitsverhältnisse gehabt. Ihm war das aber nicht so wichtig, weil er sich bereits entschieden hatte, was er vom Leben wollte. Ich wollte nicht eingelullt werden und polterte: »Na ja, Bäume haste noch nich ausjerissn, wa?« Wissend durchschaute er mich und antwortete: »Pflanzen.« Es machte mir zunehmend Spaß, die beiden mit dem ganzen Alltagsschrott zu konfrontieren. Axel fand nichts dabei, Unterstützung zu kassieren. Ihm war das Land weggenommen worden, er konnte sich nicht selbst ernähren. Außerdem wollte er vielleicht den Hauptschulabschluß nachholen. Mir rutschte von der Zunge:

»Herr im Himmel! Du bist zu blöd, deine drei Zimmerpflanzen am Leben zu halten, aber nun willste of eenmal Land bewirtschaften!« Der Meister rechtfertigte sich vorauseilend. Er starrte mich vielsagend an und sagte: »Ich habe mich im letzten halben Jahr nicht in Deutschland aufgehalten!« Wenn ich bewundernd gefragt hätte: »Warste in den USA?«, so hätte ich sicherlich zu hören bekommen: »Amerika!« Das wollte ich uns allen ersparen. Mir lag sowieso niemals viel an den Berufen anderer Menschen. Aber bei diesen beiden war alles Asche. Geheimniskrämerisch erzählte Axel von zwei Frauen, die auf sie angesetzt wurden, weil der Staat die Menschen nicht gleich erschießen ließ, sondern erst einmal psychologisch bearbeitete. Einerseits mochte das schon stimmen, andererseits gestand ich dem Staat schon zu, daß er seine körperkontaktfreudigsten Ermittlerinnen nicht an solche Kasperköpfe verheizte. Wenn überhaupt, so fanden zwei eher normale Frauen diesen Hokuspokus eine Nacht lang gerade richtig, um die Zeit totzuschlagen. Inzwischen hatte ich meinen Tee ausgetrunken. Alles wirkte miefig, dunkel und leer. »Na, Axel! Keene Verjangnheit, keene Gegenwart, keene Zukunft – aber die Welt rettn wolln, wa?« »Ja, dit wird schwierig.« Mich zog es einfach nur auf die Straße, um noch ein wenig das Tageslicht zu genießen. Bevor ich mich für immer verabschiedete, hörte ich den debil grinsenden Meister noch einmal von der Gründung einer Religion plappern. Schön für ihn. Sicherlich müßte er dann nicht mehr nur so vorübergehend bei Axel wohnen. Immerhin würde er als Religionsführer in unserem versklavten Abendland ein großes Haus bekommen, das er sich mit Zarah Leander, Jesus Christus und Adolf Hitler teilen könnte.

Ich war ein Freizeitloser, der ziellos in den Tag hinein arbeitete 2

Halleluja! Eine neue Gesellschaftsordnung. In der DDR war ich Gefahr gelaufen, als unzufriedenes Vollzeitwrack zu verenden, in der Bundesrepublik wurde ich immerhin nicht gezwungen, jemandem die Arbeit wegzunehmen. In Hohenschönhausen habe ich mich für Schöneberg weichklopfen lassen. Ein alter Meister sagte während der Bewerbung zu mir: »Deine Hose muß nich jebüjelt sein, aber dit Jeschlechtsteil sollte ooch nich unbedingt raushängn!« Wunderbar. Allerdings ging mir die Geheimniskrämerei mit meiner Kaderakte schon wieder zu weit. Im Osten verschwendete ich zu viel Zeit mit zu wenigen Experimenten. Im Westen war mir dieses Kommen und Gehen ganz lieb. Ein Gesellenbrief war weniger wichtig. Während einer Bewerbung wurde ich immer gefragt, was ich konnte, und nicht, welche Ausbildung ich absolviert hatte. Wenn ich im September 89 bei einem Arbeitgeber aufgrund einer Zeitungsanzeige anrief, und war es auch schon 11 Uhr, so war ich manchmal nicht nur der erste, sondern oft auch der einzige. Als Ostler galt ich als diszipliniert und ehrgeizig. Wenn ich einmal signalisierte, daß ich eine Arbeit wollte, hatte ich später Mühe, diese wieder loszuwerden. In den Anzeigenblättern wurde genug Schwarzarbeit offeriert. Irgendwann haben mich die Stellenangebote in den Zeitungen oder auf dem Arbeitsamt weniger interessiert. Diese Telefonnummern wurden von vielen angewählt, die für zu wenig zuviel machten. Ich klingelte statt dessen viele Firmen auf Verdacht an. Oft wurde ich auch eingestellt, wenn ich in meiner ungebügelten Hose mein Geschlechtsteil verborgen hielt. »Was solln wa lange drüber reden? Versuchen wirs!« Das entsprach meinem Naturell.

Im Osten habe ich meine Jugend verarbeitet. Der Westen versprach mir für die Mitte meines Lebens eine Krise. Diese freie Arztwahl verstand ich auch immer als einen wesentlichen Bestandteil der Demokratie. Wenn ich in Hohenschönhausen zum Arzt ging, saß ich dort stundenlang im Wartezimmer und las blöde Zeitungen. Ziemlich zermürbt ging ich ins Sprechzimmer. Die persönliche Entfaltung war nicht mit dem Fünfjahrplan vereinbar. Für meine schauspielerischen Leistungen bekam ich drei Tage Urlaub, wobei der erste Tag schon halb verplempert war. In Schöneberg wartete ich zwar auch stundenlang in der Praxis, aber dort herrschte an jedem Werktag so was wie Meinungsfreiheit. Mein Arzt wollte wissen, ob ich Magenprobleme hätte oder ob ich unter Streß stehen würde. »Wieso?« »Gut. Dann kreuze ich das ausnahmsweise an.« Ich gehörte nicht zu den Menschen, die wegen zwei Wochen im Jahr ihr Bitterfeld für immer gegen Recklinghausen eintauschten.

Auf diese Tiefbauerei hatte ich keine Lust mehr. Ich versuchte mich als Ausbaumaurer, Brandschutzmonteur, Lüftungsmonteur und Maler. Was es im Westen unter den Arbeitern viel weniger beziehungsweise gar nicht gab, waren das ewige Wiederkäuen des vorabendlichen Fernsehprogramms und das romantisierende Palaver über die Armeezeit. Im Osten fand ich das soziale Gefüge manchmal schlimmer als die Arbeit an sich. Ich ließ im Laufe der Jahre viele Chancen sausen, mich in irgendeine Hackordnung einzugliedern.

Ich sollte mich mit der Bauzeichnung wichtig machen und den Kollegen anspitzen. »Lassn Se den Schmitt ruhig ein bißchen mehr arbeiten. Sie könn ja dann 60 zu 40 abrechnen. Wie Se denken.« »Nee, wir knüppeln jeden Tag zusammen. Die Nerverei unternander erspar ick mir!«

Es reichte mir schon, wenn ich jeden Freitag mit dem Wochenzettel nachweisen mußte, daß ich was gemacht hatte. Allerdings wäre es erholsam gewesen, wenn Schmitt genauso geknüppelt hätte. Aufgrund seiner Speiseröhrenverengung konnte er nur Vanillepudding essen. Der Kräftigste war er nicht. Und mein Chef war irgendeine Arschmade auf dem Weg in den Dickdarm. Er ging davon aus, daß wir im Akkordtempo für unseren Stundenlohn arbeiteten. Meistens war ich sowieso an der Arbeit uninteressiert. Als antriebsarmer Träumer bekam ich oft zu hören: »Du siehst die Arbeit nich!«

Ich verkaufte mich immer flexibler. Wie das eben so war. Ein Arbeitgeber und ich. Wir wollten uns pauschal antesten. Montag früh trafen wir uns vor seinem Büro. Er wirkte noch ein wenig zerstreut. »Wo habe ich mein Auto geparkt? Ach, in der Nebenstraße! Aber in welcher? Ach, jetz fällts mir wieder ein! Oder?« Während er mir seinen Kiez zeigte, fanden wir sein Auto. Die Arbeit hatte er so ähnlich organisiert. In fünf Häusern fingen wir zu dritt überall an. Malern und tapezieren. Streichen bei den Reichen. Plötzlich mußte er auf eine andere Baustelle, um was zu klären. »Zieht maln Finger! Arbeitet ruhig bis 18 Uhr! Die Arbeitszeit ist flexibel, soweit sind wir uns doch einig, oder? Hört mal: Ich hatte hier schon einige Träumer, die mir was vom Tarif und festen Arbeitszeiten erzählten. So brauchen wir gar nicht erst anfangen! Bis morgen!« Er ging. Mein Kollege fand das normal. »Wat willste machen? Vorde Tür wartn 20 andere of unsre Arbeit.« »Dann lasse doch rinn.« »Na, du fliegst sowieso bald!« Bei diesen Aussichten kündigte ich schnell. Er glaubte an die Lügenmärchen, obwohl in der DDR das Lob auf den Osten so falsch wie die Kritik am Westen richtig gewesen war. »Haben Sie Lust zum Arbeiten?« »Na ja, Malern und Mauern is nich unbedingt mein Hobby.« Weshalb sollte ich irgendwo hingehen, um mich zu verstellen? Zu einem dieser emotional verarmten Millionäre, die lieber einen Großteil ihres Lebens auf den Baustellen verbrachten, weil sie ihre gekauften Frauen inzwischen nicht mehr ertragen konnten. Sie zahlten ohnehin nur den niedrigeren Tarif von Brandenburg, weil sie in Potsdam einen Briefkasten hatten. Das nannte sich betriebsinterne Vereinbarung. Der Polier bekam den Lohn eines Gesellen, und der Geselle erhielt den Lohn eines Ungelernten. »Und was für Gehaltsvorstellungen haben Sie?« »Ganz normale: Berliner Tarif.« »Hm, schwierig. Haben Sie noch irgendwelche Fragen zum Unternehmen?« »Nein.« »Wenn sich etwas ergibt, melden wir uns telefonisch. Auf Wiedersehen.« Das rhetorisch geschulte Arschloch guckte traurig.

Die Klimakatastrophe bescherte uns einen Jahrhundertsommer nach dem anderen. Auf dem Bau war es zu heiß, aber am Strand ging es. Ich schlief aus und ging schwimmen. Staatlich abgesegnet und vom Arbeitsamt gefördert. Ruhe bewahren, bis zur großen Bambule. Genug abschrekkende Beispiele hatte ich schon kennengelernt, die zwei oder drei Jahrzehnte mit dieser Lebenslüge verschwendet hatten. Immer dieselbe Arbeit, immer die gleichen Gedanken: Wir baun auf, wir reißen nieder, Arbeit ham wa immer wieder! Die vertragliche Arbeitszeit umfaßte 40 Stunden in der Woche. Die Überstunden und Hin- und Rückwege kamen noch dazu. Danach hieß es auf Nahrungssuche gehen und schneller schlafen! 100 Wochenstunden wurden schon mal ohne Sport und Spiel verbracht. Arbeit! Arbeit! Arbeit! Die wenigen Urlaubswochen waren ohnehin nur Almosen an Lebenszeit. Irgendwann lief ich sogar Gefahr, meinen Chef zu verstehen, um mit ihm an einem Strang zu ziehen. Damit ich nach der Auftragserfüllung zu hören bekam: »Es tut uns leid, Sie in den Winterschlaf schicken zu müssen!« Was juckte mich der wirtschaftliche Abstieg? Ich definierte mich nicht über meinen Beruf. Und wenn sich ein Lohnsklave aufregte, weil ich angeblich von Steuergeldern lebte, so würde ich mir an dem Tag, an dem er aus seinem sozialen Engagement heraus nach oben trat, seine Worte zu Herzen nehmen. Und die schweigende Mehrheit? Träumten die Helden der Arbeiterklasse von Tätigkeiten als Poliere, für die sie die Löhne der Ungelernten erhielten? Wie lange waren sie schon damit beschäftigt, für ihre Arbeitsämter diverse Ablehnungen zu sammeln? Wie oft bekamen sie von ihren Arbeitsämtern diese sechswöchigen Trainingsmaßnahmen aufgedrückt? War es sinnvoll, ihnen das regelmäßige frühe Aufstehen anzutrainieren? »Kopf oder Zahl? Eine Trainingsmaßnahme oder eine Zahlungssperre?« Und wie kamen sie um diese Disziplinierung durch Arbeit herum? Vielleicht, indem sie sich zum Feierabend meldeten: »Morjen. Ick hab vom Amt son Stellenanjebot bekomm. Wat Sie da machn, kann ick nich. Und der Job is ooch schon weg, oder?« Süß. Viele Firmen gaben jedem für sie Kostenlosen die Bewährungsmöglichkeit, mit einem Brett vor dem Kopf über die Baustelle zu spazieren. Und nun? Vielleicht war es besser, am Telefon einen aussichtslosen Kandidaten zu mimen, einen kommunikationsgestörten Ausländer? »Guten Tag, Firma ...« »Du Arrrbeid?« »Bitte, mit wem spreche ich?« »Du Arrrbeid?« »Entschuldigen Sie, was ...« »Du Arrrbeid! Du Arrrbeid!« »Ach, leck mich doch!«

Es ist nicht notwendig, die Massen der Bevölkerung mit Schraubensortieren zu beschäftigen. Inzwischen gibt es eben mehr Menschen und weniger Arbeit. Die Entwicklung geht nun mal in Richtung Freizeitgesellschaft. Und Freizeit kostet nicht zwangsläufig Unsummen an Geld. Während der Schulzeit wurden wir immer angehalten, zu malen, zu schreiben und zu musizieren. Wir lernten für das Leben. Der Mensch als Ganzes, nicht nur auf seinen Broterwerb reduziert. Nach dem Eintritt in das Berufsleben zelebrierten wir zunehmend diesen Stumpfsinn. Für mich hatte es keinen Sinn, auf Reformen oder Revolutionen zu hoffen. Es hat sich auch erledigt, sich in eine andere Stadt oder in einen anderen Staat zu flüchten. Anscheinend sind zu jeder Zeit und überall die Herdenmenschen in der Überzahl. Ich kann mit ihnen verkümmern oder ohne sie aufblühen. Nach zehn, zwanzig Jahren Arbeit will ich mich für ihre vorübergehende Gesellschaftsordnung nicht länger zum Krüppel arbeiten. Niemand wird für seine Knechterei respektiert, sondern für seine Kreativität. Weshalb sollen sie jemanden respektieren, wenn sie in ihm ihr eigenes Elend wiedererkennen? Als Kreativling bekommt man für seine Spielchen genügend Brötchen. Im Ferienlagerland herrscht Burgfrieden. Der ganze Schwachsinn ist offensichtlich. Hier machen viele Menschen aus ihrem Beruf eine Lebensphilosophie. »Guten Tag. Ich bin wichtig. Hier meine Arschkarte. Ich arbeite am Aufbau unserer trojanischen Hauptstadt.« Als ob wir in ein großes schwarzes Loch fallen würden, wenn wir an der Globalisierung nicht teilnehmen. Scheinbar gilt es, die Zeichen der Zeit zu erkennen, jede Arbeit anzunehmen und nach freier Zeiteinteilung immer verfügbar zu sein. Wohl dem, der alles kann: Wasserhähne installieren, Büro- und Geschäftshäuser projektieren, den Sterno-Cleido-Mastoideus reaktivieren, Lachgas inhalieren und den ganzen Dreck filtrieren. Und dann wundern sie sich, wenn ihre herangezüchteten, zu kurz gekommenen Kreativitätskrüppel durch die Straßen marodieren. Früher war für mich ein Tag wie der andere. Heute ist das nicht anders, aber schöner. Die Jammernachrichten höre ich mir schon gar nicht mehr an. Die müssen auch mal die Realität berücksichtigen. Eines Tages werden die Menschen vom ersten, zweiten und dritten Arbeitsmarkt so reden, wie sie heute von der Fleischindustrie reden. Das radikale Umdenken werde ich wohl noch erleben dürfen. Sicherlich wollen dann viele Menschen schon immer ausgeschlafene Langzeitarbeitslose gewesen sein. Wieso sollen alle gerädert aufstehen, sich am Computer die Augen verderben, vor der Glotze verblöden und ordentlich im Bett sterben, bis es im ganzen Haus stinkt? In jedem vorangegangenen System sagten sie, daß nach ihnen das große Chaos ausbrechen würde. Allerdings herrschte nach vielen Zusammenbrüchen auch große Erleichterung. Soll diese Gesellschaftsordnung die letzte gewesen sein? Ausgerechnet in unserer schnellebigen Zeit? Halleluja!

Frieden

Manchmal trinke ich mit meinen Eltern Kaffee, am Stadtrand in der Laubenpieperkolonie, im Garten vor der Laube, unter dem Pavillon. Es herrscht eine Idylle, die ich gerne vermisse. Meine Eltern gehören zu keiner Szene. Sie haben weder tätowierte Zungen, noch haben sie gepiercte Glatzen. Niemals sitzen sie in einem angesagten Bezirk, in einem überfüllten Straßencafé, in dem sie unverbindlich freundlich und verlegen beschäftigt sind. Meine Eltern und ich, wir sind nicht vorübergehend befreundet, sondern verbindlich miteinander verwandt. Deshalb trinken wir manchmal zusammen Kaffee. Es ist ein bißchen langweilig. Im Radio sagt irgendein Flachfunker zwischen jedem Euro-Pop-Song, welchen Flachfunk wir gerade hören. Die Erdbeeren ranken, und die Bohnen blühen. Ich werde gefragt: »Na? Nochn Stück Kuchen?« »Ja.« »Und wie gehts sonst so?« »Gut.«

Manchmal spazieren am Gartenzaun übergewichtige alkoholkranke Friedensinvaliden vorbei. Dann geht das Begrüßungsgeschrei los: »Na?« »Na?« Schön, wenn sie schon woanders eingeladen sind. Ich will mir nicht anhören, daß sie in Spanien waren und wie schlimm es sei, kein Geld für Florida zu haben. Die wollen nur immer irgendwelche Butterflüge machen. »Na?« »Na?«

In dieser Laubenpieperkolonie kennen sich viele. Der Garten meiner Eltern liegt an einer Trampelpfadkreuzung. Meine Mutter wird gefragt: »Na, meine Kleene? Wie jehts?«, worauf sie antwortet: »Wir ham Besuch! Unser Sohn, der is ja schon so groß.« Dann muß ich mich aus der Hollywood-Schaukel erheben, aus meiner Nische herauskommen, freundlich zum Gartenzaun gucken und: »Guten Tach!« sagen. »Guten Tach. Ah, der Sohn! Janz der Vater.« »Auf Wiedersehen.« »Auf Wiedersehen.«

Meine Eltern haben den Krieg miterlebt. Sie wollen Ruhe und Frieden. Ich kenne nur Ruhe und Frieden. Deshalb will ich ein bißchen Krach oder wenigstens Kultur. Im Radio erzählt die multikonforme Altlast irgendwelche Kanzler-Witze. Die Sonne ist reif, die Luft ist jung. Ich werde verhört: »Na? Is doch schön hier, wa? Oder nich?« »Ja.« »Nachher grilln wa schön.« »Nachher bin ick schon weg.« »Gehste tanzen?« »Mal sehn.« »Spielt da ne Kapelle?« »Motörhead.« »Sind da Mädchen? Ick will ne Schwiegertochter ham!« »Ne Blonde oder ne Rotbraune?« »Wie du willst.« »Mutter, heutzutage kann man die Mädchen ja färben! Ach, erzähl ma lieber vom Krieg!«

Meine Mutter beginnt mit dem Erzählen vom Krieg in dieser Laubenpieperkolonie. Demnach hatte neulich einer Geburtstag, den sie immer General nennen. »Ick weeß nich, ob der nun ein hohes Tier bei der Armee war oder ob ern Waffenlager im Keller hat, jedenfalls nennen wir den immer General.« Die Laubenpieper sind am Abend alle hingegangen. Es war schon dunkel. Sie saßen schön vor seiner Laube und waren schon ein bißchen angetütert. Ein junges Fräulein kam alleine. Sie hat sich dazugesetzt. »Der General kannte die wohl ooch nich, aber wir ham se freundlich anjekickt. Einije Männer ham schon so jeschmunzelt, als wenn se sagen wollten: ›Nun wartet mal ab, wat jetz gleich kommt!‹ Erst mal kam jar nüscht. Dit Fräulein war freundlich zu der kleenen Tochter vom General. Aber nachm Abendbrot fing se gleich an rumzuschäkern. Die hat sich beim General ofm Schoß jesetzt. Der wußte jar nich, wie ihm jeschah. Aber dann hats ihm jefalln. Dann fing dit Fräulein an, ofm Tisch zu tanzen! Na ja, und dann hat se ooch anjefangn, sich auszuziehen! Die Frau vom General hat jute Miene zum bösen Spiel jemacht und jesagt: ›Wat soll sein? So wat jibs heutzutage: Prostitätowierte! Da rufste sone Nummer an, und dann kommt son Taiga-Mädchen und zieht sich nackisch aus! Dit soll nun wat sein. Teuer is it!‹« Jedenfalls war Stimmung. Die kleine Tochter fing an zu heulen: »Mein Papa, mein Papa!« Die dachte, ihre Eltern lassen sich scheiden. Der General hat gesagt: »Die Tante macht bloß Spaß.« Aber dann fing auch seine Frau an zu schreien: »Dit is janz schweinisch!« Der General hat zum Fräulein gesacht: »Mädel, hör mal uff, jeh ma wieder nach Hause, haste aber jut jemacht!« Die anderen Männer wollten, daß sie sich ganz auszieht. Ja, was nun? Die Tochter und die Frau haben gebrüllt. Also ist der General in die Laube gegangen und kam mit einem Gewehr wieder raus, mit dem er in die Luft geschossen hat. Seine Gäste haben geschrien: »Mach keen Quatsch! Schieß uns keen Auge aus!« Irgendeiner hat gesagt: »Is ja bloßn Luftjewehr.« Nun wars ganz aus! Der General wollte auf das junge Fräulein zielen, aber die war wohl schon über alle Berge verschwunden. Meine Mutter untermalt mit schauspielerischer Gestik ihre Worte. »Der hat mitm Jewehr so rumjefuchtelt, als ob er die nun sucht! Wir sind alle wegjerannt! Und wir jehn da och nich mehr hin! Eigentlich wollten wir da heute zum Hochzeitstach hingehn, aber nun doch nich. Die brauchen ooch nich kommen! Du bist ja hier, und nachts kommt der Igel. Wat wolln wa mehr? Hier ham wa Ruhe und Frieden!«

Der Schweißer von Marzahn

Vor einiger Zeit kam auf arte die Sendung »20 Jahre Einstürzende Neubauten«. Mein Videorekorder war kaputt, dein Videorekorder war kaputt. Wir waren sowieso lebendig dabei. In der Sendung sagte F. M. Einheit, der Schlagwerker: »In der DDR durften wir nicht spielen. Für die Offiziellen waren wir Faschisten. Die meinten, einstürzende Neubauten gäbe es in der DDR nicht!« Ich saß vor dem Fernseher und grinste. Den Faschistenhammer fand ich immer lustig, solange er mich nicht traf, und an die erdbebensicheren Neubauten konnte ich mich auch gut erinnern.

Anfang der 80er wohnte ich in Hohenschönhausen und arbeitete in Marzahn. Kurz vor der Frühstückspause polterte es inmitten dieses sich im Aufbau befindenden Plattenparadieses. Wenige hundert Meter von mir entfernt stürzten einige Balkone nieder: Ein achtstöckiger Rohbau sollte bis zur Planerfüllung ein zehnstöckiger Neubau werden. Am achten Stock wurde an der Balkonbrüstung herumgeschweißt. Aber nicht richtig. Der Fünfjahrplan ging vor. Ein Balkonboden stürzte eine Etage tiefer. Und so weiter. Bis zum dritten oder vierten Stockwerk. Viele Seitenteile flogen gleich hinterher. Marzahner Domino. Die höllischen Baßtrommeln verstummten, als die letzten Betonteile im lehmigen Erdboden landeten. Zwei Arbeiter wurden geopfert.

Wenn ich manchmal zu Hause aus dem Fenster sah, dachte ich, daß, wenn es überhaupt eine zeitgenössische Ostberliner Volksmusik gäbe, diese wohl von den Einstürzenden Neubauten kommen würde. Diese Horde lernte ich an einem kalten verregneten Sonnabendabend kennen. Es war schönes Wetter zum Drinnenbleiben. Wir waren aber draußen. Bahnhof Berlin-Schöneweide. Unser Zug fuhr ein. Wir stiegen aus. Einige hundert Berliner. Nicht mehr ganz nüchtern, noch nicht ganz leise. Am Nachmittag hatte der BFC die Provinz beglückt. Auf dem Bahnsteig trafen wir auf einige martialische Gestalten. Sie hatten Lederlumpen an und trugen bunte Haare. Punks, o Mann! Davon hatten wir schon gehört. Gab es sie wirklich? Es schien so. Den Gerüchten nach gingen sie nicht zur Arbeit, provozierten immer und kannten oberflächlich tausend Leute. Eigentlich fanden wir das auch gut. Wir umzingelten sie und fragten, was sie für Typen wären. »Punks, wa! Und ihr?« »Stasis.« »Vonne Stasi? Dann kennt ihr bestimmt viele Punks, wa?« »Klar. Wir könn euch welche vorstellen.« Und so zogen wir gemeinsam los. In einen Tante-Emma-Laden der Gastronomie, in eine Eckkneipe. Es gab damals noch keine Szenekneipen, in denen unterbelichtete Arbeitslose mit all dem hausieren gingen, was sie nicht wirklich verkörperten, nämlich Armut, Kreativität, Provokation und Sexappeal. In dieser Eckkneipe wurden wir anfangs freundlich ignoriert. Der Wirt hielt uns wohl für gesichtslosen Sozialschrott. Wir waren neu, und überhaupt: Wie sahen wir denn aus? Die mit den bunten Haaren hatten auf ihren Lederjacken solche Sprüche drauf: »Los, Paul! Komm mit, du Arsch!« Und die mit den langen Haaren hatten auf ihren Jeansjacken BFC-Aufnäher! So etwas hat es früher in Schöneweide nicht gegeben. Ein Punk machte den Pioniergruß und bestellte eine Runde. Schon nach der zweiten Runde wurden wir kameradschaftlich bewirtet. »Na Jungs! Noch ne Runde?« Ohne eine Antwort von uns stellte der Wirt alles auf den Tisch. Nach der vierten Runde fragte ein Punk, ob er seine Musik einlegen könne. Ohne eine Antwort vom Wirt wanderte seine Kassette in den Rekorder. Was war das? Rhythmischer Einsatz von Werkzeug auf Metall oder was? Und dann schrie da jemand: »Wir zerstören die Städte, nächtliches Wandern macht uns blind! Kollaps, süßer Kollaps!« Einstürzende Neubauten waren textlich und musikalisch zwar nicht so ausgereift wie die Musikanten, die wir Schwerter-zu-Flugscharen-Radaubrüder sonst so hörten, aber egal. Einstürzende Neubauten waren immerhin diejenigen, die uns am glaubwürdigsten vermittelten, daß wir alles kaputtmachen mußten. Der Vorzeigeverein war ja immer auch ein Sammelbecken für schräge Charaktere. Die Fußballkrawallerie gestaltete den real existierenden sozialistischen Alltag eben lockerer. Vielleicht spielte ein Hauch von Palastrevolte mit hinein. Und so stürzten wir einige Jahre später das SED-Regime.

Jedenfalls gab es Anfang der 80er in Kreuzberg dieses Atonal-Festival. Das SFB-Fernsehen übertrug in einer Nacht vom Sonnabend zum Sonntag stundenlang solche Horden wie Notorische Reflexe, Die tödliche Doris, Geniale Dilettanten, Einstürzende Neubauten und so weiter. Auf der Bühne saß eine ausgemergelte alte Frau mit freiem Oberkörper. Dazu spielte im Hintergrund irgendeine Formation ein Lied. Es hieß »Debüt«. Der Text ging ungefähr so: »Ich bin das erste Mal im Fernsehen ... Ich bin das erste Mal im Fernsehen ... Ich bin das erste Mal im Fernsehen.«

Das waren unsere Brüder und Schwestern. Ihre Musik paßte zu unserer monotonen Arbeit. Im Winter konnten wir keine Postanlagen bauen, weil unser Belorus nicht in den gefrorenen Boden kam. Wir sollten zwischen den umliegenden schon bezogenen Häusern die weggeworfenen Weihnachtsbäume einsammeln, um sie im Baugraben zu verbrennen, damit der Boden auftaute. Das dauerte bis zum Feierabend. In der Nacht fror der Boden erneut. Am folgenden Tag sollten wir wieder Weihnachtsbäume einsammeln. Also gingen wir zwischen den umliegenden schon bezogenen Häusern zur Straßenbahnhaltestelle. Leider kam an einem Wochentag zur Mittagszeit im SFB-

Fernsehen keine zeitgenössische Berliner Volksmusik. Die folgenden zwei Jahrzehnte verliefen für die Neubauten so, wie die vergangenen zwei Jahrzehnte für die Neubauten verliefen. Wir waren alle dabei, wir haben es alle auf arte gesehen, wir verewigten alles auf Video. Wie auch immer.

Im Mai 98 kaufte ich mir eine taz. Die anderen Satire-Zeitungen waren mir zu teuer. Im Berlin-Teil wurde über Blixa Bargelds temporäre CD-Brennerei berichtet. Davon war in diesem arte-Rückblick gar nicht die Rede gewesen, obwohl dieses Projekt für mich das Beste war, was aus dem Hause Bargeld in den 90ern kam. Über den Zeitraum von drei Wochen war er jeweils von Montag bis Sonnabend von 16 bis 19 Uhr am Werk.

Am drittletzten Tag wollte ich es genauer wissen. Wo befand sich diese Galerie? Wieviel kostete der Eintritt für ein Konzert in einer temporären CD-Brennerei? Was für einen Zulauf würde es geben? Würden alle Besucher ihre Beerdigungssachen tragen? Wo war mein weißes Hemd? Gegen dreiviertel vier fand ich mich auf einem der Hackeschen Höfe vor einer Galerie wieder. Die Tür war verschlossen, die Fenster waren mit weißem Stoff verhängt. Außerdem war ich der einzige! Schön, es waren hochsommerliche Temperaturen. Als Arbeitsbefreiter konnte man am Strand liegen oder im Straßencafé sitzen. Doch war der eine oder andere Arbeitsbefreite in seiner Freizeit nicht insgeheim ein Kunstpatient? Ein Klingelknopf wollte von mir gedrückt werden. Jemand öffnete die Tür für drei Sekunden, einen Spaltbreit. Freundlich, aber bestimmt sagte er: »16 Uhr.« Ich antwortete: »Dreiviertel.« Was war das? Ich ging Eis essen. Gegen Viertel fünf war die Tür nicht mehr verschlossen. Ich trat ein. Der Galerist wollte kein Eintrittsgeld. Blixas rhythmischer Singsang war zu hören. »Warteschlaufe ... Warteschlaufe ... Warteschlaufe ... Warteschlaufe.« In dieser Galerie verloren sich drei, vier, fünf Leute. Alle wirkten ein wenig befangen und setzten ziellos einen Fuß vor den anderen. Oder auch mal umgekehrt. Tipp-Topp. Topp-Tipp. »Warteschlaufe ... Warteschlaufe ... Warteschlaufe ... Warteschlaufe.« Tipp-Topp. Topp-Tipp. Im Raum standen auf fünf weißen Säulen viele schwarze technische Geräte. Viele bunte Kabel hingen kurz unter der Decke. Ein schöner Holztisch, den ich gerne besessen hätte, lud zum Beinerauflegen ein. Ooops! Da stand Blixa, der Schweißer von Marzahn! Sollten wir uns grüßen? War er aufgrund meiner einschüchternden Weltliteratur ein wenig befangen? Ich grinste ihn verstohlen an. Er nickte fast unmerklich. Alles in Ordnung. Es war eine total laute Riesen-Sampelei! Inzwischen trudelten einige Besucher ein. Die meisten lehnten sich verstohlen an die Heizung. Ich hockte an der Wand, an die Blixa viele Zettel geheftet hatte. Nachdem er eine seiner flüchtig hingekritzelten Notizen über mich gelehnt an die Wand gepappt hatte, mußte ich mich wenig später am Arm kratzen. Wahrscheinlich war von Blixas Jacke Ungeziefer auf mich herabgefallen. Unter seinen Achselhöhlen war er immer noch der alte Kreuzberger Trödelhändler. Warum auch nicht? Einige Spießer fühlten sich ja von ihm verraten, weil er sein Leben in den Griff bekommen hatte. Immerhin gingen sie an diesem Tag ihren Pflichten nach. Die wenigen Besucher bewunderten Blixa sowohl für seine Polizeikatzen als auch für seine abgedroschenen Schlangen. Er plauderte seine Lieder an. Meistens fragte niemand hochachtungslos dazwischen. Bei seinem wissenschaftlichen Versuch ging es darum, Engel zu erzeugen. Wahrscheinlich wollte er sagen, wovon es abhing, ob ein Mensch männlich oder weiblich zur Welt kam. Sein Physiologievortrag kam ein wenig ins Schlingern. Er fragte in die Runde, ob das so allgemein verstanden wurde. Schweigen. Wir waren alle Schulversager. Mir rutschte raus: »Jaja, is schon klar.« »Kannst du das erklären?« »Nein.« Sie zeigten sich erheitert. Hatte ich das Eis gebrochen? Blixa betrank sich mit Shampooschaum.

Während dieser drei Wochen laborierte er grob geschätzt an 60 CDs herum. Es ging oft um Physiologie, Astrologie et cetera. Einmal versuchte er den Zustand zu erreichen, in dem ihm nichts mehr einfiel: »… ich glaube das wars glaube ich glaube das wars glaube ich glaube das wars glaube ich …« Ein Besucher erfuhr vom Galeristen, daß man diese Laborberichte, die jeweils vier CDs und ein Buch umfaßten, für jeweils 2000 Mark kaufen konnte. Ein gerechtfertigter Preis, wie ich fand. Ich wußte nur nicht, ob mein Arbeitsamt die Kosten übernehmen würde.

Auf den Spuren von Heinz Florian Oertel

Die folgende Geschichte handelt von der Möglichkeit, sich aufgrund der Malteser Zeitverschiebung zwischen Stadt und Land an zwei Orten gleichzeitig aufhalten zu können, aber auch vom Aufbau des Freilichtmuseums Valletta und der Bepflanzung des Betonfußballplatzes.

*

Es liegt schon recht lange zurück, daß sich die griechischen und die römischen Götter mit Steinen bewarfen. Sozusagen Olympiakos Piräus gegen Lazio Rom. Die wenigsten Klamotten landeten beim jeweiligen Gegner auf dessen Festland, so als Gebirge, sondern im Meer. Diese Geröllanhäufungen ragen noch heute aus dem Wasser heraus. Um die Vergangenheit zu beschönigen, gaben die Götter diesen Inseln halbwegs romantische Namen. Südlich von Sizilien liegen die Inseln Malta, Gozo, Comino und Cominotto. Über die Jahrhunderte ließen die Menschen auf Malta und Gozo reiche Handelsschiffer und wohlhabende Piraten darüber im unklaren, ob sie selber Handelsleute oder Piraten wären. So kamen sie zu beachtlichem Wohlstand. Richtigen Ärger gab es zweimal. Vor einigen hundert Jahren belagerten die Türken diese Inseln. Sie bezahlten mit einigen tausend Köpfen und zogen von dannen. Während des Zweiten Weltkrieges bombardierten dann die Mussolini-Faschisten den dichtbesiedelten Norden Maltas.

Die italienischen Bomberpiloten legten Valletta und Sliema in Schutt und Asche, worauf die Malteser Ritter die Briten zu Hilfe riefen, die die Mussolini-Faschisten vertrieben. Anschließend genossen die Briten auf Malta einen 30jährigen Urlaub. Bis in die 70er Jahre hinein lebten sie gerne im dichtbesiedelten Norden, der trotz des inzwischen angebastelten britischen Demokratieverständnisses und des auferlegten angelsächsischen Linksverkehrs auch heute noch im Norden liegt. Die diplomatischen Malteser haben den Briten angeboten, sich im Süden anzusiedeln. Sie willigten ein. Der unterschwellige Kulturkampf entschied sich zugunsten der Gastgeber, weil nur wenige Briten aufgrund der dortigen Steilküste vom Schwimmen zurückkamen.

*

Während der Zeit, in der ich mich auf die schulischen Abschlußprüfungen vorbereiten sollte, spielte ich mit meinen Freunden häufig Fußball. Manchmal zogen wir in das inmitten einiger 50er-Jahre-Bauten gelegene Wembley-Stadion von Hohenschönhausen ein. So nannten wir den großzügigen Hinterhof, der über eine Rasenfläche verfügte. Es war nicht leicht, zwischen den vielen Wäscheleinen Fußball zu spielen. Die Einheimischen beschworen immer eine feindselige Stimmung herauf. Wahrscheinlich wie im Londoner Wembley-Stadion. Wenn unser Ball an einem aufgehängten Wäschestück einen bleibenden Abdruck hinterließ, schrien die jungen deutschen Mütter wie alte englische Väter. Wir mußten abhauen, nach Malta. So nannten wir in Hohenschönhausen die eingezäunte rechteckige Betonfläche inmitten einiger 70er-Jahre-Bauten. Auf dieser Betonfläche standen zwei Geschenke unserer albanischen Partnerstadt: zwei eiserne Kunstobjekte mit jeweils einem Basketballkorb dran. Das waren unsere Fußballtore. Auf diesem Betonplatz fühlten wir uns wie im Malteser Empire-Stadion, das wir aus dem Fernsehen kannten. Manchmal hatte die Nationalmannschaft der Bundesrepublik oder die der DDR das sportliche Glück und das gesundheitliche Pech, sich in einer Qualifikationsrunde für die WM- oder EM-Endrunde mit Malta auseinandersetzen zu müssen. Das Geschrei der Funktionäre und Fußballer war immer groß, weil es offensichtlicher Wahnsinn war, auf einem Betonplatz Fußball zu spielen. Da brach man sich doch alle Knochen! Haben die internationalen Fußballverbände in ihren Statuten nicht festgeschrieben, daß Betonfußballplätze unsportlich wären? Natürlich waren sie unsportlich, aber nicht verboten. Die Individualität blühte eben in den Gesetzeslücken. Wenn wir als Schüler auf Malta Fußball spielten, haben wir nie gemekkert und viele Tore geschossen. Wenn aber zu jener Zeit eine deutsche Nationalmannschaft irgendwo zwischen Sizilien und Libyen gegen diesen mediterranen Fußballzwerg spielen mußte, heulten die Funktionäre und Fußballer herum. Über einen 1:0-Sieg waren sie glücklich, denn wer auf dem Betonplatz 1:0 gewann, der gewann auf einem Rasen 9:0.

*

Neulich sagte ich mir: »Hinein ins Flugzeug und ab nach Malta!« Nach zwei oder drei Stunden setzte der Pilot auch schon wieder zur Landung an. Einige betrunkene Pauschaltouristen scherzten: »Wieso verliern wir an Höhe? Liegt es an den libyschen Kampfbombern?« Wir landeten auf dem Luqa Airport. Alle Pauschaltouristen wurden von einem Vertreter ihres Reiseveranstalters in einen Bus verwiesen und zu einem Hotel gefahren. Ich war kein Pauschaltourist mit bequemer Halbpension, sondern so ein verschrobener Individualist. Ein Linienbus fuhr um 21 Uhr noch was auch nicht mehr. Alle waren weg. Immerhin war mein Englisch besser als mein Malti, dieses afrikanisch-arabische Kauderwelsch, und so sagte ich zu einem Taxifahrer: »Hello! Where is here a hostel? Not too expensive, please!« »You are welcome. Here is only an airport.« »Hm. I like to go to Valletta, in a hostel, please.« »Okay.« Wir fuhren zehn, fünfzehn Minuten. Es begann zu regnen.

Alles wirkte so armselig. Die hellbraunen Häuser, die holprigen Straßen und das karge Land. Wir schlingerten die engen Hafenstraßen Vallettas entlang. Er sagte: »Okay. Hotel.« »Hotel? Is it really not too expensive?« »Well.« »What?« »Ten pounds, please.« 45 Mark! Wir hätten vorher einen Preis vereinbaren sollen. An der Rezeption scherzte der kauzige Taxifahrer mit der durchtrainierten männlichen Rezeptionskraft. Ihr Geschäft florierte. Es begann zu gewittern. Immerhin war ich in einem Hotel untergekommen. Ein Zimmer kostete zehn Pfund. Es war spartanisch eingerichtet. Auf meiner Pritsche lag als Decke ein überdimensionales Kopftuch. Als Kopfkissen nahm ich ein mitgebrachtes Flanellhemd. Das sintflutartige Gewitter übertönte weitgehend die Kotzgeräusche auf dem Flur. In diesem Stundenhotel, oder was das war, schloß ich meine Zimmertür lieber von innen ab. Ich wollte ungestört darüber nachdenken können, wie ich das anstehende dreiwöchige Überlebenstraining absolvieren würde. Diese Filmemacher wußten genau, weshalb sie ihrem langweiligen Krimi den Namen »Malta sehen und sterben« gegeben hatten. Irgendwann schlief ich ein. So gegen 8 Uhr regnete es immer noch oder schon wieder. Mir war kalt, ich fühlte mich völlig gerädert und hatte Hunger. Also dann, hinein in den Frühstücksraum. Um diese Zeit saßen nur zwei oder drei Gäste dort. Eine freundliche Frau sprach mich an: »You are welcome. Do you like breakfast?« »Yes.« »English or continental?« »Yes, I like breakfast!« Sie zeigte Verständnis und brachte zu wenig Frühstück. Wenig später kam die Zeit zum Aufbruch. Im Foyer war die Rezeption noch unbesetzt. Kein durchtrainierter Mann, nur eine zierliche Frau. Sie saugte Staub und schien sich zu fragen, weshalb ich so linkisch guckte und warum ich mit meinem ganzen Gepäck eine Zeitung holen ging. Etwas gestelzt sagte ich: »See you.« Sie antwortete: »I hope so.« Das Taxi und das Hotel kosteten mich zusammen 45 Mark. Welch ehrlicher Preis. Im strömenden Regen tauchte ich in den engen verwinkelten Straßen unter. In einem Café fand ich mich wieder. Die weibliche Bedienung kannte ein billiges Hostel. Es hörte auf zu regnen. Na also.

*

Was soll ich zu den folgenden drei Wochen sagen? Die meisten Malteser haben zwei Arme und zwei Beine. Die Mädchen hörten immer noch sehr gerne Adriano Celentano, aber auch schon Eros Ramazotti. Die Jungs waren gleichzeitig Fans von Juventus Turin, Manchester United und Fiorentina Floriana. Es herrschte sozialer Frieden. Alle gingen häufig in ein Gotteshaus, damit es so blieb. Die Malteser bauten sich viele Häuser, aber nicht so schnell. Zeit war kein Geld. Zeit war Zeit. Da konnten die Briten die Bibel noch so oft umschreiben. Mitten in Valletta baggerten die Bauarbeiter einfach ein riesiges Loch aus, um den Lehm als Material für eine Baustelle zwei Straßen weiter zu verwenden. Viele Straßen wiesen ein imposantes Gefälle auf, und auf vielen Fahrbahnen gab es diese typischen südländischen Treppenstufen. Ob es sich um einen stillen Protest gegen den Linksverkehr handelte, wußte nur, wer die Malteser verstand, wenn sie in ihrer Muttersprache scherzten. Sie waren freundlich und offen.

Es kam einem Händler schizophren vor, wenn ich in seinem Lebensmittelladen schnell mein Zeug zusammensuchte und umgehend bezahlen wollte und dabei noch genervt war, weil er sich mit einer Freundin unterhielt. Anfangs scherzten sie: »Hahaha, German people always zack, zack, zack!« Später zwang ich mich zur Ruhe. Ich guckte nur so ein bißchen rum. Aufgrund eines aushängenden Plakates sagte ich: »Oh! On next Sunday is horserace? Cool!« »Yes, my friend! Every Sunday is horserace on Marsa. We can go there together, okay?« »That's easy! I'm a Müßiggänger from Germany. I'd like look before me, everyday! Do you know what I mean? I like Malta! I'm a horsefool! Anyway, I'd like a bread!« »My friend! Why always zack, zack, zack?« Den Malteser beschämte es, mir ein Brot zu verkaufen. Vielleicht beichtete er es im Gotteshaus.

Beim Pferderennen war es sehr schön. Dort trugen die Taxifahrer ihre Goldzahnketten spazieren. Sie waren die Schwarzen Peter von Malta, wogegen die Bauarbeiter der Nachbarinsel Gozo eben die Schwarzen Peter von Gozo waren. Wenn die Bauarbeiter dieser grüneren Insel einige Stunden Mittagspause hatten, trieben sie sich vorzugsweise am Strand herum. Einmal sprach mich einer von ihnen an: »Hi! Come with me. Let's watch nice girls together!« Ich wollte nicht verstehen. »Thanks. I don't have time.« Er machte eine typische Handbewegung und fragte: »You don't know what I mean?« Sie waren ein wenig zu freundlich und zu offen.

*

Während meines Aufenthaltes sah ich die Tempel von Tarxien und Hagar Qim, den Berufsverkehr in Mosta und die Diskothek in St. Julians, die Festungsmauern von Valletta und Vittoriosa, die Katakomben in Paola und die Muddy-Waters-Bar in der Balluta-Bucht. Doch ich wäre nicht auf Malta gewesen, wenn ich mir keine Tageszeitung gekauft hätte, um zu sehen, ob im Empire-Stadion ein Fußballspiel stattfand. Wenn ich ein fremdes Land kennenlernen wollte, oder besser gesagt, die Menschen, mußte ich dort Sportveranstaltungen besuchen! Ob in Irland beim Hurling oder auf Malta beim Fußball. Dort war ich nicht nur vor einheimischen Krämern sicher, die mir irgendwas aufschwatzen wollten, sondern auch vor Pauschaltouristen, die das jeweilige Land an einem Tag kennenlernen wollten. An den sportbegeisterten Maltesern hatte ich meine wahre Freude. Früher, als ihre Fußballbundesliga noch Coca-Cola-Liga hieß, veranstalteten sie sogar einmal die Small Olympic Games, also die Olympischen Spiele der Zwergstaaten San Marino, Liechtenstein, Zypern, der Faröer und so weiter. Während der Segelregattawettbewerb stattfand, war es windstill. Die Sportler gingen mit den Einheimischen schwimmen. Das Schiedsrichterkollektiv machte einen Ausflug in das benachbarte Filmkulissenstädtchen Popeye Village. Einige Polizisten aßen Eiswaffeln. Sie rechneten nicht mit Ausschreitungen. Auf Malta gab es ungefähr zehn Polizisten. Wenn man zum Pferderennen, zu einer Bingo-Veranstaltung, zum Karaoke oder zu einer Segelregatta ging, sah man immer dieselben zehn Polizisten. Ihnen bereiteten nur die Taxifahrer und die Bauarbeiter einige Sorgen. Egal. Ich komme zum Fußball. Wer hätte das gedacht? Am selben Tag sollten zwei Spitzenspiele ausgetragen werden. Allerdings hieß die First Division nun nicht mehr Coca-Cola-Liga, sondern Rothmanns-Liga. »Tobacco kills – Don't be fooled!« Und, was noch skandalöser war: Das Empire-Stadion hatte geschlossen! Doch der Urlaub war kurz. Ich mußte gleichzeitig zwei Spiele im National-Stadion sehen und kein Spiel im Empire-Stadion besuchen. Zwei Spiele im Landesinneren hinter Ta' Qali und kein Spiel an der Küste in Sliema. Das war möglich, aufgrund der Zeitverschiebung zwischen Stadt und Land. Ich schlenderte zur Bushaltestelle, von der aus ein in England ausrangierter Bus fahren sollte. Es war ein normaler Nachmittag im September. Zehn Grad und Nieselregen in Berlin, dreißig Grad und wolkenloser Himmel auf Malta. Um 14 Uhr stieg ich in Sliema in einem eher unscheinbaren Wohngebiet aus dem Bus. Also schräg gegenüber von dieser Kneipe, King George VI. Sliema war eine afrikanisch anmutende Stadt mit vielen gelbbraunen Kalkhäusern, mit Flachdächern obendrauf, und einigen Straßen ringsherum. Alles war ganz normal, wenn da nicht dieses Stadion gewesen wäre. Es war von meterhohen Mauern umgeben und mit verschlossenen Eingangstoren garniert. Irgendwer hatte an die Mauer gesprüht: »Apollinaris FC« und »Vote Toni Nic Holl! M.L.P.« Welch moderner Friedhof. Weshalb war er zur ewigen Ruhe verdonnert? Das Tribünendach aus Wellblechplatten hing auf halb neun, ein etwas rostiger Stacheldraht rankte herunter. Kein Weg führte hinein. So muß es auch Anfang der 80er Jahre für den DDR-Sportreporter gewesen sein. Ich glaube, es war Heinz Florian Oertel. Zu dieser Zeit gab es in der Zone kein Fernsehen. Oder, um es einmal wohlwollend auszudrücken: Vielleicht gab es schon so was wie DDR-Fernsehen, nur waren die Kosten für die Fußballübertragungsrechte den Devisenverplemperern dann doch zu hoch. Malta gegen DDR, wer wollte sich so ein Fußballspiel ansehen? Eine Radioübertragung mußte reichen. Heinz Florian Oertel sollte das Spiel von der Reportertribüne aus kommentieren. Doch der Besitzer des Betonplatzes wußte um die Fußballbegeisterung der Deutschen. Vielleicht rechtfertigte er seine haltlosen finanziellen Forderungen damit, daß er Geld für eine Rasenheizung brauchte. Wahrscheinlich begründete er seine Forderungen überhaupt nicht. Lange Rede, kurzer Sinn: Heinz Florian schlenderte um die Stadionmauern. Er redete mit den Anwohnern. Schließlich kommentierte er das Spiel aus einem im dritten oder vierten Stockwerk gelegenen Wohnzimmer heraus, über Telefon! Es schnarrte und knisterte in der Leitung. Heinz Florian regte sich über den habgierigen Besitzer des Betonplatzes auf. Im nächsten Moment bedankte er sich bei seinen Gastgebern. Aus dem Stadion ertönte Jubel und Geschrei. Heinz Florian kommentierte das Spiel: »... Dixie Dörner und seine Vorderleute, in Trainingsanzügen und mit Knieschützern! Bei hochsommerlichen Temperaturen! Der Ball fliegt in den eigenen Strafraum, Pfosten! Der Ball landet im Aus! Ich kann von hier aus nicht erkennen, ob es Abstoß oder Ecke gibt, aber noch steht es 0:0!« Im Hintergrund klapperte das Geschirr. Die Malteser bewirteten ihren Gast aus der DDR: »Mister Oertel! Do you like Pasta Bolognese?« »Yes, please! White, without sugar! Liebe Zuschauer, äh, Zuhörer! Es sieht nicht gut aus für die Fußballnationalmannschaft der Deutschen Demokratischen Republik, aber man muß auch die Platzverhältnisse berücksichtigen!« Schließlich hatte sich die DDR wohl ein 1:0 hart erkämpft. Heinz Florian beantragte auf Malta kein politisches Asyl. Ich auch nicht. Diese Zeiten waren vorbei. An einer Stelle des Empire-Stadions war das Gemäuer total eingefallen. Ich machte einen Klimmzug, hockte wenig später auf der Mauer und sprang auf den dahinterliegenden Müllberg rauf.

*

Zur selben Zeit stieg ich vor Ta' Qali als einziger aus dem Bus. Nach Aussage des Busfahrers handelte es sich um die letzte Station vor dem National-Stadion. Am Horizont sah ich vier Flutlichtmasten. In der Landschaft lagen zwei Straßen zur Auswahl herum. Es gab keinen Hinweis, welche Straße zum Stadion führte. Außerdem gab es keinen Schatten, keinen Getränkeladen und keine frische Meeresbrise. Der kürzeste Weg endete auf einem Betriebsgelände für traditionelle Handwerkskunst. Ein Hund bellte mich an. Beim zweiten Versuch kam ich dem Stadion schon näher. Ich sah es von hinten und hörte sogar einige Gesänge. Doch auf dieser hügeligen kargen Insel entsprach ein Kilometer Luftlinie anscheinend einigen Dutzend Kilometern Landstraße. Mit dieser Straße war es so, wie es mit dieser S-Bahn-Strecke im sowjetischen Sektor Berlins war, ich fuhr vom Prenzlauer Berg dem Wedding entgegen, um doch bloß in Pankow anzukommen. Ich befand mich nicht auf der Straße nach Ta' Qali, sondern auf dem Holzweg nach Mdina. Diese mittelalterliche Stadt war eine kulturelle und religiöse Hochburg. Sie interessierte mich nicht. Aus einigen vorbeifahrenden Autos ertönte lebensfrohe Musik. Die Insassen bestaunten mich. Ich war der einzige Fußgänger. Erneut ging ich zurück zur Bushaltestelle, nahe der Straßengabelung. Ein Bus in Richtung Gasthaus Pinto war mein Begehr. Er kam nicht. Ich hielt den Daumen raus. Das erste Fahrzeug stoppte. Zwei Männer waren auf dem Weg zum Stadion. Ich konnte einsteigen, weil das Mitgenommenwerden davon abhing, ob im Auto Platz war, und nicht davon, ob die Insassen Lust hatten, einen mitzunehmen. Wir fuhren dem National-Stadion auf verschlungenen kurvenreichen Straßen entgegen. Schließlich fanden wir uns auf einer etwas abgelegenen chaotischen Baustelle wieder. Alles lag herum, wie nach einem Erdbeben. Wenn ich vor dem National-Stadion über das herumliegende Mauerwerk und den nicht weggeräumten Schutt stolpern sollte, würde ich Gefahr laufen, mir einen Fuß umzuknicken.

*

Währenddessen befand ich mich auf einem Tankstellengelände vor dem Empire-Stadion. Ich hatte keine Lust mehr und ging zielstrebig in die Kneipe King George VI. Hier saßen die ollen Sprüher. Sie waren für den Apollinaris FC und wählten die M.L.P. Ich atmete Geschichte. »Hello! Pasta Bolognese, please!« Gesagt, gegessen, gefragt. Wieso hatten die Katakomben geöffnet, die seit 4000 Jahren nicht mehr genutzt wurden? Warum hatte dieses Stadion geschlossen, das so einzigartig wie die Berliner Mauer war? Dem Wirt war das egal. Er gab mir zu verstehen, daß er im Haus gegenüber dem Stadion wohnte. Vom Dachgarten aus konnte er in das Stadion gucken. Wenn es mich interessierte, so sollte ich zur nächsten Haustür gehen, die Treppe hoch. Wunderbar, ich befand mich auf den Spuren von Heinz Florian Oertel!

*

Zur selben Zeit in Ta' Qali: Am National-Stadion zahlte ich drei Pfund für zwei First-Division-Spiele hintereinander. Das Stadion dürfte den deutschen Ansprüchen genügt haben. Es gab eine elektronische Anzeige, etwa 30000 Sitzplätze und eine überdachte Tribüne. Doch gegenüber, da, wo das Erdbeben stattgefunden hatte, gab es keine überdachte Tribüne. Wie ich später erfahren konnte, war sie eingestürzt. Als ich fragte, weshalb, wurde nur gelacht und wild gestikuliert. Immerhin spielten nun die Pieto Hotspurs gegen Fiorentina Floriana vor 200 Zuschauern 1:3. Während der Halbzeitpause stellte ich an der Pinkelrinne fest, warum die Malteser trotz Hochsommer lange Hosen trugen. Nämlich weil die Klospülungen immer so doll aufgedreht wurden und das Wasser an die Schienbeine plätscherte. Zum Anpfiff der Begegnung zwischen Naxxar und

Valletta waren wohl 1500 Zuschauer im Stadion. Um meinen ruhigen Sitzplatz herum formierte sich eine illustre Ansammlung von Rentnern aus Valletta. Wenn sie mich auf malti ansprachen, guckte ich freundlich und lachte. Mein Afrikanisch-Arabisch war nicht der Rede wert. Die Rentner aus Valletta lachten auch. Außerdem haben sie mit 2:1 gewonnen. Der Nachhauseweg stand an. Die Autokarawane rollte davon. Ich war der einzige Fußgänger auf dem Weg zur Bushaltestelle, an der an diesem Abend kein Bus halten würde. Eine Nacht im Freien zeichnete sich ab. Toll. Da hielten auch schon zwei Rentner aus Valletta. Der Hund vom Betriebsgelände blieb mir erspart.

*

In Sliema, auf dem Dachgarten des Hauses gegenüber vom Empire-Stadion, kläffte mich unvermittelt ein kleiner Spitz an. Er sprang mir ohne Anlauf bis zur Brust. Der heitere Geselle leckte mir meine Schienbeine ab. Er war ganz verrückt nach dem Geschmack vom Spülwasser des National-Stadions. Doch wie war es um den mediterranen Tempel des zwanzigsten Jahrhunderts bestellt? Ach herrje! Die Tribünen waren eingestürzt, und, was noch schlimmer war, das Spielfeld war mit Sträuchern und Bäumen bewachsen! Wie ging denn das? Hatte jemand Erde abgekippt? Spielten sich hinter der sonnenüberfluteten Kulisse des Massentourismus kriminelle Dramen ab? Das Empire-Stadion wurde nach Aussage King Georges vor über zehn Jahren geschlossen. Und das Stadionsterben ging weiter. Im Oktober 2000 fand im Londoner Wembley-Stadion das letzte Fußballspiel statt. England gegen Deutschland. Schön wäre es gewesen, wenn die Radaubrüder beider Länder die Verantwortlichen vermöbelt hätten. Doch das ist eine andere Geschichte. Jedenfalls herrschte auf Malta ansonsten sozialer Frieden. Viele Pauschaltouristen wußten das nicht zu schätzen. Ihnen war Malta zu langweilig. Sie fürchteten, in der Fremde verlorenzugehen. Dabei befanden sich ihre Hotels überwiegend an der Nordküste, während die gefährliche südliche Steilküste nach wie vor im Süden lag. Ach ja, diese sonnenüberfluteten Mittelmeerinseln! Unsere Politiker hätten während der Wende ihren runden Tisch in der Fußgängerzone Vallettas aufstellen sollen! Vielleicht wäre eine Fremdherrschaft des Malteser Ritterordens für Deutschland am besten.

Der BFC war schuld am Mauerbau 4

»Husch, husch, husch – wir holen den Paul Rusch!« Ein Märchen, so schlecht wie dieser Reim. 1999 eroberte der BFC zwar den Berliner Landespokal, doch uns war klar, daß wir dieses Viertelfinale gegen Union nicht 8:1 oder 5:0 gewinnen würden. Der Köpenicker Regionalligist befand sich einmal mehr auf dem Weg in die Zweite Bundesliga. Die Hohenschönhausener tingelten als Nord-Nordost-Oberligist nach Eisenhüttenstadt, Rathenow und Eberswalde. Mit einem 1:0 in der 95. Minute hätten wir uns zufriedengegeben und gesungen: »Geht denn das schon wieder los?« Aber so? Beide Mannschaften sollten nicht in Bestbesetzung auflaufen. Beim BFC fehlten ein Schwarzer und ein Weißer, bei Union angeblich einige Farblose. Für viele Köpenicker war dieser verregnete Abend im März kein sonniger Nachmittag im Mai.

Deutschland spielte gegen Albanien, die Bundesliga hatte spielfrei. Viele Radaubrüder hatten sich angekündigt. Ich habe mir die Sprüche auf meinem AB weniger wegen der Infos, sondern mehr wegen dem Humor angehört: »Wir treffen uns um zwei, Bahnhof Lichtenberg, am Puff!« André sein näselndes »am« konnte auch »im« heißen. In unserer versauten Stadt ist das ohnehin gehopst wie gesprungen. Am späten Nachmittag trafen wir uns aber in Titus' Weddinger Wohnung. Er wollte einem Sechserpack Paulianern und doppelt so vielen Hohenschönhausenern ein wenig BFC-Verherrlichung erteilen. Damit sie wußten, worum es in unserer kleinen Welt überhaupt ging. Bier und

Brot zum Abendrot. Alkohol und Haschisch unter der grünen Fahne des Islam. Irgendwann spazierten wir zwischen dem langweiligen Gesundbrunnen-Center und der zerbröselnden Hertha-Villa singend entlang. »Roter Wedding, grüßt euch, Genossen … Drohend stehen die Faschisten drüben am Horizont! … Rot Front, Rot Front!« Das war prähistorische Westalgie, das waren des müden Weddingers alte Lieder. Titus und ich sangen verschiedene Fassungen. Wir fanden es aber unnötig zu klären, ob es an gegensätzlichen Weltanschauungen oder am unterschiedlichen Alkoholkonsum lag. Alles, was Titus zu mir sagte, war: »Daß du als Republikflüchtiger textsicherer bist als die Paulianer, ist bezeichnend für unseren Klassenkampf!« Einige Türkenkinder huschten in ihre Hausflure. Sekunden später kamen doppelt so viele wieder raus. Dabei haben wir die verordnete Völkerfreundschaft mit den Preußen Vorderasiens gar nicht in Frage gestellt. Während wir, aus dem Gleimtunnel heraustretend, vertrautes Gebiet betraten, sahen wir auch schon das gleißende Abendweiß der Flutlichtmasten. Welch würdiger Rahmen für die nachträgliche Gegenveranstaltung zum Berliner Karneval. Der Anstoß sollte in wenigen Minuten erfolgen. Noch trank Mielkes Sohn in der Schiedsrichterkabine einen Tee, doch gleich sollte es soweit sein. Ein flüchtig bekannter Hamburger hatte noch keine Karte. Wir ließen ihn achtlos zurück. Ein Novum: Zwei Drittel der viereinhalbtausend Zuschauer sympathisierten mit dem BFC. Wir hatten Feldvorteile, die nichts brachten. Zur Halbzeit sang der Spatz in der Hand das Lied vom 0:0. Es gab dauernd Gesänge und Parolen: »Unioner, knie nieder – wir sehen uns immer wieder!« Nach einer Stunde habe ich die eher harmlose Situation kaum gesehen. 0:1. Alles vorbei – alles wie früher. 150 Hooligans befanden sich in Aufbruchsstimmung. Die halbherzigen Versuche der Polizei, sie im Ausgangsbereich einzukesseln, bedeuteten nicht das Ende, sondern den Anfang. Und schon befanden sie sich auf dem Kriegspfad Topsstraße. Inzwischen stand es 0:2. Auf der Laufbahn trotteten einige Beamte an. Sie wollten sich von ihren Castor-Kollegen nichts nachsagen lassen, und so rissen sie einige Transparente vom Zaun. »Wir müssen sehen, wat dahinter los is!« Volkes Zorn war ihnen gerade recht, um für ihre Ordnung zu sorgen. Schnell fanden sich die Pärchen. Im Innenbereich drehten die Beamten Beweismaterial, das sie immer noch verschwinden lassen konnten. Abpfiff. Die Taube auf dem Dach gurrte das Lied vom 0:3.

Die Leute pilgerten zum Ausgang Cantianstraße. Ein Bulle, hoch zu Roß, und ein Hooligan, niedrig zu Fuß, hatten einen Wortwechsel. Jeder bekam Verstärkung. Eine Minute später hatten drei oder vier Polizeipferde den Zaun eines Nebenplatzes an den Ärschen und 200 rhythmisch klatschende Fans vor den Gebissen. Würden die Pferde ihre Reiter abwerfen? Waren durchdrehende Gäule kontrollierbarer als umherschwirrende Silvesterraketen? Ich hielt mich in der Nähe eines Baumes auf und begrüßte Sebastian und Dirk. Sie lachten irre und grinsten fies. Die Bullen saßen sicher auf ihren Pferden, kamen aber nicht aus ihrer Nische heraus. Geplänkel mit einem Verletzten – Rodeo am Prenzlauer Berg. Erneute Aufbruchsstimmung. »Wat hampeln wa hier rum? Eberswalder loofen die Unioner frei rum oder wat?« Wir schlenderten in die unübersichtliche Knautschzone. Hunderte von jungen Männern. »Wo is hier Disko?« Von der Danziger kommend, räumte die Polizei die Schönhauser. Der Mann im Wasserwerferführerhäuschen forderte uns zum Tanzen auf. »Verlassen Sie sofort die Fahrbahn! Der Wasserwerfer ...« ... spritzte auch schon los, Sekunden nachdem er ausgeredet hatte. Ein Rabauke kam mir entgegengehumpelt. Zwei Knüppelhiebe auf den Oberschenkel hatten ihn davon überzeugt, daß er schneller wegmußte, als er konnte. Wir strebten zum Cantian-Eck. Dort erzählten die Helden von ihren Taten in der Eberswalder, auf dem U-Bahnhof, pipapo. Das deutsche Dynamo-Duo rotierte in der Musikbox. »Mit 66 Jahren fahrn wir zum BFC!« Irgendwann, als viele schon gegangen waren, sangen an einem Tisch in der Ecke drei Provokateure: »Ersta Effzeh Unjon Balin!« Zwei Radaubrüder traten zu ihnen heran. Die flotte Zapferin schraubte schnell die Biergläser und Bockwurstteller an die Tischplatte. »Nich hier drinne!« Friede, Freude für die verbliebenen Gäste im Cantian-Eck.

Feierabend für den Verein, ein Jahr später. Fast. Die Zweite des BFC spielte vor 300 Zuschauern gegen Fortuna Biesdorf um den Einzug in das Viertelfinale des Landespokals. Noch dazu auf einem Kunstrasennebenplatz des Sportforums, welch Horror für unsere fünf Ultras. Dynamo in Grün-Schwarz, Fortuna in Schwarz-Gelb. Das würde sowieso nichts werden. Naßkaltes Wetter. Exnationaltorhüter Bodo Rudwaleit stand zwischen den Pfosten. »Prost! Der BFC Dynamo lebt – leider liegt er im Koma!« Auf dem benachbarten Nebenplatz spielte die B-Mannschaft gegen Lichterfelde. Konferenzschaltung. Hier wie dort 0:1. Wer spielte überhaupt für Dynamo, und warum gingen sie kaum in die Zweikämpfe? Der Dauerregen verlängerte mein Hopfen-und-Malz-Getränk. Zu Hause wartete meine Blondine. Wie hatte es so weit kommen können?

Nach dem verlorenen Derby im Jahn-Sportpark war die Welt nicht untergegangen. Hauptsponsor Lipro wollte den BFC innerhalb weniger Jahre in die Zweite Bundesliga katapultieren. Im Spätsommer wählte Dynamo als erster deutscher Fußballverein eine Frau zur Präsidentin und war somit in den Medien verstärkt präsent: »Weshalb engagieren Sie sich als SPD-Frau für den Exstasiverein mit seinen Hooligans?« Egal, ob unsere SPD-Blondine Karin Seidel-Kalmutzki nun Ahnung vom Fußball hatte oder nicht, immerhin hatte sie einen dicken Draht zur Außenwelt. Die vorherrschende Idylle wurde nur durch einige Spießer gestört, die den BFC ins rechte Licht rückten.

Während der Rückrunde ging dem unaufgeregten 3:0 gegen Türkiyemspor ein Oberliga-Rekordaufmarsch an Medienleuten voraus. Wie auch immer. Dynamo führte das

Teilnehmerfeld der Oberliga an. Die anschließenden Relegationsspiele gegen den Sieger der Südstaffel im Juni 2001 verdankten wir den Strategen des NOFV, die diesen Beschiß in den Tagen der Vereinigung mit abgesegnet hatten. Plötzlich befaßten wir uns im Vorfeld dieser Spiele gezwungenermaßen mit Gerüchten und Intrigen der Wirtschaftswelt. Lipro durchlebte einen Börsencrash, dem BFC wurde der Hahn abgedreht. Es tauchten immer neue Zahlen von Verbindlichkeiten in Millionenhöhe auf. Ich wollte, um unsere Chancen einschätzen zu können, keinen BWL-Blitzkurs absolvieren müssen. Oder würde ich vor meinen kommenden Konzertbesuchen auch noch Notenkenntnisse nachweisen müssen?

Würde der sportliche Erfolg alles begradigen? Zum Hinspiel herrschte ungemütlich starker Andrang. 8000 Leute im Sportforum. Für eine Bratwurst mußte ich fast so lange anstehen, wie ich es früher für eine Lizenzschallplatte tun mußte. Über unseren Zuschauerrekord amüsierten sich die Bördeburger. Doch die Frage war ja, warum so wenige Magdeburger zu ihrem Stasiverein gingen. Der 1. FCM galt als Favorit. Diese Relegationsspiele sollten keine interessanten Freundschaftstreffen werden, wie es so viele Begegnungen im Europapokal waren. Oprea kassierte einen Tritt in den Rücken und der Magdeburger eine Rote. 11:10 für den zögerlich auftretenden Gastgeber. Nervöse FCM-Fans sorgten für eine zehnminütige Unterbrechung. Lieutenant Surf und Ahne skandierten: »Wer würde das vermuten? – Wir sind die Guten!« Ich träumte von einer unsportlichen Wertung am grünen Tisch. Opreas Schwalbe kostete uns den Ausgleich. 10:10 beziehungsweise 0:0.

Viele Spieler hatten seit Monaten keine Gehälter gesehen. Vor dem Rückspiel waren ihnen vom Sportdirektor Reker ungedeckte Schecks in die Hände gedrückt worden. Gerüchte vom Spielerstreik geisterten durch die Presse.

Am Tag des Rückspiels befanden sich 3000 Sympathisanten auf dem Kriegspfad zur Schlachtbank. 20000 Zuschauer in der Kinoweltkampfbahn. Einige Berliner begannen umgehend damit, den provozierenden Stacheldrahtzaun am Gästeblock abzumontieren. Damit hatte ich nach drei Minuten, beim Spielstand von 0:0, nicht gerechnet. Das Magdeburger 1:0 hatte einen Schlagstockeinsatz vor unserem Block zur Folge. 100 Beamte, Pfeffergas, trallala. Dann 1:1! Ekstase im Gästeblock. Halbzeitatempause. 2:1, Ernüchterung. Aufbäumen, 2:2! Postwendendes 3:2. Rote Karte, Unterzahl. Beamte im Block. Helme wechselten die Besitzer. Knüppelgetrommel ertönte wie U-Bahn-Geratter. Tränen aus vergasten Augen. 4:2, 5:2. Unsere Mannschaft hatte sich aufgebäumt. Respekt. Doch dieses unvollendete Finale stellte nur einen Bruchteil des Elends dar. Karin forderte einen Kassensturz, die Einleitung eines Insolvenzverfahrens wollte sie nicht ausschließen. Reker verwehrte ihr die Akteneinsicht. Ende Juni nahm sie nach nur neun Monaten ihren Abschied. Einige Fans richteten ein Spendenkonto ein, diverse Soli-Veranstaltungen hauchten dem Verein immer wieder Leben ein. In den Medien stocherten sie häufiger in den Wunden herum, als sie die Kontonummern angaben. Dem BFC sollte eine GmbH vorgeschaltet werden. Eventuell könnte Dynamo Moskau als Gesellschafter gewonnen werden. Der BFC sollte als Farmteam der Moskowiter fungieren. Zum Beginn der Oberligasaison 2001/02 verabschiedeten sich viele Spieler. Unsere drei Rumänen gingen sogar zurück in das Armenhaus Europas. Trainer Bogs hatte ziemlich unfreiwillig eine junge neue Mannschaft. Sie behauptete sich relativ schnell im vorderen Mittelfeld der Oberliga. Alles lief jedoch auf ein Insolvenzverfahren hinaus. Die bisherigen Saisonspiele des BFC würden nicht gewertet werden, es sollten nur noch Pflichtfreundschaftsspiele stattfinden. Dynamo sollte sich mit einem leeren Tore- und Punktekonto am Ende der Tabelle wiederfinden. Für den Fall, daß der Verein diverse Gelder bis zum Stichtag nicht auftrieb, wäre der Zwangsabstieg in die Verbandsliga besiegelt. Würde der BFC überhaupt die Kosten für die Einleitung des Insolvenzverfahrens tragen können? Reker war optimistisch, er führte wichtige Gespräche mit potentiellen Investoren, die vorerst nicht genannt werden wollten. Wer wollte schon mit sechs Millionen Schulden starten? Und wer kümmerte sich um die Klimperkosten für den Insolvenzverwalter? Kurz bevor im Sportforum die Lichter ausgingen, rief Sommer Expräsident Wanski herbei, der die kurzfristig anstehenden 30000 auf den Tisch legte. Bis auf weiteres fungierten Sommer und Berndt als Präsidium, womit der BFC erneut die Aufmerksamkeit der Medien auf sich zog. Bei den beiden handelte es sich um Mitglieder der Hell's Angles. Wochen zuvor wurde bereits der Verkauf der Rechte am BFC-Logo per Ratenzahlung vereinbart. Sie gingen von Hertha-Pepe an Berndts Immobilienfirma. Wanski und Reker lieferten sich eine kleine Schlammschlacht. Die weniger unscheinbaren Hell's Angels beharrten darauf, daß ihre Mitgliedschaft beim flotten Motorradklub ihre Privatsache wäre. Eine Wahlveranstaltung wurde kurzerhand in einen Informationsabend umgewandelt, Unterschriftenlisten wurden nicht entgegengenommen. »Wozu Neuwahlen, wenn ein neuer Vorstand nicht zu erkennen ist?« Doch wie sollte es zu Gesprächen kommen, wenn es nahezu keine Vereinsdemokratie gab? Stagnation war angesagt.

Vor dem vorerst letzten Oberligapunktspiel bei Türkiyemspor meldete die Polizei Bedenken an, weil in Deutschland die Sicherheitslage aufgrund des Kriegs in Afghanistan angespannt war. Außerdem sollten am Derbysonntag die Wahlen stattfinden. Das Spiel fiel kurzerhand aus. Wenige Tage vor dem Stichtag fand eine Demonstration unter dem Slogan »Rettet den BFC!« statt. Würden wir uns mit einem 200köpfigen Bettelumzug vom Sportforum zum Roten Rathaus blamieren? Zeitweise feierten 800 Leute diesen Wandertag. Im Rathaus wurden einer Abordnung des BFC verschiedene Zugeständnisse gemacht. Na ja. Das Paul-Rusch-Pokalspiel beim SV Nord Wedding sollte die letzte ernstzunehmende Partie sein. Eine Rumpftruppe, in der Torhüter Thomaschewski Libero spielte, gewann mit 3:1.

500 Dynamos feierten, als wäre der Pokal gewonnen worden. Zum 1. November wurden alle Angestellten des Clubs entlassen. Reker trat zurück. Allerdings suchten auch die Spieler der ersten Mannschaft größtenteils das Weite. Und weil sich die zweite Mannschaft um den Klassenerhalt in der Landesliga bemühen mußte, lief zum ersten Pflichtfreundschaftsspiel die dritte Mannschaft auf. Dem Antrag der Hohenschönhausener, diese albernen Spiele nicht austragen zu müssen, wurde stattgegeben.

»Wer is dranne mit Bier holen, Titus oder Bredow?« Nun spielte der DDR-Rekordmeister in der sechsten Liga gegen einen favorisierten Staffelkonkurrenten auf einem Kunstrasennebenplatz wie ein Gast im eigenen Hoheitsgebiet. 1:4 hier, 1:2 dort. So hoch ich die Leistungen auch einordnete – eines Tages sollte der BFC Dynamo gefälligst wieder durch ungerechtfertigte Elfmeter verdient gewinnen, und zwar in einer Liga, in der sich die Spießer darüber aufregten.

Das Sportforum verlor zunehmend seinen Stammtischcharakter. Es gab verschiedene Fraktionen: IG BFCer, Präsidium, Pipapo. Die Verbliebenen diskutierten nur über die organisatorischen Belange des Vereins. Ich trat aus dem Bauch heraus in die Interessengemeinschaft der BFCer ein. Immerhin drückten sie die Klinken der Gläubiger und überzeugten sie von der Notwendigkeit der Verzichtserklärungen. Das war kein Rock 'n' Roll, aber immerhin wurde der Verein von seinen Fans am Leben gehalten. Noch hatte der BFC eine reale Chance.

Dynamo verlor gegen Fortuna 1:6. Auf dem benachbarten Nebenplatz spielten sie 2:2. Jubel, Trubel, Heiterkeit. Passend zum Fairplay-Pokal, den 200 Berliner zum Jahresbeginn bei einem Hallenturnier im tiefen Westen erobert hatten. Wir schlenderten nach Hause. Die Berliner Verkehrsgesellschaft ließ ihre Straßenbahnen mit dem Schriftzug und dem Logo von Union vorzugsweise vor dem Sportforum und rings um den Jahn-Sportpark fahren. Alle

Welt erinnerte uns an diverse Ausschreitungen, an geschobene Oberligameisterschaften, an entgleiste Schnellzüge und abgestürzte Flugzeuge. »Hahahaha, wir sin nu ma so drauf, Alter, der BFC war schuld am Mauerbau.«

Susanne

Susanne ist Mitte Zwanzig, aber sie sieht jünger aus. Der Betrug ist allgegenwärtig. Wir schreiben Sonntag, den 25. März. In Berlin schneit es, seitdem die Uhren von zwei auf drei Uhr vorgestellt wurden. Als ob davon mein Ofen schneller warm wird oder das Frühstück eher auf dem Tisch steht. Dieser Sonntag ist einmal mehr der letzte Tag in der Woche. Die Uhrzeit und die Temperatur steigen von Stunde zu Stunde. Für Susanne heißt es aufstehen, frühstücken, aus dem Fenster gucken und Musik hören. Gar nicht so einfach, ihr alles recht zu machen. Die Selbstgebrannte dreht sich im CD-Player wild herum und gibt nur ein ständiges Zirpen von sich. Habe ich die CD falsch eingelegt? Kein Wunder. Ihr Ex hat auf dem Rohling die verkehrte Seite beschriftet. Nick Cave and The Bad Seeds. »From Her to Eternity«. Schön wäre es. Ich spucke auf die CD und rubbel darauf herum. Wer Arbeit will, der findet auch welche. Der Rohling taugt nur als Notizspiegel. Es ist sinnlos. Zwischen den CD-Kopien und den Notizspiegeln steht es jetzt 4:2. Die Musik paßt zum Film vor meinem Fenster. Dort dient ein ausrangierter Bauwagen als Brieftaubenburg. An einer Außenseite ist ein Käfig angebracht. Die Brieftauben lassen sich die ersten Frühlingssonnenstrahlen auf das Gefieder scheinen. Einige stehen ein wenig im Schatten. Oben auf dem Käfig hocken dreckige Straßentauben. Die freien Vögel scheißen runter. Ein Taubenzüchter wirft mit Steinchen. Daneben. Die fremden Gefiederten bleiben lässig sitzen. Seine Lieblinge flattern panisch umher. Sie können nicht alle gleichzeitig in die Brieftaubenburg flüchten. So wird das nichts. Und selbst wenn – wozu? Der Taubenzüchter geht Kaffee trinken. Ich frage mich, welche Musik Taubenzüchter am liebsten hören. Bestimmt ist unter ihnen das Lied von der kleinen weißen Friedenstaube genauso verpönt wie unter Fernfahrern das Lied vom 30-Tonner-Diesel. Vielleicht gibt es viele Lieder von südeuropäischen Vogelmördern, die von deutschen Taubenzüchtern gerne kopiert werden. Wenn ich aus dem Fenster gucke, höre ich auch gerne Billy Bragg. »Workers Playtime«. Früher mußte ich mir auf der Baustelle immer ihre Urlaubslieder und Lügenmärchen anhören. Auf dem Kinderbauernhof trinkt der Taubenzüchter wohl immer noch Kaffee, während der Wind den Rauch vom Schornstein des Backofenhäuschens zu den Tauben bläst. Die freien Vögel sind bereits davongeflogen. Seine Lieblinge atmen schwer. Die Berliner heizen wie verrückt. Für mich lohnt es sich nur noch zweimal, mit den Eimern in den Keller zu gehen, dann sind die Kohlen alle. Und wenn ich welche nachbestelle, ist plötzlich Frühling. Nicht nur laut Kalender oder dem Wetterbericht nach, sondern auch in der Realität. Nichts mehr mit Kohlen hoch und Asche runter, Tür auf und Fenster zu, Wärme raus und Kälte rein. Das Elend hat ein Ende, bis zum Herbst. Mich ärgert es, wenn während der kalten Jahreszeit mein Balkon so vollgestellt ist, wenn meine gewaschenen Hosen und Hemden vom Wäscheständer herunterhängen und mit Asche eingesaut werden. Der Ascheeimer muß im Keller übersommern. Alles muß raus, runter, weg und sauber sein. Susanne will ohne Hausschuhe auf dem Balkon frühstücken, und im Bett will sie ohne Nachthemd schlafen. Sie hat nicht so viele Kleider, und die zieht sie auch nicht an. Wenn ich früh am Morgen das erste Mal meine Äuglein öffne und ein wenig verwundert in ihr Gesicht sehe, das ich im Halbschlaf für ihre Brust gehalten habe, sagt sie: »Guck nich so verwirrt!« Und am Frühstückstisch sagt sie: »Im Cantianhaus sind die Dachgeschoßwohnungen für ne Million schon weg, die mit dem Whirlpool, aber die im ersten Stock gibts noch, die kosten ne halbe Million.« Wir müssen gar nicht in das moderne Cantianhaus einziehen, wenn sie nicht unsere Wasserhähne zum Tropfen bringt. Frauen haben nie Kraft, aber um die Dichtungsringe der Wasserhähne platt zu machen, dafür sind sie stark genug. Gut, das war ich, aber sie hat es zugegeben. Das bißchen Haushalt, jaja. Meine Mutter kann kochen. Einmal hat mein Vater das Essen auf den Fußboden geklatscht. Das war richtig. Susanne kann nicht kochen. Sie ißt kein Fleisch, weil sie in den Schulferien kleine Kälber gestreichelt hat. Ihrer Meinung nach ist es kein Wunder, daß sich so viele Menschen falsch ernähren. Im Fernsehen werden immer Kühe gezeigt, die so dumm gucken. Als ich einmal in der Küche kochte, da habe ich mich aufgeregt: »Steh nich so im Weg rum! Das is alles schon heiß! Geh Fernseh gucken!« Weil sie mich so noch nicht kannte, sagte sie: »Wenn du noch einmal so cholerisch bist, dann is Schluß, oder wenn du noch zweimal so bist.« Na und? Früher wußten viele Menschen nicht, was cholerisch heißen soll. Sie haben sich gemeinsam gestritten und zusammen aufgegessen. Susanne hat einmal bei sich für uns gekocht, und einmal habe ich bei mir für uns gekocht. Seitdem haben wir getrennte Mittagstische, zumindest in unseren Einsiedlerwohnungen. Viel lieber gehen wir jeden Tag essen. Italienisch oder indisch? Es kommt darauf an, wer bezahlt. »Du«, lügt sie. »Gut«, antworte ich. »Dann bezahl ick beim Inder im Restaurant, und du bezahlst beim Deutschen im Kino.« Das Geld muß irgendwo herkommen. Zum Beispiel aus dem Automaten. Einmal ging ich zur Sparkasse. Prenzlauer, Ecke Stargarder. Ich surfte mit meiner EC-Karte durch den Türöffner und wollte reingehen. Jemand, der gerade rauskam, rannte mich fast um. Ich hätte beinahe cholerisch reagiert. Er rannte zum Bahnhof. Ich wollte meine EC-Karte gerade durch diesen Automatenschlitz schieben, um einen Hunderter abzuheben, da sah ich doch, daß schon einige Scheinchen aus dem Automaten rausguckten. 200 Mark. Ich bin nicht zum Bahnhof gerannt, sondern die Stargarder hochgeschlendert. Mit Susanne ging ich essen.

Indisch. Malai Kofta. Danach waren wir im Kino. Deutsch. Ernst Thälmann – Führer seiner Klasse. So geht das nicht immer. 100 Mark vom Konto abheben und 1000 Mark verzocken, das rechnet sich nicht. Wer soll das erwirtschaften? Ich habe per Oddset 100 Mark auf 3 Spiele gesetzt. Deutschland hat sich mit Albanien auf ein 8:0 geeinigt. Im Fußball, U 21. Die Mannheimer Adler haben gegen die Berliner Kapitalisten 5:1 gewonnen. Im Eishockey, U 40. Und so weiter. Es gibt nur eine niedrige Festquote. Wenn die eigene Opferbereitschaft hoch genug ist, werden aus einer Miniquote von 2,33 plötzlich 233 Mark. Das ist der süße Brei der sozialen Marktwirtschaft. Das Geld liegt auf der Straße. Warum habe ich nicht 1000 Mark gesetzt? Ach so. Ein Tausender ist kein Klimpergeld, aber bei einem Hunderter spielt das Arbeitsamt noch mit. Geld, Geld, Geld. Manchmal muß eben einer von uns was kochen. Heute abend wird es dunkel. Vielleicht tanzen wir jemandem auf dem Kopf herum. Wenn ich das Essen auf den Fußboden klatsche, regt sich Susanne auf. Und wenn ich dann sage: »Ich such mir ne eigene Wohnung!«, antwortet sie: »Aber das Kind bleibt bei mir, du hast ja keine Rechte!«

Thomas Brussig

Wasserfarben

Roman

229 Seiten
Band 1689
ISBN 3-7466-1689-1

Bevor Thomas Brussig mit »Helden wie wir«, dem Film »Sonnenallee« und der Romanfassung »Am kürzeren Ende der Sonnenallee« überwältigende Erfolge feierte, war unter dem Pseudonym Cordt Berneburger sein erster Roman »Wasserfarben« erschienen: Es ist die ein wenig trotzige, ein wenig traurige, ein wenig komische Geschichte eines Abiturienten, der nicht so recht weiß, was er mit seinem Leben anfangen soll. Ein Buch über das Erwachsenwerden, in dem der Held wie schon Generationen vor ihm bei Salinger, Kerouac oder Plenzdorf lässig-ironisch die großen Sinnfragen stellt, aber mit seinen Problemen ziemlich allein dasteht.